Love Letters From New York

Über das Buch:

Love Letters From New York ist kein Liebesroman. Vielmehr ist es eine Geschichte über das Erwachsenwerden, über Freundschaft und Selbstfindung. Eine Geschichte, die von elf englischen Songtexten aus der Feder von Devin Mortenson untermalt wird.

Über die Autorin:

Anastasia Czepf lebt, liebt und arbeitet in Leipzig. Nach ihrem Debütroman *Love Letters From New York* veröffentlichte sie im Oktober 2020 *Die Prophezeiung vom Silbernen Menschenkind: Norma und ihre fabelhaften Katzen*. Der zweite Teil dieser Fantasy-Dilogie soll 2021 erscheinen.

Anastasia Czepf

LOVE LETTERS FROM NEW YORK

Roman

Bibliografische Information der Deutschen Nationalbibliothek: Die Deutsche Nationalbibliothek verzeichnet diese Publikation in der Deutschen Nationalbibliografie; detaillierte bibliografische Daten sind im Internet unter http://dnb.dnb.de abrufbar.

Copyright-Nachweis des Gedichts von Emily Dickinson am Ende des Buches.

Cover: Ulrike Perlt
Lektorat: Dr. Sophia Schleichardt
Herstellung und Verlag: BoD – Books on Demand, Norderstedt

ISBN: 978-3-7481-4865-4

Für Felice

Fame is a bee.
It has a song –
It has a sting –
Ah, too, it has a wing.

Emily Dickinson

1. Frida

„Devin Mortenson?"

Anke unterbrach ihren Redefluss und nickte aufgeregt.

„Devin Mortenson?", wiederholte Frida und ihr müdes Hirn versuchte zu rekapitulieren, was genau ihre Kollegin erzählt hatte. „Der Sänger von EAT MORE GREENS?"

„Du kennst ihn!" Anke klatschte begeistert in die Hände.

„Ein echter Rockstar! Steffi meint, die sind Superstars in Australien. Jan und Suse flippen aus, wenn ich ihnen das ... Verflixt, jetzt hab ich schon wieder vergessen, wie die Gruppe hieß. Schreib mir das gleich mal auf!"

Frida nahm Zettel und Stift und schrieb bedächtig EAT MORE GREENS aufs Papier.

„Er hatte einen Unfall?", fragte sie und war sicher, etwas völlig falsch verstanden zu haben.

Anke rollte mit den Augen. „Ja, Autounfall. Hast du mir nicht zugehört?" Sie seufzte lautstark, doch im selben Moment lächelte sie. „Er hatte seinen Schutzengel dabei, das kann ich dir sagen. Rippenserienfraktur mit Spannungspneumothorax, das hätte schiefgehen können, aber zum Glück haben wir ja kompetente Notärzte. Ansonsten hat es vor allem seinen linken Arm erwischt: Trümmerfraktur im Handgelenk und 'ne zweifache Oberarmfraktur. Ziemlich böse." Sie machte eine Pause und fuhr bedeutungsvoll fort: „Sieht so aus, als hätte er den Unfall selbst verschuldet. Wird wohl Alkohol im Spiel gewesen sein, wahrscheinlich auch diverse Drogen. In diesen Kreisen kiffen und koksen die ja alle."

Frida nickte langsam. „Und er ist jetzt hier bei uns im Krankenhaus?"

„Also wirklich Frida! Davon rede ich doch die ganze Zeit!" Anke schüttelte den Kopf und lachte gutmütig. „Du musst anscheinend dringend ins Bett." Sie schielte auf den Zettel, auf den Frida den Bandnamen geschrieben hatte. „Bei uns sind die ja leider nicht so bekannt, aber Steffi meint, die haben diesen Hit. Wird wohl ständig im Radio gespielt. Irgendwas mit 'nem Teufel …"

„*The Devil Is You*?", murmelte Frida und wunderte sich: EAT MORE GREENS wurden im Radio gespielt? Sie kannte die Band nur, weil ihr Bruder ihr das Album aus seinem Australienurlaub mitgebracht hatte. Ein Geheimtipp, hatte er gesagt. Das war vor zwei Monaten.

„Ja!" Anke nickte eifrig und erst jetzt fielen Frida die roten Flecken an ihrem Hals auf – ein deutliches Zeichen für den aufgewühlten Gemütszustand ihrer Kollegin. „Ja, so heißt das Lied! Schreib's gleich mit dazu! Ich will vorbereitet sein, wenn mich Jan und Suse löchern. Ist das zu glauben? Ein australischer Rocksuperstar in unserem Krankenhaus! Die werden Augen machen!" Anke klatschte wieder in die Hände. „Was sollte ich noch wissen?"

„Das Album heißt *Generation X*", sagte Frida. „Und es ist der Hammer. Ich höre seit Wochen nichts anderes."

„Schreib's auf! Schreib's auf! Was noch?"

Frida zuckte mit den Schultern. Sie kannte zwar alle Songs von *Generation X* auswendig, doch das Einzige, was sie über die Band wusste, waren die Namen der vier Musiker: Jerry Smith am Schlagzeug, Adam Johns am Bass, Matt Mortenson an der Lead-Gitarre und Devin Mortenson, Sänger, Songwriter und zweiter Gitarrist der Band. Neben den Songtexten waren das die einzigen Informationen, die das Booklet der CD bereithielt.

Sie liebte dieses Booklet fast so sehr wie die Musik. Es war so originell und meisterhaft illustriert, dass sie oft minutenlang darin blätterte und sich zu den Klängen der Musik in den Bildern verlor. Erst jetzt fiel ihr auf, dass das Booklet gar keine Fotos der Bandmitglieder enthielt.

Eine halbe Stunde später war Fridas Nachtschicht vorüber und sie verließ eiliger als üblich ihre Station. Auf dem Weg zu den Umkleideräumen bog sie wie selbstverständlich ab und nahm den Fahrstuhl, der sie zur Intensivstation brachte. Im Grunde war sie kein neugieriger Mensch, doch der Wunsch, Devin Mortenson mit eigenen Augen zu sehen, war größer als alle Vernunft, die normalerweise ihr Handeln bestimmte. Sie konnte unmöglich nach Hause gehen, ohne es zumindest zu versuchen! Die nächsten beiden Tage würde sie frei haben: Vielleicht war das heute die eine unwiederbringliche Gelegenheit?

Mit klopfendem Herzen trat sie aus dem Fahrstuhl und sah sich um. Es war ruhig, aber viel Zeit blieb ihr nicht – bald würde die Morgenvisite beginnen. Beherzt öffnete sie die Glastür der Station, lief zum Sichtfenster des Zimmers, das Anke ihr genannt hatte, und spähte hinein.

„Jetzt sag bloß, du gehörst auch zur Fangemeinde?"

Erschrocken fuhr sie herum und blickte in das grinsende Gesicht von Paul.

„Mensch, hast du mich erschreckt!"

„Na, sei mal froh, dass ich es bin und nicht Dr. Wagenhold. Die war vorhin nicht gerade amüsiert darüber, Daniela und Marie hier unten zu sehen, du weißt schon, die beiden aus der Radiologie. Es darf nämlich im Moment niemand zu unserem Rockstar und wir haben alle 'nen

Maulkorb verpasst bekommen. So zickig war die Wagenhold lange nicht. Die hat echt Angst, die Presse rennt uns die Bude ein. Dabei kennt den Typen doch keiner."

„Ich kenne ihn … seine Musik. Die ist wirklich genial!"
Er sah sie streng an. „Ach, echt?"

Fast hätte sie ihm die vorwurfsvolle Strenge abgekauft, aber dann erhellte sich seine Miene und das typische breite Grinsen kam zum Vorschein.

„Na los, mach hin! Er hat das Bett hinten an der Wand. Ich halt die Augen offen."

Sie strahlte ihn dankbar an und schlüpfte rasch durch die Schiebetür. So schnell und so unauffällig wie möglich schlich sie durch den Raum.

Der Mann, der in dem Bett im hinteren Teil des Zimmers lag, war höchstens einundzwanzig. Seine Gesichtszüge waren wohlgeformt, seine Haut blass, fast weiß, und helle Sommersprossen zierten Nase und Wangen. Es war ein schönes Gesicht, dem die Abschürfungen, Kratzer und die Beule auf der Stirn einen zerbrechlichen Ausdruck verliehen.

Ungläubig schüttelte sie den Kopf. Wollte Paul sie veralbern? Sie war nicht hier, um das gute Aussehen irgendeines jungen Mannes zu bewundern. Sie wollte Devin Mortenson sehen! Den Mann, dessen Stimme nach Weltschmerz klang, nach Whisky und nach unzähligen Zigaretten; einen Mann, der in ihrer Vorstellung mindestens fünfunddreißig sein musste. Zögernd blickte sie sich um, aber auch die anderen Patienten kamen für die Rolle des Devin Mortenson nicht infrage.

Das Gefühl beobachtet zu werden, ließ sie zusammenzucken. Und tatsächlich: Der junge Mann mit dem hübschen

Gesicht sah sie an. Seine eisblauen Augen leuchteten, sie erinnerten Frida an helle Aquamarin-Kristalle.

„Hi", flüsterte sie, nachdem sie den ersten Schreck überwunden hatte.

Der junge Mann reagierte nicht. Er hatte seine Aquamarin-Augen weiter auf sie gerichtet und sah sie so eindringlich an, als wollte er sich mit seinem Blick an ihr festhalten. Einige lange Sekunden vergingen. Schließlich blinzelte er unvermittelt und schloss die Augen wieder. Verdutzt blickte Frida auf die schlafende Gestalt. Dann fielen ihr Dr. Wagenhold und die bevorstehende Visite ein und sie verließ hastig das Zimmer.

Draußen wartete Paul, der zu Fridas Erleichterung immer noch allein war. Sie baute sich vor ihm auf: „Also? Wo liegt er wirklich?"

„Was meinst du? Ist er ausgebüxt?"

„Du willst mir nicht ernsthaft erzählen, dass dieser Jüngling Devin Mortenson ist?"

Paul grinste amüsiert. „Was kann ich dafür, wenn du nur auf ältere Männer stehst? Apropos, wie geht's deinem Herrn Doktor? Liebe noch frisch?"

Gegen ihren Willen musste sie schmunzeln. „Mein *Herr Doktor* ist gerade mal fünf Jahre älter als ich! Ältere Männer. Also wirklich! Sagst du mir nun, wo Devin Mortenson liegt?"

„Sorry, aber dieser Jüngling – wie du ihn bezeichnest – ist der einzige Rockstar, den wir im Moment im Angebot haben." Er zog eine Krankenakte hervor und blätterte sie auf. „Devin Mortenson. 1980 geboren, also ist er zweiundzwanzig und damit zwei Jahre älter als ich. Demnach bin ich für dich auch nur ein Jüngling? Mann, Mann, Mann.

Nein, schon gut, sag nichts, ich will's gar nicht wissen."
Er sah erneut auf das Schriftstück in seinen Händen. „Ach
guck an! Hast du nicht auch am siebenundzwanzigsten
Januar Geburtstag?"

Sie blickte auf die Stelle, auf die sein Finger zeigte. Was
für ein Zufall! Sie war auf den Tag genau ein Jahr älter als
Devin Mortenson.

The Devil Is You

Eerie night
Oh, I heard myself scream
It was you
Haunting me in my dream

Lonely night
The good tightly sleeping
I feel you
Wide awake, I'm freezing

You, my cruel darling you
You are the devil
The devil is you

Longing night
My demons chant your name
Cry for you
I'm hooked on your sly game

Precious night
A trip, just you and me
Now I'm yours
And there's peace – finally

You, my sweet darling, you
You are the devil
The devil is you

(Generation X, 2002)

2. Matt

Widerwillig setzte Matt sich auf. Wer um alles in der Welt hämmerte da wie ein Bekloppter an seine Zimmertür? Wie spät war es überhaupt? Nicht mal sieben! Wenn das ein Scherz sein sollte ... Mit einem leisen Fluchen schwang er sich aus dem Bett.

„Ja, verdammt! Ich komme!" Bevor er öffnete, sah er durch den Spion. Vor der Tür stand Michael, sein Manager. „Boah, Michael, was geht? Hab ich was verpasst?"

„Jetzt lass mich erstmal rein, wir machen noch das ganze Hotel wach." Er schob sich an Matt vorbei ins Zimmer. „Ich klopfe bestimmt schon eine Viertelstunde an deine Tür, verdammt. Dein Handy ist aus und der Anschluss in deinem Zimmer besetzt. Das ist scheiße, ich muss euch doch erreichen können!"

Matt schloss die Tür und sah zu Michael, der, nachdem er sich so energisch Zutritt verschafft hatte, nun merkwürdig unschlüssig dastand, so als hätte er vergessen, warum er gekommen war.

„Es ist was passiert ...", sagte er und warf Matt einen abschätzenden Blick zu.

Dieses Zögerliche war sonst nicht Michaels Art. Er sagte immer freiheraus, was Sache war. Eine böse Vorahnung beschlich Matt und etwas in ihm wollte nicht, dass Michael weitersprach.

„Devin ...", Michael räusperte sich. „Er hatte einen Autounfall."

„Was?"

„Mach dir keine Sorgen, er ist außer Lebensgefahr."

„Außer Lebensgefahr?"

Das konnte nicht sein! Michael musste sich irren.

„Aber er wollte im Hotel bleiben!"

„Offensichtlich hat er seine Meinung geändert und eine Tour mit Walters Ferrari gemacht. Alles, was ich weiß, ist, dass dein Bruder in einem Krankenhaus in Leipzig liegt, dass er stabil ist, was auch immer das heißt, und dass der verfluchte Ferrari Schrott ist ... Jetzt schau nicht so, die Karre ist mir doch furzegal. Walter sieht das naturgemäß anders, aber das regeln wir später. Von ihm weiß ich überhaupt von dem Unfall, die Polizei hat ihn kontaktiert wegen des Wagens."

„Ich will zu ihm!"

Michael nickte. „Zieh dir was an, dann fahren wir los."

Die zwei Stunden, die sie für die Strecke von Berlin nach Leipzig benötigten, verlebte Matt in einem Zustand zwischen Sorge, Hoffnung und unbändiger Ungeduld. Immer wieder musste er an Tom denken. Jeder einzelne trübsinnige Gedanke, den er in den letzten vier Jahren unterdrückt hatte, schien nun an die Oberfläche zu wollen. Es war, als würde alles noch einmal passieren. Devin hätte sterben können. Genau wie Tom.

Irgendwie waren die zwei Stunden vergangen und sie hatten ihr Ziel, das Marienkrankenhaus in Leipzig, erreicht. Nach kurzem Hin und Her und dem Ausräumen einiger Sprachbarrieren saßen sie nun Dr. Wagenhold, der leitenden Oberärztin der Intensivmedizin, gegenüber, die sie über Devins Notfallbehandlung, die Operation sowie seinen aktuellen Zustand aufklärte.

Gerade hatte Dr. Wagenhold begonnen, über die bevorstehenden Therapiemaßnahmen zu sprechen, und in einem

Nebensatz die voraussichtliche Dauer der stationären Behandlung erwähnt, als Michael sie jäh unterbrach.

„Zwei Wochen?" Donnernd haute er mit der Faust auf den Tisch. „Fuck!"

Er sprang vom Stuhl auf, murmelte etwas Unverständliches und lief die Tür knallend aus dem Zimmer.

Dr. Wagenhold, die kerzengerade hinter ihrem Schreibtisch saß, schien verstört. Sie hatte die Augen weit aufgerissen und ihre Lippen zu einem dünnen Strich gepresst. Auch Matt war zusammengezuckt, als Michaels Faust mit voller Wucht auf die Tischplatte knallte. Allerdings kannte er derartige Ausbrüche seines Managers nur zu gut, um darüber beunruhigt zu sein. Michael hatte zwei Gesichter: Meistens war er liebenswürdig, großzügig und diplomatisch, doch wenn etwas nicht so lief, wie er es sich vorstellte, trat seine übellaunige, bissige und äußerst impulsive Seite in Erscheinung.

Matt hatte bislang kaum ein Wort gesagt. Er lächelte verlegen.

„Bitte entschuldigen Sie. Michael, Mister Enderby, er ist manchmal ein wenig aufbrausend …"

„Ich schätze es absolut nicht, wenn jemand die Beherrschung verliert." Dr. Wagenhold schüttelte den Kopf. „Respektlos ist das."

Sie war ehrlich entrüstet, das spürte er. In ihrer Empörung trug ihr maskenhaftes Gesicht einen unschönen Ausdruck und sie wirkte unfreiwillig komisch auf ihn. Es war das erste Mal an diesem Morgen, dass ihm zum Lächeln zumute war. Ihr Englisch klang nun härter und kantiger als zuvor und sie vermied es, ihn anzusehen. Stattdessen sprach sie zur Tischplatte und ordnete immer wieder die Papiere, die vor ihr lagen, während sie die letzten Einzelheiten der Therapie herunterleierte.

„Wann kann ich zu ihm?", fragte Matt, als sie verstummte. „Er wird sicher Ruhe brauchen?"

Dr. Wagenhold lächelte schief. „Selbstverständlich braucht er Ruhe, Mister Mortenson. Ich glaube Ihnen und Ihrem Manager ist nicht bewusst, wie kritisch sein Zustand war. Statt sich zu echauffieren, weil er zwei Wochen stationär behandelt werden muss, sollten Sie dankbar sein, dass er lebt."

Als Matt die Tür zu Dr. Wagenholds Zimmer hinter sich schloss, fühlte er sich leer und unendlich müde. Devin hätte sterben können. Er schüttelte sich: Er wollte nicht mehr darüber nachdenken. Devin lebte. Alles war gut.

Doch so leicht ließen sich die düsteren Gedanken nicht vertreiben. Sein schlechtes Gewissen nagte an ihm. Es war unsinnig, aber er konnte sich nicht verzeihen, gestern Nacht feiern gewesen zu sein. Er war feiern, als sein Bruder die Kontrolle über den Wagen verlor und in die Leitplanke knallte. Er tanzte, lachte und trank Cocktails, als der Notarzt eine Kanüle in Devins Brustkorb stach, damit die Luft, die sich dort sammelte und sein Leben bedrohte, entweichen konnte.

Erneut schüttelte Matt sich: Dr. Wagenhold hatte alles so brutal detailreich und nüchtern geschildert, als hielte sie einen Fachvortrag vor Kollegen. In diesem Moment hätte er sie am liebsten bei den schmächtigen Schultern gepackt und geschüttelt; so lange geschüttelt, bis ihre teilnahmslose Maske zerfiel und den Menschen dahinter freigab. Doch selbstverständlich hatte er noch nie eine Frau grob angefasst und er hatte auch nicht vor, das jemals zu tun. Er seufzte laut und sah sich in dem tristen, weiß-grün gestrichenen Korridor um. Wo zum Teufel war Michael? Er zog sein Handy heraus und wählte Michaels Nummer. Besetzt, typisch!

Matt war zu müde, um sich zu ärgern. Er trottete den Gang entlang und fand sich im Eingangsbereich des Krankenhauses wieder. Morgenlicht strahlte freundlich durch die Glasfronten. Es zog ihn nach draußen, er gierte nach frischer Luft und Nikotin. Nach wenigen Schritten blieb er stehen, hielt sein Gesicht der Sonne entgegen und sog die herrliche Morgenluft ein, die nach frisch gemähtem Gras, nach Sonne und Regen roch. Ganz in der Nähe rauchte jemand. Ohne darüber nachzudenken, folgte er dem Duft, und als er um die Ecke bog, bot sich ihm ein vertrautes Bild: Michael lief hin und her, den Blick aufs Pflaster gerichtet, das Handy am Ohr, eine brennende Zigarette zwischen den Fingern.

„Ja, ich verstehe. Aber was soll ich machen? Walter! Hey!" Michael hielt das Telefon einen Augenblick vom Ohr weg und schüttelte den Kopf. „Stopp! Nun komm mal wieder runter! Du hast ihm den Schlüssel gegeben. Ich höre noch deine Worte: ‚Mach ruhig mal 'ne Spritztour! Das Baby wird dir gefallen.' Also lass es gut sein! Unsere Versicherung regelt das und du hast gelernt, dass du deine Zweihunderttausend-Euro-Schlitten besser nicht an junge, unverantwortliche Musiker verleihst." Mit einem Augenrollen legte er auf. „So ein Idiot! Erst einen auf dicke Hose machen und dann rumheulen, wenn sein Liebling einen Kratzer abbekommt. Aber denkst du, der fragt einmal, wie es Devin geht? Vergiss es!"

Matt musterte Michaels blasses Gesicht. Er sah krank aus, das war ihm vorhin schon aufgefallen. Michaels Haut war fahl, dunkle Schatten lagen unter seinen Augen und auf Stirn und Schläfen hatten sich Unmengen von Schweißperlen gesammelt.

„Geht's dir gut? Du siehst irgendwie scheiße aus."

Michael winkte ab. Offensichtlich wollte er nicht über sich reden. „Was hat sich dein Bruder nur gedacht? Wie kommt er auf die bescheuerte Idee, mitten in der Nacht so weit zu fahren? Und du kannst mir nicht erzählen, dass er nüchtern war! Ach, es ist zum Kotzen …" Er schnippte seine Zigarette weg, zog ein Taschentuch aus seiner Hose und wischte mehrmals über Mund und Stirn. „Wieso war er nicht mit euch unterwegs?"

Matt zuckte mit den Schultern. „War nicht in Stimmung."

Er hatte seinen Bruder Mitternacht das letzte Mal gesehen. Zu dem Zeitpunkt hatte Devin – wie Michael richtig vermutete – schon einiges intus gehabt: Bier, Whisky und jede Menge Gras. Sie alle hatten getrunken und gekifft – wie jeden Abend. Matt nahm zwei Zigaretten in den Mund, zündete sie an und reichte eine an Michael weiter. Ihm war, als würde er Michael eine Friedenspfeife anbieten, die dieser auch bereitwillig entgegennahm.

„Ich dachte echt, mich kann nichts mehr überraschen, aber dein Bruder, der schafft das. Völlig unberechenbar."

Michael nahm einen tiefen Zug und ließ den Rauch langsam aus seinem Mund entweichen. Eine Weile standen sie schweigend da und rauchten.

„Ach, scheiß drauf! Ist, wie es ist", sagte Michael schließlich schulterzuckend. „Was hat Frau Doktor noch gesagt? Boah, die hat mich aufgeregt. So eine affektierte Tussi!"

Matt gab den Teil des Gesprächs wieder, den Michael verpasst hatte, aber Michael schien kaum zuzuhören. Er nickte zwar und sagte „Hm" und „Ja", doch Matt wusste, dass ihn andere Dinge beschäftigten. Wahrscheinlich erstellte er eine seiner mentalen To-do-Listen und ordnete die einzelnen Punkte der Priorität nach. Oder falls er das bereits getan hatte, rechnete er gewiss gerade aus, wie viel Geld sie durch die Unterbrechung der Tour verlieren würden.

„Sobald er wach ist, dürfen wir zu ihm", schloss Matt seine Ausführungen.

Auf einmal war Michael ganz Ohr. „Ach, ich weiß nicht, ich muss so viel regeln: Termine absagen, umplanen, du weißt schon." Er tupfte mit dem Taschentuch über seine Stirn. „Ich suche mir besser ein Hotel und beginne sofort. Ja, das wird das Beste sein. Du kommst doch klar?"

Natürlich kam Matt klar. Er war schließlich kein kleines Kind mehr, obwohl Michael und die anderen ihn manchmal so behandelten. Er begleitete Michael zum Taxi, rauchte noch eine Zigarette und machte sich auf den Weg zur Intensivstation.

Obgleich er angespannt und ungeduldig war und sich zunächst nicht einmal setzen wollte, sondern im Wartebereich der Station auf und ab ging, war er, als er sich doch auf einen der Stühle niederließ und für einen Moment die Augen schloss, fast augenblicklich in einen traumlosen Schlaf gesunken. Als ihn der Pfleger weckte, der ihn vorhin gebeten hatte, hier zu warten, schien es ihm, als wäre er eben erst eingenickt. Und doch war mehr als eine Stunde vergangen. Sein Nacken schmerzte, sein Hintern fühlte sich taub an und kribbelte unangenehm. Er fragte sich, wie Smith das immer machte: Noch nie hatte er seinen Bandkollegen über einen steifen Hals oder eingeschlafene Glieder klagen gehört, dabei schlief Smith, wenn er müde war, überall und in fast jeder Position.

Der Pfleger – Matt glaubte sich zu erinnern, dass er sich als Paul vorgestellt hatte – war ihm auf den ersten Blick sympathisch gewesen. Nach der spröden Dr. Wagenhold wirkte Pauls lockere Art ungemein aufmunternd und wohltuend auf ihn. Pauls Englisch war lückenhaft, aber er schien sich darüber keinen Kopf zu machen. Das gefiel Matt. Munter plauderte Paul drauflos, während er Matt den Weg zu Devins Zimmer zeigte. Von ihm erfuhr Matt, dass Devin vor einer halben Stunde aus der Narkose erwacht war, dass seine Vitalwerte ausgezeichnet waren und dass Matt nun, nachdem Dr. Wagenhold Devin untersucht und über seinen Zustand aufgeklärt hatte, zu seinem Bruder durfte. Auch wenn Paul nicht fehlerfrei sprach und eine ganz eigene Grammatik hatte, so konnte er sich doch verständlich machen. Tausend Mal besser als Matt sich auf Deutsch hätte ausdrücken können. Dabei hatte er es immerhin drei Jahre in der Schule gehabt. Jedoch – genau wie bei den meisten anderen Fächern – hatte er nie den Sinn gesehen, den das alles für sein Leben haben könnte, und er hatte daher das Lernen im Allgemeinen nicht allzu eifrig betrieben. Jetzt wünschte er, er könnte sich an mehr erinnern als an „Guten Tag" und „Danke".

Vor der offenen Schiebetür des Zimmers, in dem Devin lag, verabschiedete sich Paul von ihm. Ein Telefon hatte irgendwo in der Nähe zu läuten begonnen und Paul spurtete los, um das Gespräch entgegenzunehmen. Matt sah ihm nach, dann wanderte sein Blick durch die offene Tür in den grell erleuchteten Raum. Sein Herzschlag beschleunigte sich und mit einem Mal fühlte er sich mutlos und allein.

Devins Anblick berührte ihn tief. Nicht wegen der vielen Schrammen und Schwellungen, der dicken Verbände, der gefährlich anmutenden Schläuche und allem, nein, damit hatte er gerechnet. Was ihn wirklich fertigmachte, war, seinen Bruder weinen zu sehen. Devin weinte und gleichzeitig kicherte er. Grinsend starrte er an die weißgestrichene Decke, während ihm die Tränen über die Wangen bis zum Hals hinabliefen, wo sie im Kissen versickerten. Er nahm Matt erst wahr, als dieser sanft seine Schulter berührte.

„Matthew?"

Mit einem unsicheren Lächeln beugte sich Matt zu ihm. Sie drückten sich umständlich.

„Hatte glaube grad 'ne kleine Panikattacke", sagte Devin mit brüchiger Stimme und wischte mit der unverletzten Hand die Tränen aus dem Gesicht. Er räusperte sich und deutete mit dem Kinn auf seinen linken Arm, der von der Schulter bis zu den Fingerknöcheln eingegipst war. „Scheiße Matt, ich kann meine Finger nicht bewegen, ich spüre nix. Schau nur, mein Arm liegt da wie ein totes Stück Fleisch. Was, wenn ich nie wieder Gitarre spielen kann?"

Der Blick, der seine letzten Worte begleitete, war so voller Angst, dass sich in Matt alles zusammenzog.

„Scheiß doch aufs Gitarrespielen!"

Angestrengt setzte Devin sich auf. „Du weißt, dass ich nicht drauf scheißen kann", sagte er gereizt. „Ich kann kein einziges Instrument spielen mit nur einer Hand. Wie bitte soll ich komponieren?"

„Mann, Devin, du hättest draufgehen können!", sagte Matt heftiger als beabsichtigt.

Es war, als hätte er die Luft aus einem Ballon gelassen. Devin sackte zurück ins Kissen. Bleich und kraftlos lag er da, starrte auf seine Bettdecke und schien erneut den Tränen nahe. Matt wusste weder, was er sagen, noch was er tun sollte. Er kam sich blöd und unbeholfen vor und seine Verlegenheit wuchs mit jedem Augenblick, in dem sein Bruder schwieg. Ohne Devin aus den Augen zu lassen, zog er einen der Stühle ans Bett und setzte sich. Er legte seine Hand auf Devins Arm, dann zuckte er zurück, denn es war der linke, verletzte Arm und er hatte Angst, dass es ihm wehtun könnte. Doch Devin spürte nichts, das hatte er selbst gesagt. Unsicher legte Matt seine Hand auf Devins Schulter und drückte und streichelte so sanft und aufmunternd, wie er nur konnte.

Erst jetzt fielen ihm die vielen Geräusche auf, die sie umgaben: das Piepen, Rauschen und Zischen der Lebenserhaltungs- und Überwachungsgeräte, das röchelnde Atmen des Patienten im Bett nebenan, die quietschenden Schritte und die Gespräche jenseits der Zimmertür. Konnte man sich tatsächlich erholen bei dieser Geräuschkulisse?

„Scheiße, ich glaub, ich hab 'n Tier totgefahren." Devin sprach so leise, dass sich Matt näher zu ihm beugte, um ihn besser verstehen zu können. „Ich hab nur die Augen leuchten gesehen. Und da hab ich gebremst und das Lenkrad rumgerissen und dann …"

Er brach ab und nestelte an seiner Bettdecke herum.

Matt saß ganz still. Er traute sich kaum, Luft zu holen. In diesem Augenblick fühlte er so viel Mitleid und Liebe für seinen Bruder, ihm war zum Heulen zumute.

„Weißt du, kurz vor dem Aufprall, als ich wusste, dass ich nix mehr tun kann, da hatte ich eine verdammte Scheißangst. Todesangst. Keine schönen Bilder mit den Höhepunkten meines Lebens, ich hab auch nicht an Tom gedacht oder an dich oder Mum. Nein, da war nur diese Scheißangst und sonst nix." Devin räusperte sich und sah Matt an. „Der Ferrari ist hinüber, nehme ich an?"

Matt nickte.

Devin seufzte und rieb sich mit dem rechten Handballen über die Augen. „Ist Michael auch da?"

„Der ist schon wieder weg. Hatte es eilig, sich ein Hotel zu suchen und mit der Schadensbegrenzung zu beginnen. Gibt viel zu regeln."

„Er ist bestimmt stinksauer wegen des Ferraris."

Matt zuckte mit den Schultern. „Eher wegen der Konzerte, die er absagen muss."

„Konzerte? Heute das, okay. Aber Samstag bin ich wieder fit. Wir müssen nur jemanden finden …"

„Die Ärztin meinte was von zwei Wochen …"

„Zwei Wochen?", polterte Devin los und versuchte sich erneut aufzurichten, doch offenkundig fehlte ihm die Kraft. „Scheiße, zwei Wochen hier drin? Das geht nicht, da dreh ich durch. Schon allein dieses ständige Piepen …", sagte er matt und brach ab.

Mit finsterer Miene betrachtete er die Kanüle in seinem rechten Handrücken und den Schlauch, der in einen Infusionsbeutel mündete. Zwei weitere Schläuche schlängelten sich unter seiner Bettdecke hervor. Von Dr. Wagenhold wusste

Matt, dass sie Luft und Wundsekrete ableiteten. Genauer darüber nachdenken wollte er nicht; das, was er sah, war beunruhigend genug.

„Schon komisch", sagte Devin. „Man müsste doch meinen, man spürt das, die ganzen Schläuche und so. Aber nix. Hab nur 'n bisschen Kopfschmerzen, wie nach 'ner durchzechten Nacht. Das ist alles."

3. Steffi

„Scheiße, warum ist denn alles auf Englisch?"

Steffi zog eine Schnute, sie hatte sich die Recherche im Internet leichter vorgestellt. Zwar gab es sowohl zu „EAT MORE GREENS" als auch zu „Devin Mortenson" zahllose Treffer, aber Beiträge in deutscher Sprache fand sie kaum. Mit einem Online-Übersetzungsprogramm und ihrem Wörterbuch mühte sie sich durch die englischen Texte. Sie war immer gut in Englisch gewesen, doch die Schulzeit lag Jahre zurück. Die Übersetzungen des Online-Programms waren teilweise überhaupt nicht verständlich und Katja, die neben ihr an dem winzigen Schreibtisch saß, erwies sich ebenfalls als keine große Hilfe.

Anfangs, als sie sich durch die unzähligen Fotos von Devin, Matt, Adam und Smith geklickt hatten, war Katja eifrig bei der Sache gewesen. Doch nun – drei Stunden später – blickte sie geistesabwesend auf den Bildschirm und wickelte immer wieder die gleiche Haarsträhne um ihren Zeigefinger. Die Strähne glänzte vom häufigen Zwirbeln fettig. Steffi zwang sich zur Ruhe. Manchmal ging ihr die Freundin gewaltig auf die Nerven, aber sie wollte nicht ungerecht sein, schließlich war es Katjas Computer, mit dem sie im Internet surften. Wäre sie nicht so begierig darauf gewesen, so viel wie möglich über EAT MORE GREENS zu erfahren, sie hätte längst das Handtuch geworfen. Doch zu Hause hatte sie weder Internet noch Computer und auf Arbeit war die private Nutzung offiziell verboten.

„Hast Du Hunger? Ich könnte Spaghetti kochen", sagte Katja, deren Magen prompt grummelte.

Steffi seufzte und sah auf die Zeitanzeige am unteren Rand des Monitors. Sie hätte etwas vertragen können, aber es war zu spät.

„Nach fünf esse ich nichts mehr", sagte sie, ohne die Augen vom Bildschirm zu nehmen. „Zwei Kilo sind schon runter", fügte sie stolz hinzu und dachte an die knallrote Lederhose, die sie in Größe XS gekauft hatte, obwohl sie S trug, und die zu Motivationszwecken auf einem Kleiderbügel an ihrer Kühlschranktür hing. In ein, zwei Wochen würde sie wie angegossen passen. Glücksgefühle durchströmten sie, als sie sich ausmalte, wie sie die Hose zum ersten Mal tragen und wie fantastisch sie darin aussehen würde.

„Aber du könntest uns noch 'nen Tee machen und ich geh solange eine rauchen", sagte sie und stand auf.

Katja nickte, sammelte die Tassen ein und verzog sich in die Küche, während Steffi mit Zigarette und Feuerzeug in der Hand auf den kleinen Balkon trat.

Ein leichter Wind wehte und die Sonne strahlte immer noch herrlich. Steffi setzte sich auf den klapprigen Stuhl, zündete ihre Zigarette an, lehnte sich vorsichtig zurück und schloss die Augen. Ja, so konnte man das triste Wohnviertel ausblenden und sich an einen schöneren Ort träumen. An die Riviera vielleicht? In die Arme von Devin Mortenson? Sie schmunzelte und dachte mit klopfendem Herzen an den Augenblick letzte Nacht, als ihr klar wurde, wer der Patient war, den sie für die OP vorbereitete. Was für ein unsagbares Glück! Devin Mortenson!

Sie hatte ihn nicht sofort erkannt. Wer rechnete schließlich damit, einen Rockstar auf dem OP-Tisch zu haben? Doch bald war sie sicher gewesen: Sein Gesicht hatte zwar etliche Blessuren, aber es war unverkennbar dasselbe Gesicht, das sie vor einigen Wochen zum ersten Mal bei VIVA gesehen hatte. *The Devil Is You* war ein toller Song und das Video dazu cool und sexy. Das, was ihr jedoch an EAT MORE GREENS von Anfang an am besten gefallen hatte, waren die vier Musiker – allen voran Devin. Seine unwirklich hellen Augen, dieses überirdisch attraktive Gesicht und die verstrubbelten hellbraunen Haare waren atemberaubend. Aber auch die anderen drei sahen verdammt gut aus. Adam, der Bassist, hätte als Catwalk-Model durchgehen können, so schön, elegant und stylisch, wie er war, während Smith, der Schlagzeuger, mit seinen muskulösen, stark tätowierten Armen und den dunklen Augen überaus männlich und ein bisschen gefährlich wirkte. Selbst Matt hätte sie nicht von der Bettkante gestoßen, obwohl sie eigentlich nicht auf Männer mit langen Haaren, Vollbart und Brille stand. Aber auch er war heiß und er war – verflucht noch mal – der Gitarrist einer angesagten Band, deren Alben in Australien alle Rekorde brachen.

Kein Wunder, dass sie nach ihrem Nachtdienst kein Auge hatte zumachen können!

Erst vorgestern hatte sie die Videopremiere von EAT MORE GREENS zweiter Albumauskopplung, *Rich & Beautiful*, gesehen. Wie ein Zeichen kam ihr das jetzt vor. Reich und schön. Warum sollte das nicht auch auf sie zutreffen? Sie sah gut aus, sie hatte Stil und sie war nicht dumm. Beschwingt drückte sie die Zigarette in dem kleinen Blumentopf aus, der als Aschenbecher diente. In Anbetracht der Tatsache, dass Katja nicht rauchte, waren ziemlich viele Zigaretten darin.

Rich & Beautiful

Tracy used to be very pretty
The prettiest girl in the class of '83
She kept her lean figure thanks to
Nip and tuck, diets and her personal trainer
Her elaborate face has not one wrinkle
But the only glow comes from the diamonds' twinkle

Follow me to the land of the golden rainbow
It's where the rich & beautiful live
But baby, don't get too close – just enjoy the show
Entertainment is all it can give

Charles married Tracy in the summer of '83
He was a poor fellow back then – now he's a big cheese
He pays for Tracy's lifestyle, her jewels and surgery
But it's been years since he kissed her pouty lips
Or played with her big, expensive boobies –
He'd rather snort coke and screw teenage hotties

Follow me to the land of the golden rainbow
It's where the rich & beautiful live
But baby, don't get too close – just enjoy the show
Entertainment is all it can give

These days Charles lusts after young Ashley
An aspiring new model from L.A.
Since she quit school at the age of 15
She's been living on fruit and nicotine
Today she ate just one apple – the champagne kicks in fast
So I guess Charles will score tonight at last

Follow me to the land of the golden rainbow
It's where the rich & beautiful live
But baby, don't get too close – just enjoy the show
Entertainment is all it can give

(Generation X, 2002)

4. Matt

Den Rest des Tages hatte Matt im Bett verbracht. Er holte den verpassten Schlaf nach, und als er wach wurde, blieb er einfach liegen. Stundenlang betrachtete er das Stück vom Himmel, das vor seinem Fenster hing, und dachte an nichts Bestimmtes. Es hatte etwas Tröstendes, eingerollt im Bett zu liegen und nicht hinaus zu müssen. Er hätte nicht sagen können, warum er Trost brauchte, Devin ging es schließlich soweit gut. Aber der Gedanke, aufstehen oder gar das Hotelzimmer verlassen zu müssen, erfüllte ihn mit Widerwillen. Weder das bis in die Abendstunden herrlich sonnige Wetter noch die Ankunft seiner Bandkollegen und der Crew aus Berlin konnte daran etwas ändern.

Adam und Smith, die bald an seiner Tür klopften, ließen sich nicht abwimmeln, und er versuchte es auch nicht ernsthaft. Sicher machten sie sich Sorgen, denn solche einsiedlerischen Launen kannten sie bisher nur von Devin. Und so lümmelten sie zu dritt in Matts Bett, rauchten, tranken Bier und bestellten Pasta und Burger über den Zimmerservice.

Nach dem Essen war Smith einsilbig geworden, und nachdem er mehrmals eingenickt war, raffte er sich auf und wünschte Adam und Matt mit zerknautschtem Gesicht und kleinen Augen eine gute Nacht.

„Alter, du schläfst mehr als die Katze meiner Oma und meine Oma zusammen", rief Adam ihm nach.

Smith kommentierte das mit einer eindeutigen Mittelfingergeste und zog die Tür hinter sich zu.

„Was machen wir jetzt, Matty? Weiter im Bett kuscheln oder wollen wir auf 'nen Drink an die Bar runter?"

Matt schüttelte den Kopf. „Keinen Bock. Du kannst gern ohne mich …"

„Nee, auch keinen Bock." Adam schwang sich aus dem Bett, ging vor der Minibar in die Hocke und inspizierte deren Inhalt. Mit einem lauten Seufzen nahm er zwei kleine Schnapsflaschen und zwei Softdrinks heraus. „Rum-Cola oder Wodka mit Orangenlimo?"

„Egal."

„Nein, sag."

„Rum-Cola."

Adam mixte die Drinks und reichte Matt die Rum-Cola. Sein Getränk stellte er auf dem Nachttisch ab, zog seine Hose von den Beinen und kroch unter die Decke.

„Ich penn heute hier. Aber wir gucken noch 'nen Film. Gib mal die Fernbedienung! Haben die Pay-TV?"

In dieser Nacht schlief Matt schlecht. Zwar war er schnell eingeschlafen, doch er träumte so lebhaft, dass er weder Ruhe noch Erholung fand, sondern sich angestrengt und ausgelaugt fühlte, als er nach wenigen Stunden mit einem Ruck erwachte. Seine Träume waren düster und bedrohlich gewesen. Er hatte sich gefürchtet und war weggerannt, vor etwas oder jemandem, er konnte sich nicht erinnern. Sein T-Shirt war nassgeschwitzt, auch seine Haare fühlten sich feucht an. Fröstelnd zog er die dünne Decke bis unters Kinn und grübelte über das Geträumte nach, doch die Traumwelt blieb schemenhaft und entglitt ihm von Sekunde zu Sekunde mehr. Nach und nach legte sich die Verstörung und ein Gefühl der Erleichterung erfüllte ihn: Er war froh, wach zu sein, gut aufgehoben in seinem Hotelbett, behütet und sicher.

Ein seltsames Geräusch ließ ihn zusammenschrecken. Scheiße, hatte eben jemand etwas gemurmelt? Angestrengt lauschte er, doch er hörte nichts. Plötzlich wackelte das Bett und im nächsten Augenblick spürte er einen Hieb gegen seine Brust.

Lähmende Panik ergriff ihn. Sein Herz schien auszusetzen, dann raste es los, als gäbe es kein Morgen. Beinah hätte er laut aufgeschrien, aber im selben Moment realisierte er, was ihn da getroffen hatte.

Adam! Er war der unheimliche Murmler und es war sein Arm, der auf Matts Brust gelandet war. Matt fing an zu kichern. Es war zu komisch: Gern hätte er sein erschrockenes Gesicht von eben gesehen. Sein Kichern steigerte sich zu einem heftigen Lachanfall. Er lachte so laut, dass Adam davon aufwachte.

„Was geht'n bei dir, Alter?", sagte der und rückte von Matt ab, ohne eine Antwort abzuwarten.

Es dauerte ein paar Minuten, bis Matt sich beruhigte. Als auch der letzte Lacher verebbt war, lag er putzmunter da und starrte in die Dunkelheit. Neben ihm hatte Adam wieder angefangen, leise zu reden. Man hätte meinen können, er sei wach, so zusammenhängend, wie er sprach. Adam gab es nicht zu, doch Matt wusste, dass ihm diese Eigenart unangenehm war. Vielleicht war das der Grund, warum keine seiner Eroberungen über Nacht bleiben durfte?

Matt rollte auf die Seite und betrachtete den Freund. Adam lag auf dem Bauch, die Arme unter dem Oberkörper verwinkelt, das Gesicht im Kissen vergraben. Er schien mit einer Frau zu sprechen, mit jemandem, den er „Honey" nannte. Seine Stimme war schmeichlerisch, süß wie Karamell. Matt grinste. Nicht mal im Schlaf fiel Adam aus der Rolle des Herzensbrechers.

Leise stand er auf und streckte sich. Sein Körper war steif vom vielen Liegen, doch ansonsten fühlte er sich gut. Auf Zehenspitzen schlich er ins Bad, wo er einen Joint und einige Zigaretten rauchte und einen Comic las. Als er damit fertig war, kletterte er wieder ins Bett und vertrieb sich recht zufrieden die Zeit mit Zuhören: Adams Monologe und die immer lauter werdende Vogelschar vor seinem Fenster lieferten kurzweilige Unterhaltung. Und irgendwann, es wurde bereits hell, schlief er ein. Diesmal war es ein traumloser, erholsamer Schlaf.

„Hey, Sweetheart. Aufwachen."

Perfekt gestylt, ausgeschlafen und überaus gut gelaunt saß Adam auf der Kante des Betts und grinste ihn an.

„Es ist gleich zwei."

Zwei Uhr? Wie hatte er so lange schlafen können? Um drei begann die Besuchszeit auf Devins Station. Er musste noch duschen und etwas essen. Mit einem Satz schnellte er aus dem Bett und stürmte ins Bad.

„Ich hab dir ein Käsesandwich mitgebracht und Kaffee."

„Danke!"

In Windeseile duschte er, zog frische Sachen an und setzte sich zu Adam an den kleinen Tisch.

„Du isst nix?"

„Hab schon. War mit Michael, Smith und den Jungs beim Frühstück." Adam schüttelte den Kopf und verzog das Gesicht. „Stell dir vor, ich war halb neun munter. Ist das nicht krass?" Er stand auf, fummelte an seiner Hose herum, anscheinend saß sie nicht so, wie er es wollte, und setzte sich wieder. „Ach, und es ist jetzt offiziell: Wir haben Urlaub! Am Elften geht's weiter. Da ist dieses Benefizkonzert in London, du weißt schon, 9/11 – *The Year After*. Das will Michael auf keinen Fall canceln. Zu wichtig."

Matt trank einen Schluck Kaffee. „Passt ja. Bis dahin ist Devin sicher fit."

Adam nickte und rieb sich die Hände. „Bleibt die Frage, was wir mit der freien Zeit anstellen. Michael und Smith wollen heim. Der Rest will in Europa Urlaub machen, irgendwo wo es geile Strände und gute Wellen gibt. Und da kam Portugal zur Sprache …"

„Spinnt ihr?" Matt ließ das Sandwich sinken und sah seinen Freund entgeistert an. „Devin wär gestern beinah draufgegangen und ihr habt nichts Besseres im Sinn, als euch so schnell wie möglich zu verdrücken?"

„Ganz so ist es nicht. Vor Samstag haut keiner ab. Wir besuchen ihn alle …"

„Hallo? Samstag? Das ist übermorgen! Also ich bleib auf jeden Fall hier!"

Matt war sauer. Auf dem Weg ins Krankenhaus sprach er nur das Nötigste und blickte finster vor sich hin. War ihnen Devin denn egal? Klar, sie besuchten ihn heute und morgen, doch danach wollten sie ihn sich selbst überlassen. Obwohl Adam keine besondere Schuld traf, war er von ihm am meisten enttäuscht und er vermied es, ihn anzusehen.

Im Krankenhaus erfuhren sie, dass maximal zwei Besucher auf einmal zu Devin durften. Insgesamt waren sie zu acht: Neben Adam, Smith und Matt waren Bill, ihr Roadmanager, und vier ihrer fünf festen Roadies, Chris, Mike,

Stewart und Angelo, dabei. Hew, der fünfte Roadie, der sie auf all ihren Tourneen begleitete, lag mit einer Erkältung im Bett und Michael … Ja, warum war Michael eigentlich nicht hier?

Eine Weile standen sie vor Devins Zimmer und beratschlagten sich. Matt und Smith würden als Erste hineingehen, danach Adam und Bill. Die beiden würden sich die Wartezeit im Krankenhaus vertreiben, die anderen wollten zurück ins Hotel und später wiederkommen. Matt hatte sich kaum am Gespräch beteiligt und erst, als er zusammen mit Smith Devins Zimmer betrat, fiel seine schlechte Laune von ihm ab.

Sein Bruder saß halb aufrecht im Bett und strahlte ihnen entgegen. Er sah viel besser aus als gestern: frischer und lebendiger. Etwas von der unbändigen Energie, die er so oft verströmte, schien zurück zu sein. Offensichtlich freute er sich ungemein, sie zu sehen. Sie begrüßten sich herzlich, scherzten und lachten. Und als hätten sie eine stille Übereinkunft getroffen, sprachen sie weder über Devins Verletzungen noch über den Unfall.

„Und was geht so in Leipzig?", fragte Devin.

Normalweise war es ein Ritual, ja, eine Pflicht, in jeder Stadt, in der sie zum ersten Mal waren, sofort das Nachtleben zu erkunden.

„Gestern war uns nicht nach Feiern zumute", sagte Smith lapidar. „Vielleicht heute."

„Unbedingt! Und dann müsst ihr einen für mich mittrinken!"

Devins aufgeräumte, ja fast übermütige Stimmung stand im krassen Gegensatz zu seiner gestrigen Verfassung und Matt fragte sich, wie viel davon echt und wie viel aufgesetzt war. Wollte er den Schein wahren, um Smith und ihn nicht zu beunruhigen?

Smith berichtete Devin von dem, was er beim Frühstück mit Michael erfahren hatte: dass die Tour nun bis zum Londoner Benefizkonzert pausierte.

„Selbstverständlich nur, wenn du bis dahin wieder okay bist", sagte er. „Michael möchte auf keinen Fall, dass du dich überanstrengst. Im Notfall will er ein Playback laufen lassen, falls du nicht …"

„Was soll der Scheiß? Ich kann in zwei Wochen vielleicht noch nicht Gitarre spielen, aber ich kann singen. Alter, singen könnte ich auch heute Abend."

„Das hab ich ihm auch …", begann Smith.

„Mann, der müsste mich echt besser kennen! Playback! So 'nen Scheiß mach ich nicht. Das ist das Letzte …" Devin hielt inne. „Na, das kann ich ja später mit Michael selbst bequatschen."

„Naja", sagte Smith. „Er wird wohl nicht kommen, er hat so viel zu tun. Deswegen sollte ich dir ja alles erzählen. Er lässt dich grüßen."

„Echt jetzt? Ist das seine Art mir zu sagen, dass er sauer auf mich ist?"

Smith stöhnte auf. „Nein, Mann. Ich wusste, du verstehst es falsch … Er … Hängt es nicht an die große Glocke, okay? Er hat Schiss vor Krankenhäusern, 'ne Phobie."

Devin lachte auf. „Und ich dachte, der hat vor nix Angst."

„Er kriegt Panikattacken, wenn er nur in die Nähe eines Krankenhauses kommt", fuhr Smith fort. „Gestern das war ziemlich heftig für ihn, obwohl er nur im Büro dieser Ärztin war. Krankenzimmer und so geht wohl gar nicht."

Matt dachte an Michaels graues, schweißüberströmtes Gesicht von gestern. Das erklärte einiges.

„Okay", sagte Devin. „Elfter September. Aber kein Playback, sag ihm das!"

Smith führte seine gestreckte Hand seitlich an die Stirn: „Aye, aye, Sir!"

Devin grinste. „Also? Was macht ihr mit der freien Zeit?"

„Na, ich bleibe hier!", sagte Matt und wunderte sich über die Frage. „Bei dir."

„Oh, bitte! Du willst nicht ernsthaft zwei Wochen neben meinem Bett sitzen und mein Händchen halten, oder?" Devin sah ihn schief an. „Echt jetzt, Matt? Mann, wir hatten alle so lange keinen Urlaub."

„Aber ich kann dich doch nicht alleine lassen!"

„Klar kannst du! Ich komm zurecht. Wenn ich erstmal aus diesem Horrorzimmer raus bin, ist alles easy. Spätestens übermorgen soll ich verlegt werden. Einzelzimmer mit Fernseher, Telefon und Frühstück im Bett. Wie Ferien in 'nem Luxushotel."

„Wir hatten überlegt nach Hause zu fliegen", sagte Smith zögerlich. „Michael und ich. Samstag wahrscheinlich."

„Na, perfekt. Und die anderen?"

Smith schien erleichtert über Devins Reaktion. Ganz so einerlei war es ihm also nicht, dachte Matt.

„Bill hat irgendwas von Portugal gefaselt", sagte Smith. „Von wegen Surfen und so."

„Surfen in Portugal, super Idee!"

„Ich weiß nicht", sagte Matt wenig überzeugt. Er verstand nicht, warum Devin ihn nicht hier haben wollte.

„Aber ich! Klingt perfekt. Echt jetzt, ich bestehe drauf, dass du was Sinnvolles anfängst mit der freien Zeit." Er grinste die beiden an. „Ist purer Eigennutz: Wenn für euch 'n cooler Urlaub abfällt, fühle ich mich nicht so sehr wie der Superarsch, der allen die Freude verdorben hat."

„Bist du bescheuert, Alter?", sagte Smith. „Wir sind alle froh, dass nichts Schlimmeres passiert ist. Mann, das hätte auch schief gehen können!"

Eine Pause entstand. Devins Grinsen verschwand, er sah verlegen aus.

„Ich hab übrigens mit Mum telefoniert", sagte Matt, „gleich, nachdem ich gestern bei dir war."

„Du hast hoffentlich nicht …"

„Sie weiß nur, dass du 'nen Unfall hattest und dir den Arm gebrochen hast. Hat sich trotzdem total aufgeregt und sie war misstrauisch, weil du dich nicht selbst gemeldet hast. Wenn ihre Flugangst nicht wäre, säße sie längst im Flieger. Du musst sie unbedingt anrufen, sobald du kannst."

„Wir müssen los", sagte Smith. „Adam und Bill wollen auch zu dir." Devin und er stießen ihre Fäuste aneinander. „Hau rein, Alter. Wir sehen uns morgen."

Matt umarmte seinen Bruder, bevor er ihm ebenfalls die Faust hinhielt. „Ich komm später noch mal, wenn die ganze Bagage durch ist."

5. Steffi

Bereits heute Morgen hatte sie gewusst, dass es ein fantastischer Tag werden würde, und sich mit größter Sorgfalt geschminkt und frisiert. Sogar ein paar Tropfen ihres sündhaft teuren Lieblingsparfüms, das sie nur zu besonderen Anlässen trug, hatte sie sich gegönnt.

Ein Blick in den Spiegel im Umkleideraum des Krankenhauses bestätigte ihr, dass sie bezaubernd aussah: Ihre dunkel umrandeten Augen funkelten geheimnisvoll und ihre Wimpern wirkten dank gezielter Extensions noch länger und dichter als sonst. Sie zupfte ihren Kasack zurecht und seufzte: Gern hätte sie vorteilhaftere Kleidung getragen, wenn sie Devin traf, aber die Chance, unauffällig zu ihm zu gelangen, war so ungleich höher. Sie frischte ihren roséfarbenen Lipgloss auf und warf ihrem Spiegelbild einen Kussmund zu. Es konnte losgehen! Sie sah auf ihre Armbanduhr: Es war kurz nach drei. Bis Dienstbeginn blieb ihr genügend Zeit, um den richtigen Moment abzupassen und ihr Vorhaben in die Tat umzusetzen.

Mit federnden Schritten machte sie sich auf den Weg. Als sie in den Gang trat, an dessen Ende sich der gläserne Eingang zur Intensivstation befand, stockte sie. Vor Devins Zimmer stand eine Gruppe von Leuten: Besucher. Verdammt! Wie hatte sie vergessen können, dass Besuchszeit war? Noch bis sechs Uhr. So lange konnte sie beim besten Willen nicht warten. So eine verfluchte Scheiße! Vor einer Stunde hätte sie hier sein müssen und niemand wäre ihr in die Quere gekommen.

Angespannt beäugte sie die Gruppe hip aussehender Männer, die zwischen ihr und Devin standen. Leute aus dem Musikbusiness, keine Frage. Moment! Ihr Herz machte einen Hüpfer. War das nicht ...? Ja, ganz sicher! Oh, mein Gott: Jerry Smith, der Schlagzeuger von EAT MORE GREENS! Und der daneben mit den langen Haaren und dem dunklen Bart war Matt Mortenson! Sie hätte tanzen können vor Glück. Mit angehaltenem Atem beobachtete sie die beiden, die sich bald aus der Runde lösten und in Devins Zimmer verschwanden. Zuerst war sie enttäuscht, doch dann kam ihr etwas in den Sinn, das ihre Aufregung um ein Vielfaches steigerte: Wenn Smith und Matt hier waren, war mit Sicherheit auch Adam, der wunderschöne Adam Johns, nicht weit. Fieberhaft scannte sie das verbliebene Grüppchen. Sie waren jetzt noch zu sechst; vier von ihnen kehrten ihr den Rücken zu: Einer von denen musste es sein!

„Oh, bitte, bitte!"

Während sie dies inbrünstig flüsterte, setzten sich die sechs Gestalten in Bewegung und kamen nun direkt auf sie zu. Panik flammte in ihr auf: Wie sollte sie sich verhalten? Wohin sollte sie blicken? Wie sich hinstellen? Sie musste cool bleiben, cool und ...

Da sah sie ihn. Adam Johns. Auch wenn sie nicht gewusst hätte, dass er der Bassist von EAT MORE GREENS war, wäre er ihr ohne Zweifel überall aufgefallen. Adam hatte ein Gesicht wie ein Hollywoodstar und er strahlte eine selbstbewusste Lässigkeit aus, die so sexy wirkte, dass Steffi zu schwitzen begann. Zum ersten Mal in ihrem Leben verschlug es ihr den Atem und die Sprache und auch ihr Hirn versagte den Dienst. Alles, was sie zustande brachte, als er an ihr vorbeischlenderte, war zu lächeln und die Augen niederzuschlagen, als sein Blick sie streifte.

Er hatte sie angesehen! Kaum eine Sekunde hatten sich ihre Blicke getroffen und doch war sie sicher, Interesse in seinen Augen gesehen zu haben. Neugierig sah sie ihm nach. Und tatsächlich drehten sich Adam und einer der anderen zu ihr um und flüsterten miteinander. Adam und der andere, ein unscheinbarer Typ mit Basecap, machten kehrt und kamen auf sie zu. Der Typ mit dem Basecap sprach sie an, aber sie verstand ihn nicht, zu sehr verwirrte sie Adams Gegenwart. Adam stand kaum einen Meter von ihr entfernt, lächelte – gottgleich –, sagte jedoch nichts. Der Typ mit dem Basecap wiederholte langsam und geduldig seine Frage und machte eine erklärende Geste – anscheinend war er es gewohnt, mit Menschen zu sprechen, die ihn nicht verstanden. Er wollte wissen, wo man in Ruhe eine rauchen konnte. Sie triumphierte: Wenn das keine Anmache war! Leider hatte sie ihre Sprache noch nicht sicher wiedergefunden und so lächelte sie die beiden nur an und signalisierte ihnen, ihr zu folgen.

Keine Minute später stand sie rauchend mit Adam, der ihr mit jedem Augenblick schöner vorkam, und Bill, so hieß der Typ mit dem Basecap, vor einem Nebeneingang des Krankenhauses. Die filterlose Camel, die Adam ihr ausgegeben hatte, schmeckte köstlich. Jeder Zug fühlte sich wunderbar voll an. Ihr wurde ein wenig schwindlig, angenehm schwindlig, und sie fragte sich, ob das an dem ungewohnt starken Tabak lag oder an Adams körperlicher Nähe. Selig lächelnd lehnte sie sich an die Hauswand, zog bedächtig an der kostbaren Zigarette und dachte unentwegt: „Adam Johns! Ich rauche eine Zigarette mit Adam Johns!"

Alles an ihm wirkte cool, lässig und wundervoll auf sie, doch es war vor allem sein Gesicht, das sie fesselte. Ihr Blick flatterte zwischen den dunklen, von langen, dichten Wimpern umrandeten Augen und seinen sinnlichen Lippen hin und her. Seine Haut war makellos, leicht gebräunt, und sein atemberaubendes Lächeln zauberte Grübchen auf seine Wangen. Noch nie hatte sie außerhalb von Film und Fernsehen einen schöneren Mann gesehen, noch nie mit einem schöneren Mann eine Zigarette geraucht!

Zu ihrem großen Bedauern verstand sie nur die Hälfte von dem, was Adam und Bill sagten. Sie hatte nie zuvor australisches Englisch gehört und hätte nicht gedacht, dass es ihr derartige Probleme bereiten könnte. Seine Frage, was man in Leipzig unternehmen könne, wiederholte Bill dreimal, bis sie endlich begriff. Ihr ständiges Nachfragen war ihr unangenehm – wie lästig solche Sprachdifferenzen doch waren –, aber zum Glück kannte sie sich bei diesem Thema aus und zählte schnell ein paar Bars und Clubs auf, in denen man an einem Donnerstag Party machen konnte.

„Und was machst du heute Abend?", fragte Adam.

Einen kurzen Augenblick war Steffi kopflos.

„Ich muss arbeiten." Der Satz entschlüpfte ihrem Mund automatisch und ungewollt.

Nein, dachte sie panisch. Was sagte sie da? Sie würde ganz bestimmt nicht arbeiten, wenn er mit ihr ausgehen wollte! Sie würde sich krankmelden. Gerade in diesem Moment konnte sie bemerkt haben, wie ihr schlecht wurde. Eine Magen-Darm-Geschichte, das kam immer gut. Oder vielleicht … Aber sie konnte den Gedanken nicht zu Ende denken oder gar aussprechen, denn Dr. Müller und sein Kollege Dr. Brecher traten aus dem Nebenausgang zu ihnen.

Andreas! Gestern noch war sie überzeugt gewesen, in Dr. Müller verliebt zu sein, doch jetzt? Jetzt konnte sie sich kaum ein Lächeln abringen, so lästig war ihr sein Erscheinen. Gestern noch fand sie die Art, wie er seine Zigaretten schief im Mundwinkel hängend rauchte, ziemlich sexy, doch im direkten Vergleich zu Adam war nichts an ihm sexy. Es war, als würde man ein Pony einem Rennpferd gegenüberstellen.

Natürlich sprach er sie an und natürlich antwortete sie ihm, das gebot die Höflichkeit, aber merkte er nicht, wie sehr er störte? Für Adam und Bill schien das Erscheinen der beiden Ärzte das Signal zum Aufbruch zu sein. Oder wieso hatten sie es auf einmal so eilig? Adam nahm einen letzten Zug von seiner Zigarette, drückte sie im Aschenbecher aus und zwinkerte Steffi zum Abschied zu.

Ungläubig starrte sie die Tür an, die sich hinter ihm schloss. Alles war so schnell gegangen, viel zu schnell, als dass sie hätte reagieren können. Sie fühlte immer noch die Wirkung von Adams Blicken und seiner Gegenwart: Ihre Wangen brannten, ihre Gedanken wirbelten durcheinander, das Herz schlug ihr bis zum Hals.

„War'n das Freunde von unserem Rockstar?"

Sie brauchte einen Moment, um zu realisieren, wer da mit ihr sprach und was er gesagt hatte. Und als sie es realisierte, spürte sie mit einem Mal eine unbändige Wut in ihrem Bauch. Langsam drehte sie sich zu Dr. Müller um. Was grinste der so blöd? Am liebsten hätte sie ihm wehgetan, ihm sein Grinsen mit einer Ohrfeige aus dem Gesicht gewischt oder ihm etwas sehr Gemeines an den

Kopf geworfen, etwas, das ihn wirklich verletzte. Doch vor Dr. Brecher, über den gemunkelt wurde, er habe eine Affäre mit Dr. Wagenhold, wollte sie sich nicht in ein falsches Licht rücken.

„Um genau zu sein, war der eine der Bassist der Band", sagte sie mit einem kalten Lächeln.

„Wow, Prominenz! Na, wenn ich das gewusst hätte …"

„Dann hättest du was gemacht? Nach einem Autogramm gefragt?"

„Nee, was soll ich denn damit?", sagte Dr. Müller, und Dr. Brecher und er fingen an zu lachen.

Ihr Lachen fachte Steffis Wut noch mehr an. Wofür hielten die sich? Und warum war ihr nie zuvor aufgefallen, wie dümmlich Dr. Müller aussah, wenn er so selbstzufrieden lachte?

„Ich muss los", sagte sie und stürmte davon.

Wenn sie nicht sofort ging, konnte sie nicht garantieren, nicht doch noch ausfällig zu werden. Außerdem hatte sie Wichtigeres zu tun, als ihre Zeit mit diesen beiden zu vergeuden: Sie musste Adam abpassen und das Gespräch nochmals auf die Abendplanung lenken. Er war jetzt bei Devin, das schien ihr sicher, und mehr als eine halbe Stunde durften Besucher in der Regel nicht bei den Patienten bleiben. Sie sah auf ihre Armbanduhr. Zeit für einen kleinen Plausch mit Katja hätte sie gehabt und ihr Bedürfnis, mit jemanden über das eben Erlebte zu reden, war riesig. Doch Katjas Station lag am anderen Ende des Krankenhauses: Wer weiß, wen sie auf dem Weg dorthin alles traf? Nein, das Risiko war zu groß! Falls sie heute Abend mit Adam ausgehen wollte, musste sie eine plötzliche Krankheit vorgaukeln und sich morgen früh eine

Krankschreibung vom Arzt organisieren. Das wäre ohne Probleme machbar. Um sich diese Option jedoch offenzuhalten, war es am besten, wenn so wenige Leute wie möglich wussten, dass sie da war.

Um Unauffälligkeit bemüht, schlich sie durch die Gänge. Direkt vor der Station konnte sie nicht warten, das wäre verdächtig gewesen. Was sollte außerdem Adam denken, wenn er sie an derselben Stelle wiedertraf? Besser war es, in der Besucherecke hinter dem großen künstlichen Farn Stellung zu beziehen. Hier war sie auf den ersten Blick nicht zu sehen, hatte aber eine hervorragende Sicht auf den Gang, aus dem er kommen musste.

Und tatsächlich: Eine gute halbe Stunde später sah sie ein bekanntes Basecap auf sich zukommen. Bill. Adam konnte nicht weit sein. Sie stellte sich in Positur, bereit im richtigen Augenblick vorzupreschen. „Oh, you again!" würde sie zu ihm sagen und ihm ihr bestes erstauntes Lächeln schenken. Der Rest würde sich von selbst ergeben.

Da war er!

Seine Schönheit traf sie erneut wie ein Hammer, doch der Schlag, den sie im selben Moment einsteckte, war ungleich härter. Er war nicht allein! Er unterhielt sich angeregt mit der einen Person, die sie auf keinen Fall sehen durfte: Dr. Wagenhold, ihre Oberärztin, mit der sie planmäßig halb sieben eine OP haben würde.

Warum war das Leben nur so grausam?

Hinter ihrem Farn beobachtete sie, wie die beiden an ihr vorbeizogen. Nie zuvor hatte sie ihre fade Oberärztin so locker und sprühend erlebt. Auch sie schien sich Adams Charme nicht entziehen zu können, und das, obwohl er ihr Sohn hätte sein können!

Steffi verharrte noch einen Moment in ihrem Versteck, dann schlich sie hinterher. So leicht gab sie nicht auf!

6. Matt

Es war kurz nach halb sechs, als Matt die Intensivstation betrat. Die offizielle Besuchszeit endete um sechs, doch er wusste, er würde problemlos länger bleiben können, und heute würde er so lange bleiben wie möglich. Es war sein letzter Besuch, die drei Tage in Leipzig waren fast vorüber. Morgen ging der Flieger nach Portugal und dann würde er Devin erst in London am Vorabend des Benefizkonzerts wiedersehen. Obwohl Matt leidenschaftlich gern surfte und Adam, Bill und der Rest der Jungs die bestmögliche Reisebegleitung waren, konnte er sich nicht für den bevorstehenden Urlaub begeistern. Viel lieber wäre er bei seinem Bruder geblieben. Aber Devin wollte nichts davon hören und so hatte er sich gefügt.

„Matty!"

Devin schien auf ihn gewartet zu haben. Lange konnte er noch nicht alleine sein, denn nachdem Matt und Adam den Besuchsreigen um drei eröffnet hatten, waren auch alle anderen – bis auf Michael – bei ihm gewesen.

„Na, Koffer gepackt?"

Matt nickte grinsend und ging mit bedächtigem Schritt, wie es seine Art war, durch das Zimmer, das ihm mittlerweile so vertraut war, dass es all seinen Schrecken verloren hatte. Sicher lag das vor allem daran, wie sehr sich Devins Befinden verbessert hatte. Nach seinem desolaten Zustand am ersten Tag schien er nun fast wieder der Alte zu sein. Klar, er war angeschlagen, das war unübersehbar, doch sein Mundwerk und sein Humor funktionierten wie eh und je.

Mittwoch und Donnerstag war das Zimmer mit drei Betten voll belegt gewesen, heute hatte Devin nur noch einen Bettnachbarn: einen mittelalten Mann mit Sauerstoffbrille, der ständig zu schlafen schien. Der Mann schlief mit offenem Mund, was seinem ausgezehrten, gelb-gräulichen Gesicht ein groteskes Aussehen verlieh. Seine weiß belegte Zunge und die dunkel verfärbte untere Zahnreihe waren sichtbar, in den Mundwinkeln hatten sich zähflüssige Spuckefäden gebildet. Wie immer, wenn Matt an dem Bett vorüberging, fiel sein Blick erst in das Gesicht des Mannes und blieb dann an seinen Füßen hängen: Sie hatten die gleiche ungesunde Farbe wie sein Gesicht. Tiefe Risse durchzogen die Haut seiner Fersen und Ballen, während seine riesigen, gelblichen Nägel, prall und glatt waren. Nie hatte Matt so große Fußnägel, nie so eine zerklüftete Hornhaut gesehen. Die Füße beschäftigten ihn derart, er hatte letzte Nacht sogar von ihnen geträumt. Er schämte sich, weil er den Mann jedes Mal so beäugte, doch irgendwie konnte er nicht anders, als ihn anzustarren. Er empfand Abscheu und Mitleid, und auch dafür schämte er sich. Der Mann stöhnte im Schlaf und gab einen holpernden Schnarcher von sich. Das pfeifende Röcheln, das seine Atmung begleitete, verstummte. Matt zuckte zusammen: Hatte er aufgehört zu atmen? Er lauschte angespannt. Atemgeräusche konnte er keine hören, doch erleichtert sah er, wie sich Brustkorb und Bauch hoben und senkten. Alles in Ordnung: Der Mann atmete, er lebte. Matt sah zu seinem Bruder. Wie gesund und vital Devin trotz all der Bandagen, Schrammen und Beulen im Vergleich zu dem Mann wirkte!

„Wie geht es dir?"

Devin verdrehte die Augen. „Nicht anders als vor zweieinhalb Stunden, als du mich dasselbe gefragt hast."

Matt zog den Stuhl ans Bett und setzte sich. Er wollte Devin nicht nerven, doch er machte sich Sorgen und der Gedanke, ihn hier zurückzulassen, belastete ihn. Allein in diesem Krankenhaus, allein in einer fremden Stadt, in einem fremden Land: Ihn hätte das bedrückt, wäre er an Devins Stelle gewesen.

„Boah, du glaubst nicht, wie gern ich mit euch kommen würde", sagte Devin. „Sonne, Strand, Wellen, hübsche Mädchen, Cocktails … das süße Leben." Er hielt inne, er schien zu spüren, dass Matt sich bei diesen Worten unwohl fühlte. „Nein, im Grunde will ich gar nicht mit", sagte er und setzte eine ernste Miene auf. „Hab's nicht verdient. Wer Scheiße baut, muss die Konsequenzen tragen. Ist alles eine Frage des Karmas: Ursache und Wirkung. Man kann nicht das verflucht teure Auto eines anderen crashen, ein Leben auslöschen und das eigene leichtfertig aufs Spiel setzen, ohne dafür zu bezahlen. Und bezahlen muss ich: Arm futsch, Führerschein futsch, Krankenhausarrest. Wenn man es so betrachtet, ist das Krankenhaus das geringste Übel."

„Du hast doch kein Leben …", begann Matt, aber dann fiel ihm ein, wie erregt Devin gewesen war, weil er glaubte, ein Tier überfahren zu haben.

„Kein menschliches. Macht es das weniger schlimm? Und selbst wenn ich die arme Kreatur nicht erwischt habe, ich hab mit dem Leben anderer gespielt. Schlechtes Karma. Ich kann es fühlen. Es klebt an mir wie Sand an nasser Haut."

Matt runzelte die Stirn.

„Jetzt machst du dir wieder Sorgen um mich", stellte Devin fest. Seine Stimme klang vorwurfsvoll. „Ich komm klar, ehrlich", fügte er sanfter hinzu. „War 'n bisschen viel in der letzten Zeit, findest du nicht? Wir können alle 'ne Auszeit gebrauchen, auch wenn ich mir meine anders vorgestellt hab. Aber einige Tage Ruhe, ohne jegliche Ablenkung, ohne Alkohol und den ganzen Scheiß werden mir sicher nicht schaden. Vielleicht schreibe ich sogar mal wieder ein paar vernünftige Lyrics. Ist lange her …" Er seufzte. „Bock auf 'n Bier hätte ich allerdings schon. Doch wenn ich mir den Typen da drüben anschaue, vergeht die Lust schnell."

Matt drehte sich zu dem Mann um. „Denkst du, er ist 'n Alki?"

„Kein Zweifel."

„Wer weiß, was er durchgemacht hat", sagte Matt leise.

Devin zuckte mit den Schultern. „Irgendeinen Grund gibt es immer. Ich hoffe nur, er hat keine Familie und zerstört nur sein eigenes Leben."

Matt sagte nichts, er wusste nie so recht, was er sagen sollte, wenn ein Gespräch diese Richtung nahm. Ihr Vater war Alkoholiker gewesen. Schlimme Dinge waren geschehen, von denen Matt, im Gegensatz zu seinem Bruder, vieles erst im Nachhinein erfahren hatte. Eigene Erinnerungen an den Vater hatte er kaum. Er dachte fast nie an ihn und fühlte auch nichts Besonderes, wenn seine Gedanken wie jetzt doch einmal zu ihm wanderten. Devin ging es anders, das wusste er. Besorgt betrachtete er den Bruder, der mit zusammengezogenen Augenbrauen vor sich hin starrte. So guckte Devin immer, wenn er über etwas nachgrübelte oder wenn er aufgewühlt war. Eine Weile schwiegen beide, dann gähnte Devin herzhaft und rieb mit dem Handballen seiner rechten Hand ausgiebig seine Augen.

„Boah, bin ich müde, könnte ständig pennen. Scheiß Schmerzmittel."

„Willst du schlafen? Ich kann auch losmachen."

„Auf keinen Fall. Ich bin froh, dass du da bist", sagte Devin gähnend. „Erzähl mir von gestern Abend! Bill hat geschwärmt, aber er meinte, du hättest dich früh verdrückt und den ganzen Spaß verpasst."

„Ich war eben kaputt."

„Ach, Matty!" Er legte den Kopf schief. „Ein exzentrischer Einzelgänger pro Familie ist genug." Er zog eine Augenbraue nach oben. „Außerdem wird das so nie was mit dir und den Frauen. Hast du nicht Lust, dich mal auszutoben?"

„Du weißt, One-Night-Stands sind nicht mein Ding ...", sagte Matt und kratzte seinen Bart. Es war ihm bewusst, dass er dies immer tat, wenn er verlegen war.

„Jaja, du glaubst an die große Liebe", sagte Devin und lachte. „Nein, im Ernst: Hör nicht auf mein Gequatsche. Du machst das schon. Du bist der mit dem guten Karma."

Matt unterdrückte das Bedürfnis, weiter seinen Bart zu kratzen und faltete seine Hände im Schoß.

„Was ist mit heute Abend? Zieht ihr noch mal um die Häuser?"

Matt schüttelte den Kopf. „Glaube nicht. Um acht treffen wir uns zum Dinner im Hotel und danach fahren wir nach Berlin. Unser Flug geht morgen ziemlich zeitig."

„Ihr seid vielleicht ein paar Schnarchnasen!" Grinsend schüttelte Devin den Kopf. „Na, dann lass wenigstens im Urlaub ein bisschen die Sau raus. Versprich mir das!"

7. Steffi

Das Klingeln ihres Handys riss sie aus dem Schlaf. Angewidert verzog sie ihr Gesicht: Sie hatte einen üblen Geschmack im Mund, ihre Zähne fühlten sich pelzig an. Das kam davon, wenn man, ohne die Zähne zu putzen ins Bett ging. Ekelhaft. Sie wollte gar nicht wissen, wie sie aussah. Abgeschminkt hatte sie sich nämlich auch nicht. Gott, war sie schlecht drauf gewesen!

Ihr Handy klingelte wieder und wieder. Warum hatte sie das verdammte Ding nicht ausgeschaltet? Angewidert von sich selbst und mit wachsender Wut auf den Anrufer kroch sie aus dem Bett und folgte dem Klingeln bis in die Küche, wo sie ihre kleine rote Handtasche vor wenigen Stunden achtlos hatte fallen lassen. Sie angelte das Telefon aus der Tasche und drückte heftiger als nötig auf die Taste mit dem grünen Hörer.

„Katja, geht's noch?", bellte sie ins Handy. „Ist es zu viel verlangt, an seinem freien Samstag ausschlafen zu wollen?"

„Entschuldige. Aber ...", Katja schluckte hörbar und Steffi stellte sich vor, wie sie nervös mit ihren Haaren spielte. „Er ist hier!"

„Wer ist hier? Und wo ist hier? Herrgott, Katja! Ich hab nicht mal drei Stunden geschlafen, du musst schon deutlicher werden." Sie wusste, sie ließ ihren Frust über die enttäuschende letzte Nacht an der Freundin aus, doch für den Moment war ihr das egal.

„Devin. Er wurde verlegt", sagte Katja und fügte mit Stolz in der Stimme hinzu: „Auf meine Station."

„Ach so?"

„Ja, ich dachte ... Wenn du ihn besuchen möchtest, wäre es in den nächsten Stunden perfekt. Dr. Herzsprung will die Visite persönlich machen, deshalb wird sie nicht vor elf, halb zwölf beginnen und bis dahin ..."

Ein breites Lächeln erhellte Steffis Gesicht. „Klar, ich komme. Danke! Ich beeil mich. Und sorry, dass ich eben so ... Ich war einfach übelst müde."

„Klar, verstehe ich. Bis gleich also."

Steffi legte ihr Handy auf den Küchentisch und tanzte wie ein Footballspieler, der einen Touchdown erzielt hatte. Sie beendete ihren Freudentanz mit einer Pirouette, verbeugte sich vor einem imaginären Publikum und stürmte ins Bad. Während sie duschte, sich rasierte und ihre Haare wusch, wich das breite Lächeln nicht eine Sekunde von ihrem Gesicht. Das Glück war zurück, das spürte sie. Sie stieg aus der Dusche, wickelte ein Handtuch um ihren Körper und wischte den beschlagenen Spiegel frei.

Was sie sah, dämpfte ihre Hochgefühle: Sie hatte dunkle Schatten unter den Augen, ihr Augen-Make-up war in dicken, schwarzen Streifen über ihre Wangen verlaufen und auf der Stirn und am Kinn sprossen zwei frische, rot leuchtende Pickel. Gott, sie sah aus wie eine abgefuckte Rauschgiftsüchtige! Ohne den Blick von ihrem Spiegelbild zu wenden, nahm sie den Kamm und arbeitete sich mit zackigen Bewegungen durch ihre Locken. Sie sah so beschissen aus, wie sie sich letzte Nacht gefühlt hatte. Sie seufzte laut. In den vergangenen beiden Tagen war nichts so gelaufen, wie sie es geplant hatte.

Am Donnerstag hatte sie ihr Versteck hinter dem großen Farn verlassen und war Adam und Dr. Wagenhold nachgeschlichen, nur um eine Minute später mit ansehen zu müssen, wie Adam sich im Foyer von Dr. Wagenhold verabschiedete und in einen dunklen Bus stieg, der direkt vor dem Eingang parkte. Und noch während sie ihren Hals verrenkte und überlegte, ob dies der Tourbus von EAT MORE GREENS sein konnte, hatte Dr. Wagenhold sie entdeckt, sie in ein völlig belangloses Gespräch verwickelt und in der Annahme, Steffi sei überpünktlich zum Dienst erschienen, mit sich gezogen. So mies gelaunt hatte Steffi noch nie ihre Arbeit begonnen. Und in den nächsten sechsundzwanzig Stunden, die ihr Dienst andauern sollte, besserte sich ihre Stimmung nicht wesentlich. Das lag vor allem daran, dass sie es nicht schaffte, zu Devin vorzudringen. Schuld waren der übervolle OP-Plan und Paul, der diensthabende Pfleger auf der Intensivstation, der sie einfach nicht zu Devin ins Zimmer ließ. Okay, es war nachts und Devin schlief, aber trotzdem: Sie hätte ihm gern beim Schlafen zugesehen und wer weiß, vielleicht wäre er wach geworden ...

Als ihr Dienst am frühen Freitagabend endlich ein Ende fand, war ihre Laune derart im Keller, dass sie von einem erneuten Besuch auf Devins Station absah. Sie fuhr nach Hause, schlief zwei Stunden und machte sich halb zehn sorgfältig zurechtgemacht auf den Weg. Adam würde mit Sicherheit auch an diesem Abend ausgehen – Rockstars feierten ständig – und sie würde ihn finden!

Zunächst klapperte sie jedes größere, zentrumsnahe Hotel der Stadt ab und hielt nach dem dunklen Bus Ausschau. Doch ohne Erfolg. Sie war nur mäßig enttäuscht: Es gab einfach zu viele Hotels und ihr fehlte die Zeit für eine gründliche, breitangelegte Suche. Viel aussichtsreicher erschienen ihr die einschlägigen Partymeilen der

Stadt und so steuerte sie getrieben von unerschütterlicher Zuversicht jede angesagte Kneipe und jeden Club im Zentrum, der Südvorstadt und Connewitz an. Aber egal, wohin sie ging, Adam traf sie nirgendwo.

Vier Uhr morgens gab sie auf. Ihre Füße schmerzten, sie war hungrig und müde, ihre Stimmung hatte den Tiefpunkt unterschritten und die fünfzig Euro, die sie eingesteckt hatte, waren für Eintritte und die ein oder andere Cola light draufgegangen. Fünfzig Euro für nichts! Sie fuhr nach Hause, aß eine Schachtel Pralinen, die seit Ostern in ihrem Küchenschrank lag, rauchte ihre restlichen Zigaretten und ging ins Bett.

Sie schauderte beim Gedanken an die Zweihundertfünfzig-Gramm-Packung Nougat-Meeresfrüchte, die sie bis zum letzten Stück in sich reingestopft hatte. Die Pralinen hatten nicht mal besonders gut geschmeckt, dafür aber ihre Diätbemühungen der vergangenen Woche komplett zunichtegemacht. So würde die rote Lederhose weiter am Kühlschrank hängen bleiben – ungetragen.

Sie seufzte und verteilte ein paar Tropfen Chanel Nr. 5 hinter ihren Ohren und zwischen den Brüsten. Die luxuriöse Schwere des Dufts und der elegante Flakon in ihrer Hand belebten sie.

Was hatte es für einen Sinn, über Vergangenes nachzugrübeln, wenn das Glück so greifbar war? Sie würde Devin treffen!

Sie war fertig geschminkt und frisiert und im Vergleich zu eben sah sie hervorragend aus. Selbst die Pickel waren kaum mehr zu erkennen. Zufrieden nickte sie ihrem Spiegelbild zu, ging ins Schlafzimmer und schlüpfte in eine enganliegende Hüfthose und ein weißes Top, das teuer gewesen war und auch so aussah.

Auf dem Boden des Schlafzimmers verstreut lag ihr Outfit der letzten Nacht: der ultrakurze, rote Rock und die leicht transparente, schwarze Bluse, BH, Slip und Strumpfhose. Mit großen Schritten stieg sie über die zerknüllten, nach Zigarettenrauch stinkenden Häufchen. Am liebsten hätte sie alles in Ordnung gebracht – ein paar Handgriffe nur … Nein! Eine Dreiviertelstunde war bereits vergangen seit Katjas Anruf, fünfzehn Minuten würde sie für den Weg zum Krankenhaus benötigen: Sie durfte keine Zeit mehr verlieren! Sie nahm eine der geräumigeren Handtaschen aus dem Regal, stopfte Portemonnaie, Fotoapparat, Handy und Schlüssel hinein und schlüpfte in ihre schwarzen Ballerinas. Mit der Türklinke in der Hand warf sie einen Blick zurück in die Wohnung. Niemals zuvor hatte sie ihre Wohnung in einem derartigen Zustand verlassen. Schlafzimmer, Küche und Bad – überall waren die Spuren der letzten Nacht und des Morgens deutlich zu sehen. Sie ließ die Türklinke los und schloss energisch die Türen zum Bad, zur Küche und zum Schlafzimmer. Die Pumps, die mitten im Raum lagen, hob sie auf und stellte sie ins Schuhregal. Ja, so war es besser: Die Ordnung im Flur beruhigte sie. Um den Rest würde sie sich später kümmern.

Im Krankenhaus empfing sie Katja mit einem verschwörerischen Lächeln und führte sie, ohne viele Worte zu verlieren, zu Devins Zimmer. Leider war sie nicht die Einzige, ja, es herrschte reger Andrang im Zimmer des Rockstars. Immer wieder kamen neugierige Kolleginnen vorbei, um einen Blick auf Devin zu werfen und ihn – bewaffnet mit Stift und Papier – nach einem Autogramm zu fragen. Die meisten kannte Steffi nur vom Sehen.

Sicher, sie hatte sich das Treffen mit Devin anders vorgestellt, doch sie ließ sich nicht entmutigen, und sie verstand es, sich in den Vordergrund zu rücken. Zum einen war sie die Einzige, die keinen formlosen Kittel trug, und zum anderen fragte sie nicht kichernd nach einem Autogramm. Sie begegnete Devin auf Augenhöhe.

In den vergangenen beiden Tagen hatte sie sich immer wieder mögliche Dialoge mit Adam und Devin ausgemalt. Akribisch notierte sie alle Wörter, die sie nicht wusste, schlug sie nach, sobald sie die Gelegenheit dazu hatte, und lernte sie auswendig. Auf dieses Gespräch war sie vorbereitet! Sie erzählte Devin, dass sie bei seiner OP assistiert hatte, was ihn erwartungsgemäß ziemlich beeindruckte, und erkundigte sich fachmännisch nach seinem Befinden, seinen Verletzungen und der weiteren Therapie. Und als der Moment passend schien, zog sie ihre Kamera aus der Tasche.

„You don't mind, do you?" Diesen Satz und das begleitende Hochziehen ihrer linken Augenbraue hatte sie auf der Fahrt hierher an jeder roten Ampel im Spiegel der Sonnenblende geübt.

Selbstverständlich hatte er nichts dagegen. Und so fotografierte sie ihn erst alleine und rückte dann ganz nah an ihn heran, lehnte ihren Kopf an seinen und schoss mit weitausgestrecktem Arm ein Foto von ihnen beiden.

Gott sah er gut aus! Sie war so auf Adam fixiert gewesen, dass sie beinah vergessen hatte, wie unglaublich gut Devin aussah. Diese Augen! Sie waren so hell wie Wasser

– grau mit einem Hauch blau – und sie blickten so durchdringend, es war schwer, ihrem Blick standzuhalten.

Kurz nachdem sie ihre Fotos geschossen hatte, fand das Zusammensein mit Devin ein abruptes Ende. Erika, die dienstälteste Schwester der Station, stand plötzlich mit autoritärer Miene in der Tür und drohte, Dr. Kiefer hinzuzuholen, wenn nicht alle verschwänden, die hier nichts zu suchen hätten. Außer Steffi waren gerade zwei Schwesternschülerinnen im Zimmer. Auf Ärger mit Dr. Kiefer, dem cholerischen Oberarzt der Station, schienen die beiden keine Lust zu haben, und sie huschten schnell an Erika vorbei aus dem Zimmer. Auch Steffi entschied sich für den Rückzug, allerdings weniger aus Angst vor Dr. Kiefer, mit dem sie sich blendend verstand, sondern vielmehr wegen Schwester Erika, deren grimmige Entschlossenheit ihr Respekt einflößte. Es war besser, es sich nicht mit ihr zu verscherzen.

Sie lächelte Erika zuckersüß an: „Bin sofort weg."

Dann wandte sie sich ein letztes Mal Devin zu und verabschiedete sich mit dem Versprechen, bald wiederzukommen.

Obwohl ihr Zusammensein kurz gewesen war und nicht so intim, wie sie es sich erhofft hatte, war sie nicht unzufrieden. Ein Anfang war gemacht, sie hatte sich bestmöglich verkauft und morgen würde sie wiederkommen.

In beschwingter Stimmung fuhr sie nach Hause. Dort räumte sie gründlich auf, saugte, putzte und wienerte, bis ihre Wohnung so sauber und makellos war, wie sie es mochte. Müde, aber zufrieden sank sie auf die kleine Couch im Schlafzimmer und ließ die Ordnung auf sich wirken. Der Geburtstagsfeier ihres Opas, zu der sie bald aufbrechen musste, wenn sie halbwegs pünktlich zum Kaffee da sein wollte, sah sie nun gelassen entgegen. Auf ihren Opa freute sie sich sowieso, nur auf eine Begegnung mit ihrer Mutter hätte sie gut und gerne verzichten können. Zudem bedeutete die Fahrt nach Torgau, wo Opa und Mutter lebten, dass sie zur Besuchszeit nicht im Krankenhaus sein konnte und sich damit die Möglichkeit zerschlug, Adam dort abzupassen. Doch der Besuch bei Devin hatte sie milde gestimmt und Adam würde sie heute Abend treffen – diesmal ganz sicher –, wenn sie wieder ihre Runde durch die Clubs und Bars der Stadt drehte.

Adam oder Devin? Vor die Wahl gestellt, hätte sie nicht gewusst, für wen sie sich entscheiden sollte.

8. Frida

Donnerstag und Freitag hatte Frida freigehabt und zum ersten Mal überhaupt hatte sie die freie Zeit nicht vorbehaltlos genießen können. Das Gefühl, etwas zu verpassen, verdrängte ihr Bedürfnis nach Ruhe und Faulenzerei, dem sie sich normalerweise als Ausgleich zu ihrem anstrengenden Beruf ausgiebig hingab. Wie sie sonst ihren freien Tagen entgegenfieberte, freute sie sich nun auf Samstag, wenn sie endlich wieder Dienst haben würde. Ein wenig schämte sie sich dafür, doch nachdem sie sich auch die ersten beiden EAT MORE GREENS Alben, *Who cares?* und *Love, War and Harmony* aus den Jahren 1998 und 2000, besorgt und diese ebenfalls für überragend befunden hatte, hoffte sie umso dringlicher, Devin Mortenson zu treffen.

Sie wollte ihm sagen, wie viel ihr seine Musik bedeutete und wie sehr sie sein Talent bewunderte. Allerdings scheute sie sich auch vor einem solchen Gespräch; fand es albern und kindisch, es sich zu wünschen. Was sollte es bringen? Was erwartete sie sich davon? Bestimmt wäre sie befangen, vielleicht sogar enttäuscht. Und wie würde er auf dieses Fan-Gestammel reagieren, das er mit Sicherheit schon viel zu oft gehört hatte?

Natürlich hatte sie ihrer Familie und ihrem Freund Nils von dem prominenten Patienten erzählt, doch der Einzige, der ihre Aufregung nicht nur verstand, sondern teilte, war ihr Bruder Robert. Kein Wunder, schließlich hatte er EAT MORE GREENS während seines Australienaufenthalts live erlebt und war so begeistert gewesen, dass er nach dem Konzert gleich zwei Exemplare von *Generation X* kaufte: eins für sich und eins für Frida.

Als sie an diesem Samstagmittag zum Spätdienst erschien, sah ihre Station aus wie immer, aber es lag eine Aufregung in der Luft, die sie so noch nie gespürt hatte. Sie hielt sich nicht für einen besonders intuitiven Menschen und doch fühlte sie, dass etwas anders war als sonst. Etwas war passiert.

Mit hochrotem Kopf kam Erika auf sie zu. Erika war der Typ Mensch, der stets gestresst wirkte, aber gegenwärtig schien ihr Stresslevel irgendwo knapp unter der Decke zu hängen.

„Gut, dass du da bist!", sagte sie außer Atem. „Du musst übernehmen … Der Musiker, du weißt schon, er wurde heut Morgen zu uns verlegt, seitdem ist die Hölle los."

Devin Mortenson war hier! Auf ihrer Station! Frida konnte sich ein Lächeln nicht verkneifen und wurde prompt dafür gerügt.

„Freu dich nicht zu früh", sagte Erika und drohte ihr mit dem Zeigefinger. „Der hat es faustdick hinter den Ohren!" Sie seufzte lautstark, stützte die Hände in die Hüften und drückte den Rücken durch. „Ich verstehe wirklich nicht, warum alle so aus dem Häuschen sind. Das Lied, das mit dem Teufel, du weißt schon, das ist ja ganz nett, nicht mein Geschmack, aber ich bin auch kein junges Mädchen mehr … Aber er? Also ich weiß nicht! Ich kann nur einen verwöhnten Bengel sehen, der anstelle von guten Manieren einen schlechten Haarschnitt und zu viele Tätowierungen hat. Aber irgendwie spinnen auf einmal alle. Du hättest Lena erleben sollen! Sie hat sich vor meinen Augen ein Autogramm geben lassen – auf ihren nackten Arm! Das ist schlicht und ergreifend unerhört, oder? Die habe ich gründlich zurechtgestutzt, das kannst du wissen! So etwas hätte es zu meiner Zeit als Schwesternschülerin nicht gegeben."

Diesmal konnte Frida ein Lächeln unterdrücken. Sie schüttelte bekräftigend den Kopf und wartete darauf, dass Erika weitersprach.

„Ständig waren irgendwelche Leute da, die hier nichts zu suchen haben, und wollten zu ihm. So geht das wirklich nicht! Das ist immer noch ein Krankenhaus und kein ... kein Zirkus. Die täten alle besser daran, ordentlich ihre Arbeit zu machen, statt auf fremden Stationen herumzulungern." Sie schüttelte den Kopf. „Auf jeden Fall kann der Herr Musiker kein Wort Deutsch. Aber er redet und redet und redet. Ohne Unterlass. Und von uns spricht keiner Englisch, naja, außer Lena, aber die lasse ich nicht mehr in seine Nähe. Und was mich wirklich aufregt, ist, dass er ständig mit seinem Handy telefoniert. Er hat so Ohrstöpsel, weißt du, ich dachte erst, er führt Selbstgespräche." Sie zuckte mit den Schultern. „Ich habe versucht, ihm verständlich zu machen, dass er es nicht benutzen darf – doch es war zwecklos."

Da Erika sich bei diesem Thema leicht in Rage reden konnte und jedes Maß verlor, nickte Frida nur stumm. Faktisch waren Mobiltelefone lediglich in den Räumen der Intensivstation verboten, ihr Gebrauch wurde ansonsten toleriert – nur eben von Erika nicht. Diese war überzeugt – und wurde nicht müde ihre Überzeugung kundzutun –, dass die Strahlung, die von den Geräten ausging, die Gesundheit schädigte: Kopfschmerzen, Hirntumore, Veränderungen des Erbguts – all dies war laut den Studien, die sie gelesen hatte und die sie bei ihren Ausführungen gern zitierte, möglich und wahrscheinlich.

Sehr zu Fridas Verwunderung folgte heute kein Vortrag über all die negativen Folgen, die der Gebrauch von Mobiltelefonen mit sich brachte. Der neue Patient schien Erika mehr zu beschäftigen. Gedankenversunken starrte sie vor sich hin und ordnete mechanisch ihre Frisur. Dann wandte sie sich wieder Frida zu und konnte jetzt sogar lächeln. „Du übernimmst den Herrn Musiker, ja?", sagte sie und wies auf Zimmer acht, eines der beiden Einzelzimmer der Station.

Frida war furchtbar nervös. Ihr Herz hämmerte und ihr Mund war so trocken, wie ihre Hände feucht waren. Sie atmete ein paar Mal tief ein und langsam wieder aus, streifte ihre Handflächen am Stoff der Hose ab und betrat das Zimmer.

Devin saß mit angewinkelten Beinen im Bett und schrieb konzentriert in ein rotes Büchlein, welches er mit seinem bandagierten linken Arm fixierte. Die hellbraunen Haare, die sein blasses Gesicht umrahmten, waren zerzaust, einige wirre Strähnen ragten wie kleine Antennen in die Luft. Er war so vertieft, dass er sie nicht zu bemerken schien.

„Hi!" Ihre Stimme klang schrill in ihren Ohren.

Endlich blickte er auf. Seine hellen Aquamarin-Augen glänzten fiebrig unter den zusammengezogenen Brauen, ein unwirscher Zug umspielte seine Lippen. Er wirkte nicht so jungenhaft und fragil wie vor drei Tagen, was sie vor allem den dunklen, rötlich schimmernden Bartstoppeln zuschrieb, die nun sein Gesicht überzogen. Er sah älter aus, männlicher, doch noch immer fiel es ihr schwer, sich vorzustellen, dass die markante Baritonstimme, die sie so bewunderte, aus diesem Mund kommen sollte.

„Möchtest du ein Autogramm?", fragte er und die Stimme, mit der er sprach, war längst nicht so tief und rauchig, wie die, mit der er sang.

„Sorry?"

Er schrieb mit dem Stift in die Luft. „Ein Au-to-gramm. Möchtest du eins?"

Sie schüttelte den Kopf. „Ich bin Krankenschwester, ich arbeite hier. Mein Name ist Frida."

Er lächelte und obwohl es ein freundliches Lächeln war, wirkte es seltsam bedrohlich auf sie.

„Ich hab heut schon einigen deiner Kolleginnen Autogramme gegeben", sagte er schulterzuckend. „Eine hatte sogar 'ne Kamera dabei und bestand auf ein Foto – und das bei meiner demolierten Visage!"

Sie fand, sein Gesicht sah keineswegs demoliert aus. Im Gegenteil: In Kombination mit dem dichten Dreitagebart gaben ihm die kleineren Verletzungen, die fachmännisch verarztet bereits gut heilten, eine verwegene Note, die ihm ausgezeichnet stand.

Sie war sicher, er wusste das.

„Ich wollte mich nur vorstellen. Meine Kollegin, Schwester Erika, hat mich gebeten nach dir zu schauen … wegen der sprachlichen Differenzen."

Er seufzte theatralisch.

„Erika? Ist das die korpulente, ältere Schwester? Lass mich raten: Du sollst mir auf die Finger hauen, weil ich böser Junge mein Handy benutzt habe. Kannst du dir sparen – ich werde nicht drauf verzichten. Schlimm genug, dass ich hier festhänge, während draußen das Leben weitergeht, und dass meine verfluchte rechte Hand so verflucht ungelenk ist. Nicht mal die einfachsten Dinge kann ich machen.

Schau dir das Geschmiere an! Das kann ich morgen schon nicht mehr entziffern. Fuck!"

Er schleuderte Stift und Notizbuch von sich. Sie sah ihn einen Moment lang verwundert an, ging dann zur gegenüberliegenden Wand, wo Kugelschreiber und Büchlein gelandet waren, und hob beides auf.

„Du hast Schwester Erika also verstanden – wegen des Handys meine ich", sagte sie und reichte ihm seine Schreibutensilien.

„Hä? Ach so, ja."

Er fuhr sich mit der rechten Hand durch die Haare und zog zwirbelnd eine Strähne am Hinterkopf in die Länge.

„Sie war sehr nachdrücklich. Ich hab mir die größte Mühe gegeben, mich dumm zu stellen, aber einfach war's nicht. Ist die immer so übellaunig oder liegt es an mir? Ich glaub echt, sie mag mich nicht."

„Das kann ich mir nicht vorstellen", sagte Frida ausweichend. „Dein Handy darfst du auf jeden Fall behalten und du bekommst einen Festnetzanschluss ans Bett – ich kümmere mich gleich darum."

„Cool", sagte er lächelnd und musterte sie. „Haben wir uns schon mal gesehen?"

„Ähm, ich glaube nicht."

Sie merkte, wie sie rot wurde. Sie dachte an den Moment vor drei Tagen, als er sie so unverwandt und eindringlich angesehen hatte. Unwahrscheinlich, dass er sich daran erinnerte.

„Du kommst mir bekannt vor. Aber ich treffe so viele Menschen … "

Sie nickte. „Schwester Erika meinte, du hast versucht, ihr etwas zu sagen?"

Er lachte. „Ich hab sie nur 'n bisschen verarscht. Ich wusste, sie versteht mich nicht, da hab ich ein paar Songtexte rezitiert. Sie schien sie nicht zu mögen."

Sie lächelte matt. „Du brauchst also nichts?"

„Nö. Doch! Was zu trinken wäre cool, irgendwas Kaltes. Habt ihr Eiswürfel?"

Als sie sein Zimmer verließ, merkte sie, wie enttäuscht sie war. Vielleicht hatte Erika recht, vielleicht war Devin Mortenson tatsächlich nur ein verwöhnter Bengel?

Being somebody, der letzte Song auf *Generation X*, kam ihr in den Sinn. Es war der schnellste, der härteste Song des Albums. Devins Stimme klang wütend, gequält. Er schrie die Zeilen stöhnend ins Mikro, während harte Riffs und donnernde Schlagzeugsalven ihn begleiteten. Was Frida an *Being somebody* faszinierte, war der Kontrast, der sich aus der aggressiven Stimmung des Songs und dem harmlosen, ja banalen Text ergab. Devin sang über das Leben eines Rockstars: die Bewunderung der Fans, die schönen Frauen, den Ruhm, das übergroße Ego. Obwohl die Vermutung nahelag, war es ihr nicht in den Sinn gekommen, dass er über sich sang, über sein Leben, sein Ego. Und vielleicht lagen weder Überspitzung noch Ironie in diesen Zeilen, sondern lediglich seine Gedanken, seine Sicht auf die Welt. Devin, der Ausnahmemusiker, der von allen bewundert wurde. Devin, der Star, der sich für den Coolsten, den Größten, den Einzigen hielt.

Being Somebody

They admire my records
They admire my style
They queue up in the rain
They queue up to see me

To see the show
The boys
And me, me, me

They scream out my name
They scream "I love your smile"
They know every line I wrote
They know my dog's name, my sign
Well, they just love me

They love the music
The band
And me, me, me

She's there after the show
Followed us since San Francisco
Blond little stunner with a flashy smile
Says she loves my records, my style
Says she came through the rain
All the way from Maine – to see me

To see the show
The boys
And me, me, me

I take her to my hotel room
We order champagne, start playing the game
And again and again
I make her scream out my name
I leave her at noon, my favourite fan
As we kiss goodbye I know she loves me

She loves the music
The band
And me, me, me

(Generation X, 2002)

In einer Hinsicht hatte Erika recht gehabt: Samstag war die Station einem Zirkus ähnlicher als einem Krankenhaus. Zimmer acht war die Manege, Devin Mortenson die Hauptattraktion – er schien den Wirbel um seine Person gewohnt zu sein und er schien ihn zu genießen – und zum Publikum zählte quasi jede Mitarbeiterin des Marienkrankenhauses unter fünfzig.

Dabei waren EAT MORE GREENS vergleichsweise unbekannt! Frida konnte sich nicht vorstellen, dass alle, die hier ein und aus gingen, tatsächlich die Band und deren Musik kannten. War es die Faszination, einen Rockstar – egal, wie bekannt dieser war – hautnah erleben zu können?

Während sie den Tumult mit Humor nahm, reagierte Prof. Herzsprung, der überraschend der Station einen Besuch abstattete, weniger gelassen. Für einen Klinikchef war er ein relaxter Mensch, doch an diesem Spätnachmittag mündete seine Entrüstung über das, was er sah und was er sich berichten ließ, in einem handfesten Wutanfall. Seinen Groll bekam vor allem Dr. Kiefer, als Oberarzt der Station, zu spüren, und Frida konnte nicht anders, als an höhere Gerechtigkeit zu glauben: Endlich erfuhr der cholerische Dr. Kiefer mal am eigenen Leib, wie unangenehm es war, einen solchen Ausbruch ertragen zu müssen.

Nach Prof. Herzsprungs Stippvisite und dem scharfen Memo, das prompt folgte und das gespickt war mit Ermahnungen, Anweisungen und Verboten, wurde es ruhiger auf der Station. Normalität zog ein und die letzten Stunden ihrer Schicht war Frida so mit anderen Dingen beschäftigt, dass sie kaum Zeit hatte, über Devin Mortenson nachzugrübeln.

9. Steffi

Steffi gähnte ausgiebig. Obwohl sie mehr als zehn Stunden geschlafen hatte, fühlte sie sich nicht ausgeruht. Gern hätte sie noch eine oder zwei Stunden im Bett verbracht, doch sie wollte spätestens halb drei im Krankenhaus sein und vorher ein paar Vokabeln lernen. Im Nachthemd, mit einer Tasse schwarzem Kaffee in der Hand, saß sie am Küchentisch und lauschte mit zusammengekniffenen Augen dem Mittagsgeläut der benachbarten Kirche. Sonntags läuteten die Glocken so laut und ausdauernd, dass es unmöglich war, wegzuhören. Auch Ohrstöpsel halfen nicht.

Als sie hierhergezogen war, hatte sie sich sehr an dem ständigen Läuten gestört, hatte sogar überlegt, wieder auszuziehen. Allerdings hätte sie eine vergleichbare Wohnung, die sie sich leisten konnte, nur in einem der Plattengettos Leipzigs gefunden, oder sie hätte mit einem WG-Zimmer vorliebnehmen müssen. Nein, beschloss sie damals, so schlimm war das Läuten dieser dämlichen Kirche auch nicht: Tagsüber war sie selten zuhause und an Sonn- und Feiertagen, wenn das Läuten am ärgsten war, arbeitete sie sowieso öfter, als ihr lieb war. Dass sie wie an diesem Wochenende beide Tage frei hatte, war lange nicht vorgekommen.

Die Glocken verstummten und eine wohltuende Ruhe machte sich in der Küche breit. Steffi atmete geräuschvoll aus und sah ihre Vokabelliste durch. Ihre Sammlung war seit Donnerstag auf mehr als fünfzig Wörter angewachsen, die meisten davon hatte sie bereits verinnerlicht. Sie würde alles wiederholen und die letzten fünf Wörter auf der Liste abhaken. Sie war zufrieden mit ihrem Fortschritt und freute sich darauf, nachher im Gespräch mit Devin die eine oder andere Vokabel anzuwenden.

Ihr Handy summte. Eine Nachricht von Dr. Müller.

„Sieh an, sieh an", murmelte sie und öffnete die SMS.

Hey, na, lange nicht gesehen? ;-) Alles okay bei dir? Du wirktest neulich so angespannt … Lust mal wieder auszugehen? Andreas

Sie schnaubte. *Angespannt?* Der hatte Nerven! Genervt war wohl das bessere Wort! Er hatte sie genervt und ihr Zusammensein mit Adam Johns gestört. Und was hieß *neulich?* Donnerstag war sie ihm *angespannt* vorgekommen und er hatte bis Sonntag gebraucht, um zu fragen, ob alles *okay* war? Was hatte sie bloß an dem gefunden? Sie schüttelte den Kopf. Wie unattraktiv und unbeholfen er neben Adam gewirkt hatte! *Lange nicht gesehen? Zwinkerndes Smiley! Lust mal wieder auszugehen?* Der wollte mit ihr ins Bett, weiter nichts! Was bildete er sich ein? Nur weil einmal was gelaufen war, dachte er, er müsse ihr nur eine SMS schreiben und sie käme gesprungen? Das konnte er knicken!

Nein, wirklich: Sie hatte wichtigere Dinge zu tun, als auf Dr. Müllers plumpe Annäherungsversuche zu reagieren! Vokabeln lernen zum Beispiel. Sie schaltete ihr Handy stumm, schob es beiseite und starrte auf die Vokabelliste, doch darauf konzentrieren konnte sie sich nicht. Schuld daran war jedoch nicht die SMS von Dr. Müller, sondern Adam.

Es war so frustrierend! Seit Donnerstag hatte sie ihn nicht wieder gesehen. Diese zehn Minuten mit ihm waren so überwältigend gewesen, so verheißungsvoll. Es war, als hätte sich eine Tür für sie geöffnet, eine Tür zu einer Welt, die sie sich schöner nicht hätte erträumen können. Doch seitdem waren drei Tage vergangen. Drei Tage! Unter allen Umständen musste sie ihn heute im Krankenhaus treffen!

Warum hatte sie gestern Abend nur so kampflos aufgegeben und war ins Bett gegangen, statt erneut nach ihm zu suchen? Sicher, das Zusammentreffen mit ihrer Mutter auf der Geburtstagsfeier war erwartungsgemäß ätzend und kräftezehrend gewesen und Steffi war mit übler Laune und Kopfschmerzen nach Hause gefahren. Sie hatte sich eingeredet, eine erneute nächtliche Suche würde nichts bringen und nur sinnlos viel Geld kosten. Gestern Abend hatte sie das tatsächlich geglaubt, aber jetzt? Sie nagte an ihrer Unterlippe. Was, wenn Adam doch ausgegangen war und sie ihn hätte treffen können? Nein! Rigoros schob sie den Gedanken beiseite. Sie musste, sie würde ihn heute im Krankenhaus sehen – ganz sicher!

„Steffi, hallo!" Anke blieb stehen. Sie presste das Klemmbrett mit Patientendokumenten, die sie eben studiert hatte, an ihre Brust und verschränkte die Arme. „Was machst du denn hier?"

„Ist Katja noch da?", fragte Steffi atemlos. Wegen irgendeiner dämlichen Veranstaltung war der Innenstadtring total verstopft gewesen und sie hatte für den Weg zum Krankenhaus zwanzig Minuten länger gebraucht als üblich.

„Die ist gerade weg", sagte Anke fröhlich. „Wenn du dich beeilst, triffst du sie bestimmt noch in den Umkleiden."

„Eigentlich ..." Sie zögerte und sah Anke abschätzend an.
Als Stationsschwester stand Anke in der Hierarchie zwar
über Erika. Allerdings war sie bei Weitem nicht so respekt-
einflößend wie ihre ältere Kollegin und sicher sah sie vieles auch nicht so verbissen wie diese. Und überhaupt:
Konnte Steffi als Privatperson nicht besuchen, wen sie wollte?

„Ich will zu Devin", sagte sie schnell entschlossen. „Hab
ihm gestern versprochen wiederzukommen. Ist er in seinem
Zimmer?"

Anke nickte mehrmals. „Ja, ja, aber nun ... Hast du das
Memo vom Chef nicht bekommen?"

Steffi schüttelte den Kopf. Was interessierte sie irgend-
ein blödes Memo von Herzsprung?

„Prof. Herzsprung hat ein Besuchsverbot für Station G2
verhängt", sagte Anke.

„Ein was?"

„Ja, für alle Mitarbeiter." Anke lächelte betreten. „Es ist
ziemlich aus dem Ruder gelaufen. Alle wollten unseren
Australier sehen und Autogramme haben und solchen
Kram. Ich meine, ich kann die Aufregung ja nachvollziehen, aber so ein Verhalten ist höchst unprofessionell, da
muss ich Prof. Herzsprung recht geben." Sie nickte bedeutungsvoll. „Wir dürfen mit niemandem über ihn sprechen", fügte sie in vertraulichem Ton hinzu. „Es versteht
sich ja von selbst, dass man nicht mit der Presse redet
oder so, aber an sich kommt das Verbot ja wohl ein bisschen spät. Ich meine, wer hat zuhause nicht von unserem
Rockstar erzählt? Das ist doch nur natürlich!"

„Ein Besuchsverbot?", fragte Steffi fassungslos. „Für alle
Mitarbeiter?"

Anke nickte wieder.

„Aber ich habe heute frei. Herzsprung kann mir nicht vorschreiben, was ich in meiner Freizeit tun soll!"

Anke machte ein betroffenes Gesicht. „Ich weiß nicht. Da hast du sicher recht, doch es gab ziemlichen Ärger gestern und ... Vielleicht sprichst du mal mit Dr. Kiefer? Er ist eine rauchen, glaube ich. Es tut mir leid, ich kann dich nicht ... Außerdem ..."

Steffi zog scharf Luft ein. Das war wohl ein schlechter Witz! Anke sagte noch etwas, aber sie hörte nicht mehr zu. Sie würde das persönlich mit Kiefer klären, von Raucher zu Raucher!

Wie erwartet fand sie Dr. Kiefer in seiner favorisierten Raucherecke, einem schattigen, nicht einsehbaren Winkel hinter dem Krankenhaus. Er war nicht allein: Zu ihrer großen Verwunderung war Katja bei ihm. Die beiden unterhielten sich lebhaft, verstummten jedoch, als Steffi zu ihnen trat. Es irritierte sie ein wenig, dass sich die beiden anscheinend so gut verstanden und sie nichts davon wusste. Sie war es immer gewesen, die den guten Draht zu den Ärzten hatte, nicht Katja.

„Du rauchst doch gar nicht!", sagte sie zu Katja, nachdem sie die beiden begrüßt hatte.

Katja errötete. „Nein ... Ich mach auch gleich los ... nach Hause."

Steffi sah von Katja zu Dr. Kiefer und zündete sich eine Zigarette an.

„Das mit dem Besuchsverbot", sagte sie an Dr. Kiefer gewandt, „das kann nicht ernst gemeint sein? Ich wollte eben zu Devin Mortenson, aber Anke hat mich nicht zu ihm gelassen."

„Das hat leider seine Richtigkeit", sagte Dr. Kiefer mit einem schmalen Lächeln. „Anweisung von ganz oben", fügte er hinzu und wirkte verstimmt.

„Ich bin privat hier!", sagte Steffi schärfer als geplant. Sie zog an ihrer Zigarette und fügte sanfter hinzu: „In meiner Freizeit sollte ich besuchen können, wen ich will. Oder nicht, Dr. Kiefer? Ist das überhaupt rechtens, dieses Besuchsverbot?"

Dr. Kiefer zog die Augenbrauen nach oben und atmete geräuschvoll aus. „Nun, ich verstehe, was Sie meinen, Schwester Steffi. Ich bin da ganz bei Ihnen. Jedoch würde ich Ihnen raten, die Sache heute nicht weiter zu forcieren. Wenn sich die Wogen etwas geglättet haben, können Sie Herrn Mortenson so oft besuchen, wie Sie mögen." Dr. Kiefer lachte. „Jetzt schauen Sie nicht so grimmig. Dass ihr Frauen immer so ungeduldig sein müsst!"

In Dr. Kiefers Kitteltasche klingelte ein Handy. Mit geschäftsmäßiger Miene zog er es hervor und war im nächsten Moment auf dem Weg zurück ins Klinikgebäude.

„Scheiße Katja, du hättest mich echt anrufen können!"

„Hab … Hab ich doch! Mehrmals, ehrlich! Aber erst war dein Handy aus und dann, nachdem Litonya aufgetaucht ist, bist du nicht rangegangen."

„Litonya?" Steffi drückte ihre Zigarette aus und zündete sich eine neue an.

Katja sah zu Boden und zwirbelte heftig an ihren Haaren.

„Litonya Kalinin, du weißt schon …"

Steffis Augen wurden weit. „Seine Freundin?"

Katja nickte.

„Ist sie noch da?"

„Ich denke schon."

„Scheiße", sagte Steffi.

Sie fühlte sich völlig planlos, so durcheinander und überfordert war sie von allem, was sie eben erfahren hatte. Was sollte sie jetzt tun? Ihre Hände zitterten, als sie ihr Telefon hervorholte. Es war immer noch stumm geschaltet, das Display zeigte zwei Anrufe in Abwesenheit. Scheiße! Hätte sie mal ihr Handy gecheckt, dann hätte sie sich diese Aktion hier sparen können! Aber nein, fiel ihr da wieder ein. Sie war nicht nur wegen Devin gekommen. Hoffnung keimte in ihr auf.

„Ich muss Adam wiedersehen!", sagte sie und zog kräftig an ihrer Zigarette. „Aber bei euch auf Station kann ich ja nun nicht auf ihn warten …"

„Also …" Katja räusperte sich. Sie vermied es, Steffi in die Augen zu sehen, stattdessen sah es so aus, als spräche sie mit ihren Schuhen. „Die anderen, Adam, sie sind abgereist."

Steffi fiel beinah die Zigarette aus der Hand, sie ließ eine große Wolke Rauch aus ihrem Mund: „Abgereist?"

Katja nickte. „Dr. Kiefer …"

„Wann?"

Katja verzog gequält ihr Gesicht und zuckte mit den Schultern. „Seit gestern war keiner von denen hier."

Steffi warf ihre Zigarette weg, ihr war übel. Die Möglichkeit, Adam würde abreisen, hatte sie überhaupt nicht in Erwägung gezogen. Das war alles ein bisschen viel auf einmal.

„Bist du sicher?", fragte sie schwach.

Katja nickte langsam. „Es tut mir so leid. Dr. Kiefer hat es eben erzählt."

10. Frida

Als sie am Sonntag zum Spätdienst erschien, fand sie die Gänge ihrer Station verwaist vor. Sonntags war meist weniger Betrieb, doch dass keine ihrer Kolleginnen irgendwo herumwuselte, war merkwürdig. Sie ging ein paar Schritte und lauschte. Hatte sie nicht Gelächter gehört? Ja, jetzt hörte sie es deutlich: Jemand amüsierte sich köstlich im Pausenraum, Simones deftiges Lachen war unverkennbar herauszuhören. Frida öffnete die Tür zu dem kleinen Raum und fand ihre Kolleginnen Erika, Katja, Anke und Simone in einem Kreis zusammensitzend. Alle wirkten erregt, Erika war ungewohnt bleich, die anderen lachten und schnatterten.

„Du glaubst nicht, was passiert ist!", rief Simone, als sie Frida sah.

Und Anke fügte um Ernst bemüht hinzu: „Unsere Eri hat den Schock ihres Lebens bekommen!"

„Was ist los?", fragte Frida und sie war sicher, dass es – was immer es war – mit Devin Mortenson zu tun hatte.

„Unser Australier hat Damenbesuch. Ein Model." Simone stieß Katja an. „Wie hieß die noch mal?"

Katjas Wangen glühten. „Litonya Kalinin. Sie ist super angesagt, Top-Model, läuft für Victoria's Secret."

„Auf jeden Fall ...", sagte Simone lachend und wischte sich eine Träne aus dem Augenwinkel, „hatte Eri eben das Vergnügen, den kleinen nackten Popo der jungen Dame zu sehen, der sich auf unserem Australier auf und ab bewegte."

Anke, Katja und Simone prusteten los. Erika rollte mit den Augen und verzog ihren Mund zu einem angestrengten Lächeln.

„Quatsch!?", sagte Frida. „Die hatten Sex?"

Erika schüttelte missbilligend den Kopf. „Geschlechtsverkehr im Krankenhaus – so etwas habe ich in meinen vierzig Jahren in diesem Beruf noch nicht erlebt! Nein, wirklich nicht!"

„Haben die dich gesehen, Eri?", fragte Frida schmunzelnd.

„Ich glaube nicht. Ich war so schnell draußen, wie ich konnte. Das Geschirr vom Mittagessen steht immer noch drin, aber ich geh da heute nicht wieder rein", sagte sie und verschränkte zur Bekräftigung die Arme vor der Brust.

Frida hielt ihr Ohr an die Tür mit der Nummer acht und lauschte. Sie hörte nichts, keine verdächtigen Geräusche, keine gedämpften Stimmen, gar nichts. Sie sah zu Anke und Simone, die ein Stück hinter ihr standen und aufgeregt kicherten.

Sie schüttelte den Kopf. Warum hatte sie sich bloß breitschlagen lassen, das zu tun? Weil es keine große Sache war, ermahnte sie sich. Das Schlimmste, was passieren konnte, war, dass die beiden immer noch Sex hatten. Allerdings war mehr als eine Stunde vergangen, seit Erika gesehen hatte, was sie gesehen hatte, und damit war es doch ziemlich unwahrscheinlich. Oder? Sie seufzte. Was wusste sie schon davon, wie lange – oder wie oft – andere Paare miteinander schliefen? Es half alles Spekulieren nichts, sie würde reingehen und einfach ihren Job machen!

Neben Devin im Bett saß ein bildschönes Mädchen mit seidenglatten dunklen Haaren. Das Mädchen, das zu Fridas namenloser Erleichterung vollständig bekleidet war, knabberte an Devins Hals und flüsterte in sein Ohr.

Er lachte leise und spielte gedankenverloren mit einer Strähne ihres langen Haares. Die Intimität der Szene berührte Frida. Verlegen sah sie weg und ging schnell zum Beistelltisch, wo das Tablett mit dem unangerührten Mittagessen stand.

„Hi", sagte Devin.

Sie blickte auf und nickte ihm zu. „Hi."

„Jetzt sieh dir dieses Mäuschen an", sagte das Mädchen mit dem liebreizenden Äußeren, legte ihren Kopf auf seine Schulter und begann, seine Brust zu kraulen. „Die ist total verschüchtert. Bestimmt ist sie mega in dich verknallt!"

Wie bitte? Frida starrte Devin und seine Besucherin ungläubig an. Was ging denn bitteschön bei denen?

„Litonya, Baby, Frida versteht dich. Sie spricht ausgezeichnet Englisch."

Litonya kicherte und zuckte kaum merklich mit den zarten Schultern. „Uuuups."

„Außerdem denke ich, du liegst falsch", fuhr er ungerührt fort. „Ich glaube, sie mag mich nicht mal besonders."

Er hatte Frida angesehen, als er das sagte, und er sah sie immer noch an. Seinen Kopf hielt er leicht schräg, ein amüsiertes Lächeln umspielte seine Lippen. Gegen ihren Willen errötete sie. Gern hätte sie etwas Schlagfertiges erwidert, doch ihr fiel nichts ein. Und überhaupt: Lohnte es sich, diesen Quatsch zu kommentieren?

Sie räusperte sich und deutete auf sein Mittagessen.

„Isst du das noch?"

Als er verneinte, griff sie nach dem Tablett und ging zur Tür. Sie wollte nur raus hier.

„Entschuldigung?", rief Litonya ihr nach. „Ich hätte gern einen Kaffee – ohne Zucker, nur ein Tröpfchen fettarme Milch."

Hallo??? Meinte sie das ernst? Frida drehte sich um, zwang sich zu einem, wie sie hoffte, freundlichen Lächeln und sagte sehr ruhig, während ihr das Herz bis zum Hals schlug: „In unserer Cafeteria im Erdgeschoss gibt es hervorragenden Kaffee und garantiert auch fettarme Milch."

Als sie die Tür hinter sich schloss, glaubte sie, die beiden lachen zu hören.

Anke und Simone stürmten auf sie zu.

„Und?"

Sie lächelte schief. „Alles gut. Beide bekleidet."

„Wie ist sie?", fragte Simone. „Hab sie ja noch gar nicht gesehen!"

„Du kannst liebend gern übernehmen", sagte Frida und fragte sich, warum sie sich so ärgerte. Es war schließlich nicht das erste Mal, dass sie mit unhöflichen Menschen zu tun hatte.

„Klaro, mit dem größten Vergnügen!", Simone nickte und nahm ihr – wie zur Bestätigung – das Tablett ab.

„Nun sag schon!", forderte Anke. „Wie ist das Fräulein Top-Model?"

„Sehr hübsch, sehr dünn, aber auf den ersten Blick nicht besonders freundlich", sagte Frida lapidar.

Als sie an diesem Abend nach Hause kam, fühlte sie sich ausgelaugt und frustriert. Obwohl sie es sich nicht gern eingestand, war sie froh gewesen, dass Simone für den Rest der Schicht Devins Zimmer übernommen hatte. So sah sie Litonya nur noch einmal im Vorbeigehen, als diese am frühen Abend mit ihrem kleinen, exquisiten Rollkoffer die Station verließ. Frida konnte nicht umhin, Litonya für ihren souveränen Gang in diesen Monster-Highheels zu bewundern. Wenn sie selbst hochhackige Schuhe trug, sah das bei weitem nicht so elegant und unbemüht aus.

Auf dem Weg ins Wohnzimmer kickte sie ihre Flip-Flops von den Füßen, schnappte sich das Telefon von der Ladestation, ließ sich aufs Sofa plumpsen und wählte Nils' Nummer. Es knackte und rauschte, schließlich klingelte es, doch niemand nahm ab. Eine Weile hörte sie dem einsamen Läuten zu, bevor sie auflegte und sich zur Seite fallen ließ. Sie schloss die Augen und schlief ein.

Sie träumte, sie war auf Arbeit und brachte Litonya einen Kaffee – allerdings nicht wie gewünscht mit fettarmer Milch, sondern mit Kaffeesahne und vier Stück Zucker. Litonya, die nackt neben Devin im Bett lag, richtete sich auf und kostete mit gespitztem Mund einen kleinen Schluck. Sie verzog ihr hübsches Gesicht zu einer Angst einflößenden Grimasse und warf die Tasse mit der heißen Flüssigkeit nach Frida. Sie duckte sich, und als sie wieder hochkam, stand Devin neben ihr. Er lachte laut auf, stimmte *The Devil Is You* an und spielte Luftgitarre. Litonya vollzog derweilen eine Art Kriegstanz auf dem Bett und rief: „Fettarme Milch! Fettarme Milch!" Irgendwo begann ein Telefon schrill zu läuten, doch weder Devin noch Litonya schien sich darum zu scheren. Plötzlich wurde Frida klar: Es war ihr Telefon, hier in der realen Welt! Sie hielt es immer noch in der Hand. Schlaftrunken rappelte sie sich hoch und nahm mit einem erwartungsvollen „Hallo?" ab.

Ihr Herz machte einen Hüpfer: Nils! Er klang erschöpft, aber sie konnte ihn lächeln hören.

Seit fast fünf Monaten arbeitete er für Ärzte ohne Grenzen in Sierra Leone. In sechs Wochen würde sein Einsatz vorüber sein und sie war froh, wenn es endlich so weit war.

Fünf Monate waren lang, und wenngleich sie schon vorher eine Fernbeziehung geführt hatten, war Berlin etwas völlig anderes als das gut fünftausend Kilometer entfernte Freetown. Da Nils quasi rund um die Uhr im Dienst war und Frida in drei Schichten arbeitete, waren regelmäßige, geplante Telefonzeiten unmöglich. Und wenn ihnen nicht die Arbeit im Weg stand, war da immer noch die miserable Telefonverbindung, an der das einzig Zuverlässige die ständigen Verbindungsabbrüche waren.

Heute war die Verbindung erstaunlich gut und beide hatten Zeit und so redeten sie so lange und so ausführlich, wie sie es ewig nicht getan hatten. Nils erzählte von seinem Alltag, in dem ein Notfall den nächsten jagte, und Frida erzählte von Devin.

„Devin, welcher Devin?"

Das war typisch. Sachen, die keine unmittelbare Bedeutung für ihn hatten, vergaß er sofort. Manchmal machte sie das wahnsinnig, doch heute lachte sie nur. Sie erzählte ihm alles, was seit Mittwoch passiert war, und spielte ihm am Ende sogar einen Song von EAT MORE GREENS vor. Obwohl Alternative Rock nicht Nils' Musik war, zeigte er sich angemessen begeistert.

Als sie sich schließlich voneinander verabschiedeten, konnte sie sich über den Verdruss, den der Zwischenfall mit Devin und Litonya in ihr ausgelöst hatte, nur noch wundern. Schon im Gespräch mit Nils war ihr die Begebenheit so trivial erschienen, dass sie nichts erwähnt hatte. Außerdem wusste sie, was Nils gesagt hätte; es war das Gleiche, was er stets sagte, wenn sie sich über Dr. Kiefers Wutausbrüche beklagte: Nicht sie habe ein Problem, sondern diejenigen, die sich so wenig unter Kontrolle hätten, die aufbrausend, beleidigend und respektlos waren. Ihnen mangele es an Selbstbewusstsein und Charakterstärke und im Grunde seien sie zu bedauern. Obwohl sie sich schwertat, Menschen wie Kiefer oder Litonya zu bedauern, wusste sie, dass Nils recht hatte.

Voller Zärtlichkeit dachte sie zurück an den Herbsttag vor sieben Jahren, als sie Nils Leonhardt bei einem Volleyballspiel ihres Bruders zum ersten Mal gesehen hatte. Roberts neuer Mitspieler mit den halblangen, braunen Haaren, den markanten Wangenknochen und der dunklen Brille war ihr sofort aufgefallen. Während des Spiels konnte sie ihre Augen nicht von ihm wenden, und als sie nach dem Schlusspfiff ihrem Bruder zum Sieg gratulierte und nun direkt neben Nils stand, traute sie sich nicht einmal ihn anzuschauen, so verschüchtert und aufgeregt war sie. Von diesem Tag an zeichnete sie Herzen mit seinem Namen in ihre Schulhefte und träumte davon, wie er ihr seine Liebe gestehen würde. Doch bis dieser Tag tatsächlich kam, vergingen mehr als zwei Jahre.

Sie lächelte, als sie an den verkrampften, ungeschickten und gleichzeitig so wunderschönen Moment ihres ersten Kusses dachte. Wie überaus ernst und furchtbar verlegen der sonst so selbstbewusste Nils gewesen war, als er sie fragte, ob sie seine Freundin sein wolle.

Sie kicherte fröhlich, schwang sich vom Sofa hoch und tänzelte pfeifend ins Bad.

Wenn er wieder zu Hause sein würde, könnten sie endlich zusammenziehen. Ihre erste gemeinsame Wohnung! Einen Haken hatte die Sache allerdings: Bislang stand nicht fest, in welcher Stadt das sein würde. Alles hing davon ab, wo Nils zu arbeiten anfing. Er hatte bei drei Universitätskliniken –

in Berlin, München und Leipzig – vorgefühlt und alle drei hatten Interesse bekundet. Sie hoffte und betete, dass er in Leipzig anfangen würde, sie lebte gerne hier. Aber auch mit Berlin, das nur zwei Autostunden entfernt lag, und mit München, wo sie näher bei ihrer besten Freundin Josi wäre, würde sie sich arrangieren. So war das eben im Leben: Wohin es einen verschlug, konnte man nicht immer selbst bestimmen.

Wenn sie an ihre Zukunft mit Nils dachte, tauchte stets die gleiche Szene vor ihrem geistigen Auge auf: Ihre drei wunderschönen Kinder tobten mit dem gutmütigen Familienlabrador über den Rasen, ihr Lachen und Krakeelen schallte fröhlich durch die Luft. Nils saß in einer schattigen Ecke und las eines seiner Fachmagazine, während Frida mit einem riesigen Strohhut auf dem Kopf vor ihrer Staffelei stand und malte.

In Wahrheit hatte sie Jahre keinen Pinsel mehr in der Hand gehalten. Doch das war die Zukunft und alles war möglich.

11. Steffi

Als am Montagmorgen viertel sechs ihr Wecker klingelte, lag Steffi bereits wach in ihrem Bett und starrte in die dämmrige Dunkelheit. Sie drückte auf die Snooze-Taste und drehte sich auf die Seite. Sollte sie sich krankmelden? Ihr ging es wirklich nicht gut. Doch Katja, die gute Seele, hatte ihr versprochen, sie heute Abend zu Devin zu lassen. Katja würde Nachtschicht haben und wäre ab zehn allein auf Station. Wenn Steffi sich krankmeldete, könnte sie schlecht am selben Tag im Krankenhaus auftauchen.

Sie seufzte. Da war immer noch die vermaledeite Freundin, das Top-Model. Gewiss war Devin kein Kind von Traurigkeit, aber solange seine Freundin zu Besuch war, würde er sich nicht auf eine andere Frau einlassen. Wie lange Litonya wohl blieb?

Sie seufzte wieder und drehte sich auf die andere Seite. Sie hatte kaum geschlafen in dieser Nacht, zu sehr hatten sie die gestrigen Erkenntnisse aufgewühlt. Alles schien aussichtslos. Das Schlimmste war, dass sie Adam verloren hatte. Er war weg – unwiederbringlich, das wusste sie mit schmerzlicher Sicherheit. Ihr war zum Heulen zumute, als sie sich dies einmal mehr ins Bewusstsein rief, aber sie hatte gestern so viel geweint, es waren keine Tränen übrig. Was blieb, war Wut. Wut auf sich selbst, doch vor allem Wut auf Dr. Müller. Er hatte alles kaputt gemacht! Hätten er und sein Kollege ihr Zusammensein mit Adam nicht gestört, wäre alles anders gekommen! Sie hätte ihren Dienst sausen lassen und wäre mit Adam und den anderen ausgegangen. Sie hätte die Chance gehabt, Adam für sich zu gewinnen, ihn an sich zu binden.

Wo er jetzt wohl steckte? Sicher schlief er gerade. In den Armen einer anderen Frau? Oh, es war so bitter!

Ihr Wecker klingelte erneut. Wie in Trance drückte sie ihn aus, stand auf und ging ins Bad, um sich für diesen trüben Tag fertig zu machen. Sie hatte nicht die geringste Lust, auf Arbeit zu gehen, aber wenn sie im Bett liegen blieb und sich ihren düsteren Gedanken hingab, war auch nichts gewonnen.

Irgendwie brachte sie die endlosen Stunden ihres Dienstes hinter sich, fuhr nach Hause und ließ sich angezogen, wie sie war, auf ihr Bett fallen. Das Einzige, was ihr in ihrem Elend Trost spendete, war die Tatsache, dass sie den ganzen Tag nichts gegessen hatte: Vielleicht war sie unglücklich, aber zumindest würde sie in ihrer neuen, roten Lederhose umwerfend aussehen.

Am späten Nachmittag rief Katja an. Natürlich war sie besorgt nach den nicht enden wollenden Tränenausbrüchen des gestrigen Tages. Bis zum Abend hatte sie Steffi Gesellschaft geleistet, hatte ihr Tee gekocht, Taschentücher gereicht und zugehört. Wahrscheinlich wäre sie auch über Nacht geblieben, doch irgendwann hatte Steffi ihrem Kummer erschöpfend Luft gemacht und mit einem Mal war ihr Katjas Gegenwart unerträglich gewesen. Als sie jetzt Katjas liebevoll-bange Stimme hörte, tat es ihr leid, wie schroff sie die Freundin hinauskomplimentiert hatte.

Katja hatte in Erfahrung bringen können, dass Litonya gestern noch abgereist war, und mit einer für sie ungewöhnlichen Eindringlichkeit redete sie Steffi zu, heute Abend auf Station zu kommen. Die Wogen hätten sich bereits geglättet,

Devins Freundin sei aus dem Weg, und da außer ihr selbst niemand da wäre, würde sich auch niemand an Steffis Anwesenheit stören.

War Steffi anfangs todunglücklich gewesen, glimmte – je länger Katja sprach – Zuversicht in ihr auf. Und als sie am Ende des Gesprächs versicherte, auf jeden Fall heute Abend vorbeizukommen, fühlte sie sich beinahe so euphorisch und elektrisiert wie in jenen frühen Stunden des Mittwochmorgens, als sie in dem jungen Mann, der vor ihr auf dem OP-Tisch lag, Devin Mortenson erkannt hatte. Devin. Er war ihre Chance auf das ganz große Glück.

„Hey!", sie setzte ihr strahlendstes Lächeln auf und zog die Tür hinter sich zu. „Kennst du mich noch?"

„Na klar!" Devin grinste. „Wolltest du nicht gestern vorbeikommen? Ist voll ruhig geworden hier. Liegt es an der furchteinflößenden Schwester Erika oder warum kommt mich keiner mehr besuchen?"

Sie kicherte. Der Einstieg lief besser als geplant. Nicht nur erkannte er sie wieder – damit hatte sie gerechnet – nein, er erinnerte sich auch noch, was sie gesagt hatte.

„Ansage vom Chef", sagte sie, während sie selbstbewusst lächelnd auf ihn zuging. „Wer keinen Dienst hier auf Station hat, darf nicht zu dir. War ihm wohl ein bisschen viel, der Rummel um dich."

Er zog die Augenbrauen hoch. „Ach? Aber dich schreckt so eine Ansage nicht ab?"

Sie blieb vor seinem Bett stehen und zuckte mit den Schultern.

„Sagen wir so: Ich habe gute Beziehungen und keine Angst, was zu riskieren. Außerdem kann ich dich hier nicht

versauern lassen, du langweilst dich bestimmt schrecklich."
Sie deutete auf das Fußende seines Bettes. „Darf ich?"

Sein Blick folgte ihrem Fingerzeig. „Fühl dich wie zu
Hause", sagte er und verlagerte seine Füße ein Stück nach
links.

Mit einem Nicken und einem aufreizenden Lächeln
setzte sie sich auf die freigewordene Stelle am Ende seines
Bettes. Soweit so gut, dachte sie mit klopfendem Herzen
und war ein wenig überrascht, wie kess sie ihm begegnete. Doch mit falscher Zurückhaltung würde sie keinen
Blumentopf gewinnen, das wusste sie. Er war Frauen eines ganz anderen Kalibers gewohnt! Für einen kurzen
Moment verließ sie der Mut, als sie an seine schwindeler-
regend schöne Freundin dachte und die anderen Über-
frauen, die sie auf Internetfotos zusammen mit ihm
gesehen hatte. Schnell hatte sie sich wieder im Griff:
Keine dieser Frauen war jetzt hier! Und auch wenn sie
vielleicht nicht so groß war wie eines dieser Models, so
konnte sie optisch durchaus mit einem Model mithalten.

Die Minuten verflogen. Sie scherzten, sie lachten, sie
flirteten. Es fühlte sich an wie ein Traum, jedoch war es
real, wie Steffi sich zwischendurch immer wieder verge-
genwärtigte. Sie war so euphorisch, sie sprühte vor Über-
mut und war erfüllt von einem überwältigenden
Glücksgefühl.

„Steffi, es tut mir leid, aber ich muss jetzt mal pennen",
sagte Devin irgendwann und wie zur Bekräftigung des
Gesagten gähnte er ausgiebig.

Natürlich hatte sie bemerkt, dass er immer häufiger
gähnte und sich die Augen rieb, doch sie hatte es ausgeblendet. Ihn zum Lachen zu bringen war berauschend,

ewig hätte sie so weitermachen wollen. Sie war enttäuscht, dass er nicht ebenso fühlte.

Er legte den Kopf schief. „Ich hoffe, du kommst bald wieder."

Ihr Herz flatterte, sein Blick ging ihr durch und durch. „Morgen, wenn du willst", sagte sie und erhob sich langsam.

Mit einem aufgedrehten Lächeln nahm sie die Kaffeetasse entgegen, die Katja ihr reichte, und lehnte sich gegen einen der Aktenschränke, die die hintere Wand des Stationszimmers einnahmen. Ihr Gesicht glühte und ihr Herz quoll über mit Gefühlen der Euphorie und des Triumphs.

„Er ist so sexy", schwärmte sie, „und witzig und übelst lieb." Sie legte eine Hand an ihre Brust und seufzte. „Wie viel wir gelacht haben, wie er mit mir geflirtet hat, das hättest du sehen sollen!"

„Worüber habt ihr denn gesprochen?", fragte Katja und setzte sich rittlings auf den Schreibtischstuhl.

„Ach, über alles Mögliche ... Er wollte wissen, was ich so mache, war sehr interessiert an meiner Arbeit, und er hat mich nach euch allen ausgefragt."

„Ehrlich?" Katja machte große Augen. „Ich wünschte, ich könnte auch Englisch." Sie verzog ihr Gesicht. „Aber wahrscheinlich wäre ich trotzdem zu schüchtern, um was zu sagen. Dabei lächelt er immer total lieb, wenn ich ins Zimmer ..."

„Er hat ein übelst tolles Lächeln, nicht wahr?" Steffi strahlte. „Und diese Augen! Hast du schon mal solche Augen gesehen? Übelst hell, irgendwie verwaschen ... total außergewöhnlich." Sie trank einen Schluck Kaffee. „Da fällt mir ein: Ist Frida oft bei ihm? Er erwähnte sie das ein oder andere Mal."

„Naja, sie spricht am besten Englisch", sagte Katja schulterzuckend.

Steffi nickte langsam und betrachtete die hellbraune Flüssigkeit in ihrer Tasse. „Ist sie eigentlich noch mit Nils zusammen?"

„Denke schon." Katjas Blick streifte Steffi, bevor er sich auf den Boden vor Steffis Füße heftete. „Aber er ist in Afrika gerade. Ärzte ohne Grenzen."

„Aha", sagte Steffi und musterte Katja, die stur nach unten blickte und ihren dünnen Pferdeschwanz zwirbelte.

Katja sprach nicht gern über Nils und Frida, das war offensichtlich. Wahrscheinlich befürchtete sie, dieses Thema, das für Steffi einmal sehr sensibel gewesen war, könnte ihren Kummer und Frust wiederaufleben lassen. Unberechtigt war diese Annahme nicht, denn auch nach all der Zeit waren die Wunden nicht gänzlich verheilt. Für Frida würde Steffi nie positive Gedanken aufbringen können, doch heute war sie viel zu glücklich, um sich von solchen alten Kamellen aus dem Tritt bringen zu lassen.

„Devins Freundin. Das ist keine feste Sache, oder was denkst du?"

Katja blickte auf und hatte so einen erleichterten Gesichtsausdruck, dass Steffi schmunzeln musste.

„Keine Ahnung. Sie war auf jeden Fall nur kurz da, nicht mal über Nacht."

Steffi nickte. Sicher war es eine offene Beziehung. Devin hatte ihr gegenüber Litonya mit keiner Silbe erwähnt, das sprach doch für sich, oder nicht?

„Litonya wurde kürzlich wegen Kokainbesitz festgenommen – das hat Simone im Internet gelesen", sagte Katja. „Krass, oder? Sie hätte beinahe einen fetten Modeljob verloren."

„Dass die alle Drogen nehmen müssen …", sagte Steffi und trank ihren Kaffee aus, bevor er vollkommen abkühlte.

Katja nickte. „Simone meinte, Kokain reduziert Appetit und Hungergefühl. Ist bei Models beliebt, so wenig, wie die essen dürfen."

„Echt? Ich dachte immer, Drogen regen den Appetit an. Ich hatte mal 'nen Freund, der hat gekifft. Der hat übelst Zeug in sich reingestopft, wenn er high war. Total abtörnend." Sie schüttelte sich. „Wie hast du morgen Dienst? Ich könnte um die gleiche Zeit vorbeikommen."

„Nein, ich hab frei. Frida hat Nachtschicht."

„Ach, Scheiße!" Steffi fuhr sich übers Gesicht. „Dann muss ich es nach meinem Frühdienst versuchen."

Katja nickte. „Aber lass dir ein bisschen Zeit. Anke und Erika haben Frühschicht, wäre vielleicht besser, wenn die dich nicht sehen."

12. Frida

Wie Sonntag hatte Frida auch Montag Spätdienst und wie Sonntag hatte Simone auch Montag Devins Pflege übernommen. Nur einmal rief sie Frida dazu, weil er Fragen zu seiner Medikation hatte. Fragen, die Simone, die seit der Schule kein Englisch gesprochen hatte, weder verstand noch hätte beantworten können.

Es war schon eine merkwürdige Situation: Hinter der Tür mit der Nummer acht, an der Frida täglich zigmal vorüberging, lag der Sänger ihrer absoluten Lieblingsmusik, und obwohl sie – abgesehen von Dr. Kiefer – die Einzige war, die auf Station fließend Englisch sprach, hatte sie bislang nur wenige Worte mit ihm gewechselt.

Sie war hin- und hergerissen. Natürlich hätte sie sich gern gut mit ihm verstanden: Wie aufregend wäre es, mit ihm über seine Musik zu reden, über sein Leben, über die Welt? Doch die Situation mit seiner Freundin und das erste Gespräch mit ihm waren ihr unangenehm in Erinnerung geblieben. Sie fühlte sich unsicher in seiner Gegenwart und hatte ständig das Gefühl, auf der Hut sein zu müssen.

Alle anderen hingegen – mit Ausnahme von Erika – waren von ihm begeistert. Simone, Katja und Anke bekamen leuchtende Augen, wenn sie über ihn sprachen: Jedes noch so belanglose Detail seiner Pflege, jeder Fingerzeig von ihm, jede Geste, jede seiner Mahlzeiten, seine Schlafgewohnheiten, jedes Lächeln – alles wurde bis ins Kleinste ausgewertet und mit mädchenhaftem Kichern quittiert. Vor allem seine Bemühungen, sich deutsche Wörter anzueignen, ließen ihre Kolleginnen in Verzückung geraten.

95

Für heute und morgen sah ihr Dienstplan Nachtschichten vor. Frida arbeitete gern nachts. Zwar war sie den Großteil der Schicht allein für die zwanzig Patienten auf Station verantwortlich, doch das machte ihr nichts aus. Nachts war es ruhiger als am Tag, die Patienten schliefen in der Regel friedlich und nur selten geschah etwas Unvorhergesehenes. Außerdem war es ein überaus beglückendes Gefühl, am Morgen zu wissen, dass sie, während alle anderen ihre Arbeit begannen, in ihr Bett gehen und so lange schlafen konnte, wie sie wollte. Sie gönnte sich dann häufig ein leckeres Frühstück vom Bäcker und schlief mit Schlafmaske und Ohropax ausgestattet bis zum späten Nachmittag. Ohne Wecker wach zu werden war so ein Luxus!

Doch es war nicht immer leicht, die neun Stunden der Nachtschicht hinter sich zu bringen. Vor allem die erste Nacht war schwer und spätestens gegen drei Uhr ging ohne Kaffee nichts mehr. Nachts trank sie ihren Kaffee schwarz, und egal wie müde sie war, mehr als drei Tassen genehmigte sie sich nie. Auch die Rundgänge, bei denen sie regelmäßig nach den Patienten sah, halfen, die Müdigkeit im Zaum zu halten.

Es war jetzt kurz vor zwei. Sie war zum zweiten Mal auf ihrer Runde unterwegs. Alle Patienten schliefen und auch Devin, dessen Zimmer das letzte auf ihrem Rundgang war, würde nun schlafen. Vor zwei Stunden hatte er ferngesehen und war so in eine Tierdoku versunken gewesen, dass sie nicht hätte sagen können, ob er ihre Stippvisite überhaupt bemerkt hatte.

Leise drückte sie die Türklinke nach unten. Das Zimmer war hell erleuchtet, der Fernseher flimmerte stumm vor sich hin. Mit zerrauftem Haar und geröteten Wangen saß Devin inmitten seines zerwühlten Bettzeugs und telefonierte. Obstreste, Saftflaschen, Bücher, Stifte und zerknüllte Zettel bedeckten jeden Zentimeter des Beistelltischs. Auch Bett und Boden waren von zerknüllten Zetteln übersät. Was war hier passiert? So schlimm hatte es doch vorhin nicht ausgesehen!

„Yeah, cool!" sagte er laut ins Telefon. „Hast du ihn spielen hören?"

Er hatte den Hörer zwischen Schulter und Ohr eingeklemmt und kritzelte etwas auf einen Block, der in seinem Schoß lag. Sein linker Fuß, den er über die Decke geschwungen hatte, wippte unermüdlich. Als er sie sah, strahlte er sie an und winkte sie zu sich.

„Michael, ich muss Schluss machen, halt mich auf dem Laufenden ..."

Doch ganz so schnell schien dieser Michael ihn nicht gehen lassen zu wollen. Eine kleine Weile verharrte Devin mit schief gelegtem Kopf und hochgezogener Schulter und hörte zu. Immer wieder fuhr er sich durchs Haar und zog am Hinterkopf eine Strähne nach der anderen zwirbelnd in die Länge. Sein Fuß wippte noch stärker als zuvor. Er sah Frida an, verdrehte grinsend die Augen und simulierte ein Gähnen.

„Ja, Michael", sagte er schließlich und jetzt klang es final. „Ja, gut. Bye."

Er zog den Telefonhörer zwischen Ohr und Schulter hervor und legte ihn auf den Apparat. „Mein Manager", sagte er.

„Aha." Sie war irritiert, ihn um diese Uhrzeit so überaus wach zu erleben. Seine überdrehte Art beunruhigte sie.

„Alles okay? Soll ich dir eine Schlaftablette bringen?"

„Auf keinen Fall! Weißt du, wie unfassbar viel ich in den letzten Tagen geschlafen hab?" Er deutete auf den Stuhl neben seinem Bett. „Leiste mir kurz Gesellschaft!"

„Eigentlich müsste ich …"

„Ach, komm schon! Nur 'n paar Minuten." Er klappte das Notizbuch zu, legte es zusammen mit Block und Stift zur Seite und schnippte einige der zerknüllten Zettel vom Bett. „Entschuldige die Unordnung. Willst du 'nen Saft? Ich könnte dir 'nen höllisch guten Kirsch-Bananen-Saft mixen. Oder wie wär's mit ein paar Chips?"

„Danke, ich möchte nichts", sagte sie und zog zögernd den Stuhl zum Bett.

Am liebsten wäre sie wieder gegangen. Smalltalk war nicht ihre Stärke und sie fragte sich, was er von ihr wollte. Bislang hatte er sich ihr gegenüber nicht sonderlich einladend verhalten.

Ihr Blick fiel auf das rote Büchlein neben ihm. Es war dasselbe Notizbuch, das er vor wenigen Tagen, als sie zum ersten Mal hier bei ihm im Zimmer gewesen war, wie ein bockiges Kind an die Wand geschleudert hatte. Die oberste Seite des Schreibblocks, der unter dem kleinen Buch lag, war mit großen, zittrigen Wörtern vollgeschrieben. Manche waren so deformiert, dass es ihr unmöglich erschien, dass irgendjemand sie würde entziffern können. Auch Devin würde Schwierigkeiten haben – vielleicht nicht im Moment, aber wenn erstmal ein paar Tage oder Wochen verstrichen wären, würde er ebenso ratlos auf das Gekritzel blicken wie sie jetzt. Bei diesem Gedanken wurde ihr mit Entsetzen klar, was sie gerade tat: Sie versuchte, seine persönlichen Aufzeichnungen zu lesen! Hastig sah sie hoch und begegnete seinem amüsierten Blick. Ihr Gesicht wurde heiß, wie immer, wenn sie errötete.

„Ich bin viel besser geworden", sagte er und deutete auf das Notizbuch und den Block. „Noch ein paar Wochen und ich schreib mit rechts genauso gut wie mit links."

Sie sah ihn skeptisch an. „Dann hast du mit links auch eine echte Sauklaue?"

Er lachte. Sie entspannte sich ein bisschen.

„Ich schreibe ständig alles auf. Jeden Scheiß, der mir durch den Kopf geht, obwohl das meiste fraglos Schrott ist. Aber beim Songwriting hilft mir das unglaublich. Und manchmal bin ich richtig im Flow, da sprudelt eine coole Zeile nach der anderen aus mir raus – und fertig ist ein neuer Songtext." Mit einem zufriedenen Lächeln lehnte er sich zurück. Er schien in Plauderlaune zu sein, in einer solchen Stimmung hatte sie ihn noch nicht erlebt.

„Ich hab überlegt 'nen Song über deine Augen zu schreiben", fuhr er unvermittelt fort, „die sind hinreißend."

Sie hatte keine Ahnung, was sie darauf erwidern sollte. Sie kam sich blöd vor und fragte sich, ob er das ernst meinte.

„Nur 'n Spaß", sagte er lachend. „Das mit dem Song meine ich. Deine Augen sind wirklich bezaubernd: dieses Grün, ein herrlicher Kontrast zu deinem Haar. Grün und Orange sind meine Lieblingsfarben, wusstest du das?"

Sie schüttelte den Kopf und lächelte gezwungen. Warum sagte er so was?

Er legte den Kopf schief und musterte sie. „Steffi hat erzählt, du hast 'nen festen Freund?"

Verdutzt zog sie die Augenbrauen zusammen. „Weshalb sollte Steffi das sagen?"

„Dann stimmt es nicht?"

„Doch, aber ..."

Was interessierte ihn das? War das so eine Art Automatismus: Musste er bei jeder Frau, mit der er sprach, den Alpha-Mann raushängen lassen?

Sie räusperte sich. „Wie kommt es, dass Steffi dich besucht? Eigentlich ist es allen Mitarbeitern untersagt ..."

Er winkte ab. „Ach, das! Mal ehrlich, das ist völlig bescheuert, da will ich eh noch mit Prof. Herzsprung reden. Besuche sind was Gutes, sie unterstützen den Genesungsprozess, oder nicht? Weißt du, wie langweilig es sein kann, wenn man den ganzen Tag mutterseelenallein in diesem Zimmer hockt?"

So hatte sie es noch gar nicht gesehen. Er war allein hier, niemand kam, um ihn zu besuchen, nicht mal sein Bruder war bei ihm geblieben. Ein bisschen tat er ihr leid. Sie hätte ihren Bruder nicht zurückgelassen.

„Ich freu mich auf jeden Fall, dass wir endlich mal Gelegenheit haben, uns zu unterhalten", sagte er. „Ehrlich gesagt hab ich gehofft, du würdest bald mal Nachtdienst haben. Tagsüber ist es immer so busy, nachts ist mehr Zeit ..." Er lächelte. „Ich hab dich beobachtet: Du scheinst echt Ahnung zu haben von dem, was du tust.

Wann bitteschön hatte er sie beobachtet?

„Meine Kolleginnen wissen auch alle, was sie tun", sagte sie sachlich.

Er zog eine Augenbraue nach oben. „Sicher. Aber du wirkst irgendwie besonders eifrig."

Besonders eifrig? So sah er sie?

„Steffi meinte, für dich gibt es nur den Job", fuhr er fort. „Dabei hat das Leben so viel mehr zu bieten, oder nicht?"

Sie hatte das Gefühl, sich verteidigen zu müssen. Ohne Frage gab es mehr als die Arbeit, auch wenn diese einen großen Teil ihres Lebens ausmachte. Doch was ging das Steffi an und wie kam sie dazu, so etwas zu ihm zu sagen?

Steffi war – gelinde ausgedrückt – kein Fan von ihr, das wusste Frida und angesichts der Umstände konnte sie es sogar nachvollziehen.

„Steffi hat keine Ahnung von meinem Leben", sagte sie.

Er grinste. „Oho, das riecht nach Zickenkrieg!"

„Quatsch!"

Es missfiel ihr, wie gut er sich auf ihre Kosten zu amüsieren schien.

„Aber ihr mögt euch nicht besonders."

Sie zuckte mit den Schultern. „Wir sind nicht befreundet."

„Höre ich da verletzte Eitelkeit heraus? Ein gebrochenes Herz? Sicher geht es um 'nen Typen, stimmt's?"

Einen Moment war sie verblüfft, wie nahe er der Sache gekommen war. Dann ärgerte sie sich über seine Unverfrorenheit und sein belustigtes Lächeln.

„Sorry, aber das geht dich nichts an", sagte sie so freundlich wie möglich und machte Anstalten aufzustehen. „Ich glaube, ich geh jetzt besser. Hab noch viel …"

Er griff nach ihrem Arm. „Bitte bleib", sagte er schnell. Das amüsierte Lächeln war verschwunden. „Ich wollte dir nicht zu nahe treten."

Er sah sie so eindringlich an, dass sie ihren Unmut sofort vergaß.

„Okay, aber nur fünf Minuten", sagte sie und strich ihren Kasack glatt.

Er nickte und musterte sie einige Augenblicke. „Wir hatten irgendwie nicht den besten Start, keine Ahnung warum, aber ich würde mich freuen, wenn wir Freunde werden könnten. Was sagst du?" Er hielt ihr seine rechte Hand hin. „Freunde?"

Sie zögerte kurz, dann griff sie zu. „Freunde!"

Es fühlte sich gut an, das zu sagen. Doch etwas musste sie klarstellen.

„Aber …"

Wie sagte sie es am besten?

„Ja?"

Sie räusperte sich. „Lass das mit den komischen Sprüchen über meine Augen. Freunde tun so was nicht."

Er zog eine Augenbraue nach oben. „Freunde machen keine Komplimente?"

„Freunde flirten nicht", sagte sie und fügte schnell hinzu: „Sicher meinst du es nicht so, aber bei mir kommt es so an und ich fühle mich unwohl."

Seine Augenbraue sank herab und sein Gesicht verzog sich zu einem riesigen Lächeln. „Wenn ich jetzt also sagen würde, wie niedlich du aussiehst, wenn du rot wirst, dann wäre das unangebracht?"

Er konnte es einfach nicht lassen, oder?

„Genau."

Sein Lächeln wurde noch breiter. „Okay", sagte er schließlich. „Ich bemüh mich, versprochen!"

„Gut", sagte sie. Ein bisschen bescheuert kam sie sich vor, vor allem, da sie ihm am liebsten auch gesagt hätte, wie unwohl sie sich fühlte, wenn er sie so musterte, wie er es gerade tat. Doch das wäre wirklich albern. Sie konnte ihm schlecht verbieten, sie anzusehen.

„Okay", sagte er noch mal und sah sich im Zimmer um, als würde er nach einem neuen Gesprächsthema Ausschau halten. „Nachdem wir das geklärt hätten, könntest du mir ja sagen, wie toll du meine Musik findest oder so was", sagte er und lachte.

Er fing wieder an, mit seinen Haaren zu spielen und sie fragte sich, ob etwa auch er verlegen war.

„Ich finde sie genial", sagte sie.

„Jetzt verarschst du mich, oder?"

Sie schüttelte den Kopf.

Er kniff die Augen zusammen. „Echt jetzt? Du kennst unsere Musik? Und du findest sie *genial?*"

„Ich liebe sie", sagte sie und lächelte. „*Generation X* kenne ich in- und auswendig. *Who cares?* und *Love, War and Harmony* sind auch klasse, aber ..."

Er verzog den Mund. „Aber sie klingen unausgereift, ich weiß. *Who cares?* kann ich mir ehrlich gesagt nicht mehr anhören. Ich spiele ungern die alten Songs, aber ganz vermeiden lässt es sich nicht. Die Fans verlangen danach."

Sie lachte. „Eigentlich wollte ich sagen, dass ich die beiden Alben noch nicht so oft gehört habe. Aber gefallen tun sie mir." Sie zuckte mit den Schultern. „Natürlich bin ich kein Musikexperte."

Scheinbar gleichgültig nickte er mit dem Kopf, doch ihr entging nicht, wie seine Aquamarin-Augen aufleuchteten.

„Was ist dein Lieblingssong?"

Sie überlegte einen Moment. „Das ist schwer. Ich könnte dir nicht mal sagen, was meine Lieblingsfarbe ist. Es gibt so viele schöne Farben."

Er lachte. „Bei mir ist das anders: Ich werde in Interviews so oft nach meinem Lieblingsirgendwas gefragt, ich hab 'ne riesige Liste an Standardantworten im Kopf."

„Echt?"

Er nickte. „Lieblingsessen: Spaghetti aglio, olio e peperoncino, aber ich esse alles, was vegan ist, bin da nicht wählerisch; Lieblingstier: mein Hund Goose; Lieblingsband: EAT MORE GREENS, nein, Spaß, The Doors; Lieblingsbuch: Harry Potter – alle vier Teile und ich kann es kaum erwarten, dass endlich der fünfte Teil rauskommt."

Sie lachte. Devin Mortenson war ein Harry Potter Fan?

„Und dein Lieblingsfilm?"

Er legte den Kopf schief. „Jetzt hast du mich erwischt. Eigentlich sage ich immer *Goldfinger*, aber ich hab neulich so 'nen verdammt coolen Streifen gesehen, *The Bourne Identity*. Den musst du dir anschauen. Ich glaube, das wird mein neuer offizieller Lieblingsfilm. Schon allein die Musik, hammermäßig! Und Jason Bourne, der Typ ist 'ne arschcoole Socke: völlig unaufgeregt, die perfekte Kampfmaschine und dazu ein echtes Babyface. Matt Damon spielt den; hätte dem so 'ne Rolle gar nicht zugetraut. Und die deutsche Schauspielerin, weißt du, die von *Lola rennt*, die spielt auch mit."

„Du kennst *Lola rennt*?"

„Klar, war 'n echter Hype der Film. Ich weiß noch genau, ich dachte damals, wenn ich mal 'ne feste Freundin habe, muss die genauso sein wie Lola."

„Und?"

„Bin noch keiner wie ihr begegnet." Er grinste. „Das heißt nicht, dass ich noch nie 'ne Beziehung hatte."

Sie nickte. Wie er wohl Beziehung definierte? Wahrscheinlich schloss seine Definition all die Frauen ein, mit denen er mehr als nur einmal geschlafen hatte.

„Deine Lieblingsband ist The Doors?", fragte sie. „Ich habe neulich einen Film über die gesehen. Naja, hauptsächlich ging es um Jim Morrison und seine Alkohol- und Drogensucht. Ziemlich heftig."

Er nickte. „Völlig im Arsch mit siebenundzwanzig. Der Ruhm macht viele fertig, zu viel Aufmerksamkeit, keine Grenzen. Ist dir schon mal aufgefallen, dass einige der ganz Großen mit siebenundzwanzig gestorben sind? Jim, Janis, Jimmy, Kurt … Alles Genies, Vorbilder. Allerdings will ich nicht so früh ins Gras beißen."

„Just say no to drugs!"

„Sicher …" Er lachte. „Ich hab das im Griff, keine Sorge. Hab ein abschreckendes Beispiel in der Familie: meinen Vater. Der hat getrunken und gekokst wie ein Großer. Irgendwann kam Heroin dazu und dann ging es nicht mehr lange. Tod mit achtunddreißig."

„Oh, mein Gott!" Sie sah ihn bestürzt an. „Das tut mir leid."

Er zuckte mit den Schultern und winkte ab. „Muss es nicht. War 'n echter Loser, der sich stark fühlte, wenn er seine Frau vermöbelte. Irgendwann, ich muss sechs oder sieben gewesen sein, hab ich mich dazwischen gestellt. Er hat mich so verprügelt, ich dachte, er schlägt mich tot. Am nächsten Tag ist meine Mum mit uns abgehauen. Wir waren ohne ihn besser dran."

Untitled

Slowly she climbs the stairs to his flat
She sighs, pauses, lights a cigarette
The way he smelled last time she was here
Surely he hadn't showered for days
His breath stale – all coffee, fags, and beer

He smelled stale – all coffee, fags, and beer

She thanks God there's no kissing involved
She couldn't do the job if there was
It's just sex – sometimes not even that
Some are too wasted to get it up
And sooner or later they all want to chat

Yes, sooner or later they all want to chat

In that he's no different from the rest
When he's drunk he talks – he's obsessed
With his wife having left him, his cruel ex
She took the kids and left without a note
He always gets mad when he tells this episode

Oh, he always gets mad when he tells this episode

She can tell he was handsome once
He likes to brag about his countless affairs
Women would chase him, he tells her
He used to work out, he was muscular
No beer belly, no stickman's arms and legs

No beer belly back then, no stickman's arms and legs

As she leaves tonight he's fast asleep
Knocked out by booze, sex, and angry sophistry
He doesn't wake up as the door closes noisily
He doesn't wake up the next morning either
His body had enough of all the booze and misery

Yes, his body had enough of all the booze and misery

(Leipzig, 04/09/2002)

13. Matt

Obwohl es mitten in der Nacht war, schlief Matt nicht. Er war viel zu aufgekratzt, viel zu berauscht, um schlafen zu können. Er war verliebt.

Wie lange er wohl schon so dalag und ihr beim Schlafen zusah? Eigentlich hätte er todmüde sein müssen, so wenig, wie er in den letzten vier Tagen geschlafen hatte. Doch seit Susana in sein Leben getreten war, hatten sich seine Prioritäten und Bedürfnisse grundlegend verschoben. Schlaf war etwas, das im Moment keinerlei Bedeutung für ihn hatte. Ja, es schien ihm sogar, als sei er nie zuvor so ausgeruht und energiegeladen gewesen wie jetzt.

Er drehte sich auf den Rücken und streckte sich. Seine Hüfte schmerzte, er hatte zu lange auf der Seite gelegen und sie angestarrt. Er lächelte bei dem Gedanken und konnte nicht anders, als wieder zu ihr zu schauen. Sie war so unbeschreiblich schön. Ein fast schmerzhaftes Glücksgefühl breitete sich von seinem Bauch ausgehend in seinem gesamten Körper aus. Sie war nicht nur wunderschön, sie war liebenswürdig, witzig und klug und sie hatte das einnehmendste Wesen, das ihm je begegnet war. Mit ihrem Charme zog sie jeden in ihren Bann und nicht zum ersten Mal fragte er sich mit angstvoll klopfendem Herzen, warum gerade er der Auserwählte war, der mit ihr das Bett teilen durfte.

Vorsichtig, bemüht keinen Laut oder keine Bewegung zu machen, die sie wecken könnte, stand er auf, langte nach seinem Blackberry, das auf dem Nachttisch lag, und zehenspitzte nach draußen auf den Balkon. Die Nacht hatte bereits ihre Schwärze verloren und ein milder Wind, salzig wie das Meer und süß wie die süßesten Blüten, wehte ihm um die Nase. Er streckte sich ausgiebig, bis er das wohltuende Knacken in der Hüfte spürte. Mit einem zufriedenen Seufzer ließ er sich in den weißen Plastikstuhl sinken.

Er musste unbedingt seine Mutter anrufen. Seit der kurzen Nachricht, dass sie hier in Sagres gut angekommen seien, hatte er sich nicht zu Hause gemeldet. Die Zeit war ideal: In Sydney war es früher Nachmittag und er stellte sich vor, wie seine Mutter und Maurine bei einer Tasse Tee im Schatten des großen Apfelbaums beisammensaßen.

Er drehte sein nagelneues Blackberry in den Händen hin und her und stieß einen leisen Fluch aus: Zum Telefonieren brauchte er das verdammte Headset – das war echt ein Manko an dem Telefon – und in welcher Ecke das gerade lag, wusste er beim besten Willen nicht. Da er auf keinen Fall Susana wecken wollte, musste er den Anruf zu Hause erneut aufschieben. Er beschloss, seiner Mutter zumindest eine Mail zu schreiben. Sein Postfach zeigte einige neue Mails an, doch das meiste waren irgendwelche Werbe-Newsletter, die er ungelesen löschen würde. Erst auf den zweiten Blick sah er, dass die oberste Mail von seinem Bruder stammte.

Er stutzte. Eine Mail von Devin war ungewöhnlich, schließlich telefonierten sie jeden Tag. Mails schrieb ihm sein Bruder eigentlich nur, wenn er eine Idee für einen neuen Song hatte und Matts Meinung dazu wissen wollte. Konnte es möglich sein? Hatte Devin nach fast einem Jahr, in dem er keine einzige Zeile zu Papier gebracht hatte, endlich wieder etwas geschrieben? Mit klopfendem Herzen öffnete er die Mail mit dem Betreff *Untitled*.

Und tatsächlich wartete ein Text auf ihn, der dem ersten Anschein nach ein Songtext war. Sein Herz schlug schneller vor Aufregung, Erwartung und Freude. War die Ruhe und Abgeschiedenheit im Krankenhaus am Ende genau das, was Devin gebraucht hatte?

Er las den Text einmal, zweimal und ein drittes Mal. Devin schrieb wieder! Und das, was er schrieb, gefiel Matt; ja, er hatte sogar eine Idee, wie ein Song mit Lyrics wie diesen klingen musste. Doch bei aller Freude darüber, dass Devins Schreibblockade überwunden zu sein schien, machte sich, je länger er über den Text nachdachte, eine große Traurigkeit in ihm breit.

Wie alle Lyrics, die sein Bruder schrieb, hatte auch dieser Text autobiografische Züge. *Untitled* handelte von ihrem Vater, auch wenn Jack Mortenson in Matts Vorstellung nicht der Typ Mann gewesen war, der sich Prostituierte kommen ließ. Doch mit Sicherheit wusste er das nicht, wie er generell nur sehr wenig über seinen Vater wusste.

Zum ersten Mal seit Langem dachte er mehr als nur flüchtig an den Mann, den er einst Daddy genannt hatte. Und zum ersten Mal überhaupt spürte er tiefes Mitgefühl für den einsamen, verbitterten Menschen, der er am Ende gewesen sein musste. Der allein gestorben war, mit einer Nadel im Arm und Erbrochenem im Mund.

Niemand hatte sich mehr für ihn interessiert, niemand hatte sich um ihn gekümmert, niemand ihn vermisst. Und obwohl das einzig und allein seine Schuld gewesen war, obwohl er gewalttätig gewesen war, rechthaberisch, engstirnig und unbelehrbar, ein echter Loser, wie Devin immer sagte, so war er doch ihr Vater gewesen und irgendwas in seinem Leben war so fundamental schiefgelaufen, dass er den Bezug dazu verloren hatte, was zählte: Familie, Freunde, Liebe.

Matt stand auf und streckte sich noch einmal ausgiebig. Die Gedanken an den Vater zogen ihn zu sehr nach unten, als dass er bei ihnen verweilen wollte. Das alles war so konträr zu dem, was er gerade erlebte. Er schlich zurück ins Zimmer, legte sein Handy auf den Nachttischschrank und kroch zu Susana ins Bett. Behutsam kuschelte er sich an sie. Sie murmelte etwas im Schlaf und sofort vergaß er seine trüben Gedanken: Sie allein war jetzt wichtig.

Gleich an ihrem ersten Tag hier war sie ihm aufgefallen. Sie trug einen roten Bikini und hatte ihr langes schwarzes Haar zu einem Knoten zusammengebunden. Ohne Übertreibung war sie die schönste Frau am ganzen Strand, ja überhaupt war sie die schönste Frau, die er je gesehen hatte. Er konnte die Augen nicht von ihr lassen und selbst der muskulöse Hüne, der ihr den Rücken eincremte, hielt ihn nicht davon ab, ihr verstohlene Blicke zuzuwerfen. Matt rechnete sich keinerlei Chancen bei ihr aus. Sie spielte nicht in seiner Liga und augenscheinlich war sie vergeben.

Und doch: Irgendwann an diesem wundervollen Tag war sie zu ihm herübergekommen und hatte ihn angesprochen. Nicht Adam oder Bill oder einen der anderen, nein, sie hatte ihn angelächelt und ihn gefragt, ob er neu hier sei. Der muskulöse Hüne, der sich als ihr Bruder vorstellte, fachsimpelte mit den anderen über die besten Surfspots der Umgebung, und Susana setzte sich wie selbstverständlich neben ihn in den Sand und sie plauderten ungezwungen über dies und das.

Am nächsten Tag waren sie ein Paar.

Alles war so schnell gegangen und fühlte sich doch so natürlich an. Bereits an diesem ersten Tag, an dessen Ende sie einen Kuss austauschten, wusste er, dass er sie liebte. Es kam ihm vor, als wären Wochen vergangen seit diesem Kuss, nicht erst wenige Tage. Aber welche Rolle spielte schon die Zeit? Das, was er mit ihr hatte, war etwas für die Ewigkeit.

14. Frida

Sie zählte Pillen, Tabletten und Dragees ab und sortierte sie in die Dispenser. Es war eine monotone Arbeit, die sie am liebsten zu Beginn ihrer Schicht erledigte, wenn sie noch nicht mit der Müdigkeit kämpfte. Heute allerdings war das schwierig, denn sie hatte kaum geschlafen und im Moment konnte sie sich nicht vorstellen, wie sie die Nacht überstehen sollte. Sie sehnte sich schon jetzt so sehr nach einem weichen, warmen Bett … Stopp!

Sie stand auf und ging in den Pausenraum, um ein Glas Mineralwasser zu trinken. Sie musste sich konzentrieren, das Stellen der Medikamente war mit Sicherheit eine eintönige Tätigkeit, doch wenn sie dabei Fehler machte, konnte das schwerwiegende Folgen haben. Während sie das Mineralwasser in ein Glas goss und es in kleinen Schlucken trank, dachte sie über ihren Tag nach und darüber, warum, verdammt noch mal, sie nicht zum Schlafen gekommen war.

Es kam selten vor, dass sie nach ihrem Dienst nicht müde war. Sie schaute in solchen Fällen zum Runterkommen oft einen Film oder begann zumindest einen zu gucken, bis ihr die Augen zufielen. Heute hatte das nichts geholfen. Sie hatte sich *Lola rennt* angeschaut – überraschenderweise fand sie die DVD in ihrer Sammlung, dabei hätte sie schwören können, sie hatte den Film vor Ewigkeiten ihrem Bruder zurückgegeben. Nach dem Film war sie genauso munter gewesen wie davor. Die Geschichte um Lola und Manni hatte sie heute, da sie den Film zum zweiten Mal sah, ernstlich zum Nachdenken angeregt. Die Möglichkeit, dass geringfügige Abweichungen, zu einer völlig anderen Entwicklung der Geschehnisse führen können, beschäftigte sie. Stand die Zukunft, ihre Zukunft, bereits fest? Oder konnten kleinste, an sich belanglose Ereignisse allem eine komplett neue Wendung geben?

Erst am späten Nachmittag – nachdem sie ihre Wohnung geputzt, das gesamte Bonusmaterial der DVD angeschaut und lange über Zufall und Bestimmung nachgedacht hatte – schlief sie auf ihrer Wohnzimmercouch ein.

Das rächte sich jetzt: Sie brauchte ihren Schlaf, um auf Arbeit gut zu funktionieren. Mit einem Seufzen stellte sie das leere Glas ab und ging zurück an ihren Arbeitsplatz.

Dieses ganze Nachdenken über Schicksal, Zufälle und die Zukunft hatte sie auch ihr eigenes Leben kritisch betrachten lassen. Und sie musste sich eingestehen, dass Steffi mit ihrer Behauptung, für sie gäbe es nur den Job, so unrecht nicht gehabt hatte. Außer Arbeiten, Schlafen und Faulenzen war da tatsächlich nicht sonderlich viel, womit sie ihre Zeit verbrachte.

Es gab nur wenige Menschen, die ihr nahestanden und mit denen sie sich regelmäßig traf. Ihre Familie, ihren Bruder Robert und dessen Freundin Kathi sah sie an den Wochenenden, wenn ihre Schichten es zuließen. Nils war in Afrika. Ihre beste Freundin Josi wohnte mittlerweile in Augsburg und war durch ihren Sport sowieso ständig unterwegs. Mit ihren Arbeitskolleginnen verstand sie sich gut, doch privat sahen sie sich fast nie. Sie war ewig nicht tanzen gewesen und hatte sich seit Monaten nicht mit Freunden aus der Schulzeit getroffen. Sie hatte keine nennenswerten Hobbys, sie mochte Filme, hörte Musik und las ab und zu ein Buch, aber das war auch alles.

Früher hatte sie gemalt, gern und viel. Wann und vor allem warum hatte sie damit aufgehört?

Die Antwort war einfach und unbefriedigend zugleich: Sie war zwar fleißig und gab auf Arbeit immer hundert Prozent, doch im Grunde ihres Wesens war sie ein bequemer Mensch mit einem ausgeprägten Bedürfnis nach Ruhe und Erholung. Das hatte sie von ihrem Vater. Gleichzeitig war sie zu ehrgeizig, um nur zum Spaß ein bisschen zu malen. Nein, gute Kunst brauchte Zeit und Hingabe, aber dazu fehlte ihr neben den Diensten schlicht die Energie. Und so hatte sie ganz damit aufgehört.

„Hey!"

Erschrocken fuhr sie zusammen und stieß zu ihrer Bestürzung einen spitzen Laut hervor.

Devin grinste. „Sorry. Ich wusste nicht, wie furchteinflößend ich bin."

Sie lächelte matt. Was war nur los mit ihr? Da hatte sie einmal nicht genug geschlafen und schon wälzte sie trübe Gedanken und verhielt sich so überspannt wie ihre Mutter, die bei jedem Bisschen aufschrie wie eine Jungfrau in Not.

„Alles okay? Du siehst grad nicht glücklich aus."

„Quatsch, bin nur müde", sagte sie. „Und du hast mich echt erschreckt! Meine Patienten liegen nachts normalerweise brav in ihren Betten und wandeln nicht wie Gespenster über die Flure."

„Sorry!", sagte er und zog amüsiert eine Augenbraue nach oben. „Ich wollte erst klingeln, doch dann dachte ich mir, ich könnte auch ein paar Schritte laufen, meine Beine sind schließlich nicht das Problem." Er blickte auf seinen bandagierten Arm, der in einer Armschlinge vor seinem

Körper fixiert war. „Mein Freund hier macht Schwierigkeiten. Ich hab versucht, es tapfer zu ertragen, aber es stellt sich leider heraus, dass ich nicht tapfer bin. Hast du was für mich? Ich glaube, Schwester Erika hat meine Medikation nach unten gefahren, um mich zu quälen."

Sie schüttelte lachend den Kopf und suchte ein Schmerzmittel heraus. „Wenn, dann ist es meine Schuld, ich habe gestern Nacht deine Medikamente zusammengestellt."

„Warum solltest du wollen, dass ich Schmerzen hab?"

„Will ich ja gar nicht. Hier!" Sie reichte ihm eine Tablette. „Du musst jetzt wirklich versuchen zu schlafen! Es ist spät und du sollst dich erholen."

Er winkte ab. „Spät? Um die Zeit dreh ich normalerweise erst richtig auf. Außerdem erwarte ich 'nen Anruf von meinem Manager, weißt du, aus Sydney; da ist es neun Uhr morgens."

Spielerisch warf er die Schmerztablette in den Mund, nahm einen großen Schluck von dem Wasser, das sie ihm reichte, zwinkerte ihr zu und ging zurück in Richtung seines Zimmers.

„Wir sehen uns", rief er über seine Schulter.

Als sie eine Stunde später die Tür zu seinem Zimmer öffnete, war sie darauf vorbereitet, den Raum hell erleuchtet und ihn wach und voller Elan anzutreffen. Wie in der Nacht zuvor war sein Bett zerwühlt und glich einem übervollen Schreibtisch, doch diesmal hielt sich das Chaos drumherum in Grenzen.

„Alles gut bei dir? Keine Schmerzen mehr?"

„Alles gut. Jetzt noch ein Bier und ein paar Zigaretten und ich bin wunschlos glücklich."

Sein Festnetztelefon klingelte.

Er zog die Augenbrauen zusammen. „Eigentlich erwarte ich keinen Anruf mehr. Hast du 'ne Minute?"

Sie nickte. „Stehst du kurz auf? Dann bringe ich solange dein Bett in Ordnung."

„Na klar!" Er stieg aus dem Bett und nahm das Telefon ab. „Hallo?"

„Tony! Hi!" Er klang überrascht. „Wo bist du?"

Eine Weile war es still, der Anrufer schien ausführlich zu schildern, wo er sich aufhielt. Irgendwann sagte Devin: „Baby, sorry, ich kann jetzt nicht quatschen."

Baby? Tony war also kein Freund, sondern eine Freundin. „Ich geh wieder", flüsterte sie und klopfte rasch noch sein Kissen auf.

Er schüttelte den Kopf und hob einen Zeigefinger, was sie als Zeichen interpretierte, dass sein Telefonat nicht lange dauern würde.

„Die Schwester sieht grad nach mir und dann muss ich pennen, ist schon echt spät hier." Er starrte auf das frischgemachte Bett vor sich und hörte ein paar Augenblicke dem Anrufer zu, den er Baby nannte. „Sei nicht böse", sagte er sanft. „Ich ruf dich morgen an. Versprochen."

Er legte auf und kletterte umständlich zurück ins Bett.

Sie räusperte sich. „Eine Freundin von dir?"

Er nickte und fuhr sich durchs Haar. „Litonya. Du kennst sie."

„Ach ja", sagte sie und ärgerte sich, wie deutlich bei diesem kleinen „Ach ja" mitschwang, was sie von Litonya hielt. Nämlich nicht viel.

Er zwinkerte ihr zu. „Sie kann ein echtes Biest sein."

Oh, ja, diese Seite hatte Frida kennengelernt.

„Wie lange seid ihr zusammen?"

„So richtig zusammen sind wir nicht. Alles ist offen, weißt du? Wir sind beide jung, das Leben hat viel zu bieten", sagte er breit grinsend, und als sie mit den Augen rollte und den Kopf schüttelte, wurde sein Grinsen noch breiter. „Wir kennen uns seit 'nem guten Jahr, sie hat mich bei irgendso'ner Veranstaltung abgeschleppt. Seitdem sind wir ..." – er malte Gänsefüßchen in die Luft – „... zusammen."

„Ich könnte das nicht."

Er schaute sie belustigt an, seine Aquamarin-Augen blitzten. „Was könntest du nicht: 'nen Typen abschleppen oder die Sache mit der offenen Beziehung?"

Sie errötete. „Beides wahrscheinlich. Aber ich meinte die offene Beziehung. Bist du nicht eifersüchtig? Also, ich hätte entschieden was dagegen, dass sich mein Freund mit anderen Frauen trifft."

Er zuckte mit den Schultern. „Ich glaube, das ist der Unterschied: Litonya ist nicht wirklich meine Freundin. Versteh mich nicht falsch: Ich finde sie großartig, wir haben viel Spaß miteinander und alles ist cool, wenn wir uns sehen, aber wir sehen uns eben nicht besonders oft."

Sie nickte. Was er sagte, überraschte sie nicht, doch nachvollziehen konnte sie es auch nicht. Wie konnte er sich in so einer Beziehung wohlfühlen? Was war der Reiz dabei?

„Du siehst enttäuscht aus", sagte er. „Jetzt hältst du mich für ein oberflächliches Arschloch, stimmt's?"

„Quatsch ..." So drastisch hätte sie es nicht formuliert. „Du lebst eben ein anderes Leben. Aber deine Freundin ...", sie räusperte sich, „vielleicht erwartet sie ... mehr?"

Er winkte ab. „Litonya weiß, was Sache ist, und sie findet es gut, so wie es ist. Wir haben beide eine Karriere, die uns sehr einnimmt und die für uns die oberste Priorität hat, verstehst du?"

Ihr Dienst lag lange zurück, und obwohl sie unsagbar müde gewesen war, hatte sie erneut schlecht geschlafen. Sie war schnell eingeschlafen, doch nach nur vier Stunden wachte sie auf und konnte partout nicht wieder in den Schlaf finden. Das war ihr noch nie passiert! Sie verbrachte den Tag im Schlafanzug auf der Couch, bis es Zeit war, sich für den Abend zurechtzumachen. Nach mehr als drei Monaten würde sie heute endlich Josi wiedersehen. Mit Sicherheit hatte die Freundin einiges zu erzählen, sie erlebte so viel, lernte so viele Länder kennen durch ihren Sport. Frida freute sich auf jede Einzelheit, die Josi zu berichten hatte, und sie freute sich, dass heute auch sie aufregende Neuigkeiten hatte: Josi würde Augen machen!

Frida war, wie es ihre Art war, ein paar Minuten eher als verabredet im Café erschienen. Sie suchte sich einen Platz am Fenster, von wo aus sie das Innere des Lokals gut im Blick hatte, und bestellte einen Milchkaffee. Das Café war gut besucht. Es lag in einer belebten Einkaufsstraße, sodass es drinnen wie draußen viel zum Gucken gab. Josi würde wie immer zehn, fünfzehn Minuten zu spät kommen. Ihr blieb also genügend Zeit, die Atmosphäre in sich aufzusaugen und ihre uneingeschränkte Aufmerksamkeit den vorbeieilenden Menschen auf der Straße und den in Gespräche versunkenen Menschen im Café zu widmen. Sie konnte ewig dasitzen und Leute beobachten.

Lächelnd sah sie sich um: Sie liebte dieses Lokal. Schon zu Schulzeiten waren Josi und sie hierhergekommen, um eine Cola oder einen Milchkaffee zu trinken, um zu schnattern und Leute zu beobachten. Seit Josi jedoch nicht mehr in Leipzig wohnte, waren ihre gemeinsamen Cafébesuche selten geworden. Manchmal, wenn Frida zu Hause die Decke auf den Kopf fiel, fuhr sie mit dem Rad hierher und genoss es mitten im Stimmengewirr zu sitzen, einen guten Kaffee zu genießen und nach Herzenslust zu gucken.

Sie nahm einen Schluck von ihrem Milchkaffee, lehnte sich zurück und ließ den Blick durch den Raum schweifen. Das Pärchen am Nachbartisch hatte Streit. Schon als Frida hereingekommen und an ihrem Tisch vorbeigegangen war, hatte sie die Spannung zwischen den beiden spüren können. Die junge Frau hatte ihre Arme verschränkt, mit finsterer, abweisender Miene sah sie aus dem Fenster. Ihr Freund, der mit dem Rücken zu Frida saß, redete eindringlich auf sie ein. Frida konnte nicht verstehen, was er sagte, doch er kämpfte auf verlorenem Posten – das war offensichtlich.

Nils und sie hatten sich noch nie gestritten. Klar gab es ab und zu Meinungsverschiedenheiten, aber diese arteten nie in einen Streit aus. Zumindest konnte sie sich an keine Situation erinnern, in der einer von ihnen einmal laut geworden wäre.

Eine abrupte Bewegung begleitet von einem unangenehmen Quietschen riss sie aus ihren Gedanken. Die junge Frau vom Nachbartisch war aufgestanden und hatte unsanft ihren Stuhl zurückgeschoben. Sie haute mit der Hand auf den Tisch.

„Es reicht!", rief sie so laut, dass es bestimmt auch die Gäste am anderen Ende des Raumes deutlich hörten.

„Ich habe deine ständigen Lügen satt! Ruf mich nicht wieder an", sagte sie ein wenig leiser, doch mit einer gefährlichen Schärfe in der Stimme, und stürmte aus dem Lokal.

Es war vollkommen still geworden. Erst jetzt nahm Frida die Klaviermusik wahr, die im Hintergrund dahinplätscherte. Alle Blicke waren – versteckt oder offen – auf den jungen Mann gerichtet, der sich unbehaglich umsah und schließlich der Kellnerin signalisierte, er wolle zahlen. Sein Gesicht konnte Frida nicht sehen, doch der Farbe seiner Ohren nach zu urteilen, war er genauso puterrot angelaufen, wie sie in peinlichen Situationen anzulaufen pflegte. Sie fühlte mit ihm, er tat ihr leid.

In diesem Augenblick öffnete Josi mit einem gewinnenden Lächeln die Tür und Frida spürte, wie alle Gäste gemeinsam mit ihr zum Eingang schauten und für einen kurzen Augenblick den unglücklichen jungen Mann vergaßen. Josi war eine auffallende Erscheinung, die überall Blicke auf sich zog, so groß, schön und strahlend wie sie war. Ihr Lächeln schien den Raum zu erhellen, als sie mit zügigen Schritten auf Frida zulief.

„Frida! Endlich!", rief sie und drückte Frida an sich. „Es ist so lange her!"

Es fühlte sich gut an, die feste Umarmung der Freundin zu spüren, und erst jetzt wurde Frida bewusst, wie sehr sie Josi vermisst hatte.

„Und? Wo ist sie?", fragte sie. Und als Josi sie verständnislos anschaute, fügte sie hinzu: „Deine Medaille! Ich dachte, du wolltest sie bis Weihnachten nicht mehr ablegen."

Josi kicherte. „Das hab ich gesagt? Ach, du kennst mich ja: Ich neige zu Übertreibungen, wenn ich aufgekratzt bin."

Vor anderthalb Wochen hatte sie bei der Kanuslalom-Weltmeisterschaft im französischen Bourg St. Maurice die Bronzemedaille in ihrer Bootsklasse gewonnen. Ihr bislang größter Erfolg, ein Wahnsinnserfolg!

Frida griff nach Josis Hand und drückte sie. „Ich freue mich so für dich, aber das weißt du ja."

Josi nickte breit grinsend. „Ich freue mich auch! Da hat sich die ganze Plagerei endlich bezahlt gemacht."

Frida lachte. „Jetzt tu nicht so: Du liebst es doch, dich zu quälen."

Josi rollte mit den Augen und lachte. „Stimmt schon. Wer freiwillig im Winter kurz nach Sonnenaufgang im Wildwasser unterwegs ist, der muss ein bisschen bekloppt sein."

Frida nickte zustimmend. Natürlich hielt sie Josi nicht für bekloppt, sie hatte vielmehr eine ungeheure Ehrfurcht vor ihrer Disziplin, ihrem Ehrgeiz und Willen.

„Apropos, Hang zur Quälerei ...", sagte Josi und lächelte unschuldig.

Frida kannte die Freundin lange genug, um zu wissen, was dieser Blick und dieses Lächeln zu bedeuten hatten. „Du bist wieder mit Klara zusammen?"

„Spinnst du? So leicht mache ich es ihr bestimmt nicht nach der Show, die sie abgezogen hat!" Ein kleines Lächeln huschte über Josis eben noch empörtes Gesicht. „Aber sie will mich zurück. Mit der anderen ist es aus. Schluss und vorbei. Sie hat gemerkt, wie viel ich ihr bedeute."

„Mal wieder, ja?", sagte Frida und bereute es sofort, als Josis Lächeln einem betretenen Gesichtsausdruck wich.

„Tut mir leid."

Josi zuckte mit den Schultern. „Was soll ich machen?" Ihre Stimme klang weinerlich. „Ich liebe sie."

„Ich weiß."

Was sollte Frida sonst sagen? Sie hatten dieses Thema in den letzten Jahren so oft und so erschöpfend besprochen, es aus jedem möglichen Blickwinkel ausgewertet, dass es nichts mehr zu sagen gab.

Josi und Klara waren fast genauso lange zusammen wie Nils und sie. Allerdings hatten sich die beiden so häufig getrennt und wieder versöhnt, dass Frida sich schwertat, die zwei als ein Paar zu betrachten. Sie mochte Klara, aber als Teil einer monogamen Beziehung war sie eine Katastrophe.

„Ich habe Josi nie betrogen", hatte Klara einmal zu ihr gesagt. „Ich war immer ehrlich und hab vorher Schluss gemacht."

Josi strich energisch über den Tisch, als wollte sie ein paar Krümel beiseite fegen. „Lass uns von dir sprechen. Was gibt es Neues?"

Frida war dankbar für den Themenwechsel, doch sie haderte damit, welchen Dämpfer sie Josi mit ihrer Reaktion verpasst hatte. Warum konnte sie sich nicht mit ihr freuen, mit ihr hoffen? Warum hatte sie nicht zumindest ihre Bedenken für sich behalten?

Josi zwinkerte ihr zu. „Du musst kein schlechtes Gewissen haben, okay? Ich weiß selbst, wie bekloppt es ist, ihr noch eine Chance zu geben. Aber ich kann nicht anders und ich setze einfach voraus, dass du für mich da bist, falls es wieder schiefgeht."

„Ich bin immer für dich da."

Josi lächelte. „Mehr wollte ich nicht hören. Und jetzt genug von mir: Was gibt es Neues in LE?"

Fridas Herz fing an, schneller zu schlagen. Sie war so gespannt auf Josis Gesicht. Mit einem übermütigen Lächeln beugte sie sich vor und begann zu erzählen.

Wie sie vermutet hatte, kannte Josi weder EAT MORE GREENS noch deren Musik, geschweige denn Devin Mortenson, doch das tat der Begeisterung, mit der sie ihrem Bericht lauschte, keinen Abbruch und sie bombardierte Frida mit allerlei Fragen.

„Das Interessanteste hast du mir bisher nicht verraten", sagte sie mit keck blitzenden Augen. „Sieht er gut aus oder nicht?"

Frida lachte. „Was interessiert dich sein Aussehen?"

„Mich interessiert, ob es dich interessiert …"

„Jetzt hör aber auf! Du weißt, für mich gibt es nur Nils."

„Bla, bla, bla … sag schon!", forderte Josi und versetzte Fridas Schulter einen Stoß.

„Aua! Warum musst du immer grob werden?" Frida verzog ihr Gesicht und rieb die schmerzende Stelle. „Natürlich sieht er gut aus, oder kennst du einen Rockstar, der hässlich ist?"

„Klar, da gibt's 'ne Menge! Marilyn Manson zum Beispiel. Und der Sänger von The Verve!"

Frida verzog empört ihr Gesicht. „Du weißt, dass ich Richard Ashcroft immer süß fand!"

Josi kicherte und streckte ihr die Zunge raus. „Ich weiß. Aber in dem Video zu *Bittersweet Symphonie* sieht er scheiße aus, das musst sogar du zugeben."

Frida seufzte. „Okay, um des lieben Friedens willen einigen wir uns also darauf, dass es durchaus auch unattraktive

Rockstars gibt und dass letztendlich alles Geschmackssache ist."

Josi nickte. „Also: Ist Devin Mortenson süß, wie Richard Ashcroft süß ist, oder ist Devin Mortenson richtig süß?"

„Du bist doof." Frida schüttelte schmunzelnd den Kopf. „Süß trifft es zwar nicht, doch wenn ich bei deiner Wortwahl bleibe, dann müsste ich wohl sagen, Devin Mortenson ist süß wie die glasierten Donuts mit Puddingfüllung und Zuckerstreuseln, die du so magst. Viel zu süß für meinen Geschmack."

„Wow, so süß?"

„Er ist keiner dieser metrosexuellen Schönlinge, aber er sieht auf eine Weise gut aus, die einschüchternd ist. Schon allein seine Augen. Die sind ganz hell, wie blassblaue Aquamarinkristalle, weißt du, ich hatte doch mal diese Kette?"

Josi kräuselte ihre Stirn und nickte. „Die Kette, die du bei der Abschlussfahrt verloren und der du wochenlang nachgetrauert hast."

Frida nickte. „So 'ne Farbe! Aber seine Augen sind nicht nur hell, sie leuchten richtig. Wenn ich es nicht besser wüsste, würde ich sagen, er trägt Kontaktlinsen."

Josi sah sie mit offenem Mund an. „Du klingst, als wärst du in ihn verknallt."

„Quatsch!"

„Ein kleines bisschen?"

Frida schüttelte entschieden den Kopf. „Null! Aber nachdem ich ihn anfangs für ziemlich arrogant gehalten hab, muss ich sagen, dass ich ihn mittlerweile echt mag. Und er macht Musik, die einfach zum Niederknien ist."

15. Steffi

Steffi saß im Pausenraum und wartete auf Katja. Ihre Wangen glühten, sie presste ihre Hände wie zum Kühlen dagegen und lächelte vor sich hin.

Wie an jedem der letzten Tage war sie nach ihrem Dienst bei Devin gewesen. Obwohl das Besuchsverbot nicht offiziell aufgehoben war, schien es niemanden zu kümmern, dass sie täglich kam und meist über eine Stunde blieb. Und selbst wenn sich jemand daran gestört hätte: Nichts und niemand hätte sie davon abhalten können, ihn zu treffen.

Mit ihm zusammen zu sein kam einem Rausch gleich. Die Zeit verflog und nachher, wenn sie zu Hause von ihm träumte, kam ihr das Erlebte seltsam verschwommen vor und sie hatte Mühe, sich die Einzelheiten dessen, worüber sie gesprochen, gescherzt und gelacht hatten, ins Gedächtnis zu rufen.

Er hatte so eine Art, den Kopf zu neigen und zu lächeln, die entwaffnend war. Überhaupt hatte er eine überwältigende Wirkung auf sie, die auch nach ihren Treffen noch lange nachwirkte: Sie hatte keinen Appetit, nur selten wurde sie hungrig, und sie war aufgedreht und strotzte vor Energie. Pausenlos dachte sie an ihn. Alles andere war bedeutungslos und gleichzeitig fiel ihr mit einem Mal alles zu: Sie glänzte im Job, sie absolvierte ihr Sportprogramm mit einer nie dagewesenen Regelmäßigkeit und Intensität, und da sie kaum etwas aß, saß die rote Lederhose, die so lange an der Kühlschranktür gehangen hatte, nun wie angegossen. Sie strich über das glatte Leder und lächelte breit. Natürlich hatte sie die Hose, nachdem sie gestern Abend mit Entzücken festgestellt hatte, wie wunderbar sie passte, heute gleich angezogen und Devin hatte ihr prompt ein Kompliment gemacht.

Auch Dr. Müller war die neue Hose aufgefallen, als sie ihm vorhin über den Weg gelaufen war. Seit sie kein Interesse mehr an ihm hatte, schrieb er ihr Nachrichten, wollte sich mit ihr verabreden und scharwenzelte wie ein treu ergebener Hund um sie herum, wann immer sie aufeinander trafen. Sie genoss die Aufmerksamkeit, doch es war nicht mehr als eine Streicheleinheit für ihr Ego: Dr. Müller bedeutete ihr nichts, Devin war alles, was zählte.

Sollte sie heute Abend noch mal versuchen, ihn anzurufen? Gestern war er nicht an sein Handy gegangen, hatte aber später auf ihre SMS geantwortet. Er antwortete immer auf ihre Nachrichten, nicht sofort und oft nur mit wenigen Worten, doch das war verständlich, so umständlich, wie für ihn das Tippen mit nur einer Hand – und dazu noch der ungelenkeren – sein musste. Deshalb wäre es viel komfortabler zu telefonieren! Zu gern hätte sie die nachmittägliche Stunde abends am Telefon fortgesetzt. Bei seinem neuen Blackberry, so hatte er ihr heute erklärt, höre er das Klingeln nur, wenn er das Headset aufhabe. Deswegen – er hatte den Kopf schief gelegt und gelächelt, als er das sagte – habe er ihren Anruf verpasst.

Sollte sie Katja nach seiner Festnetznummer fragen? Oder wäre das unklug? Auf keinen Fall wollte sie, dass er sich von ihr bedrängt fühlte. Doch andererseits, was sollte er dagegen haben, wenn sie ihn anrief?

„Hi! Tut mir leid, ich hab dich warten lassen." Katja war ziemlich aus der Puste, ihr Pony klebte an ihrer Stirn, ihre Wangen waren gerötet. „Dr. Kiefer brauchte kurz meine

Hilfe. Ich hab so schnell gemacht, wie ich konnte."

„Was gibt es denn so übelst Dringendes?", fragte Steffi, die sich nun, da Katja sich entschuldigt hatte, tatsächlich ärgerte über die Verspätung. Sie sah auf die Uhr. „Du bist 'ne Viertelstunde zu spät", sagte sie vorwurfsvoll.

„Tut mir leid", sagte Katja. „Dr. Kiefer ... Ich musste ..."

„Ja, schon gut. Was gibt es?"

Katja nickte mehrmals, setzte sich auf einen Stuhl neben Steffi und sah sie kurz mit großen Augen an. Steffi erkannte bereits an ihrem Blick, dass Katja etwas Unerfreuliches zu sagen hatte.

„Spuck's aus! Was ist los?"

„Ich ... Ich hab's vorhin gerade erst erfahren", sagte Katja und stierte auf den Tisch vor ihnen. „Er wird Sonntagfrüh entlassen", flüsterte sie, und als Steffi nicht sofort reagierte, sah sie von der Tischplatte auf und sagte: „Devin wird Sonntag entlassen."

Steffi hatte schon beim ersten Mal verstanden, was Katja gesagt hatte, aber sie brauchte eine Weile, die Information und ihre Bedeutung zu verarbeiten. Katja erzählte irgendwas von Devins Befunden, doch Steffi hörte nicht mehr zu. Ihr Hirn arbeitete auf Hochtouren. Sicher, Devin würde nicht ewig im Krankenhaus bleiben, wie schnell jedoch ihre Zeit ein Ende fand, erwischte sie kalt. Sie waren sich nahegekommen, da war etwas zwischen ihnen, aber sie waren längst noch nicht da, wo Steffi hinwollte. Heute war Donnerstag, blieben knapp drei Tage bis zu seiner Entlassung. Ob er Sonntag gleich abfliegen würde? Sie hoffte, nicht.

Doch worauf sollte sie hoffen?

16. Frida

Devin saß mit dem Rücken zu ihr auf dem Rand seines Bettes und sah aus dem Fenster. Er hatte die Vorhänge zurückgeschlagen und etwas da draußen schien seine Aufmerksamkeit zu fesseln.

„Guten Morgen", sagte sie fröhlich. „Du bist ja schon wach!"

Die Sonne war bereits aufgegangen, doch eine dicke, graue Wolkenschicht verhinderte, dass es richtig hell wurde. Vor dem Fenster zogen Wolkenberge in den unterschiedlichsten Grauschattierungen vorbei, ein eindrucksvolles Schauspiel, wild und düster. Es sah nach Regen aus.

Frida unterdrückte ein Gähnen. Es war spät geworden gestern mit Josi. In ihrer Euphorie, endlich mal wieder Zeit miteinander zu verbringen, hatten sie im Laufe des Abends zwei Flaschen Wein geleert. In Anbetracht dessen ging es ihr erstaunlich gut, von den Startschwierigkeiten heute Morgen und den leichten Kopfschmerzen einmal abgesehen.

„Hey!" Sie berührte sanft Devins Schulter. „Alles okay?"

Langsam, als würde er aus einer Trance erwachen, drehte er seinen Kopf zu ihr und sah sie mit zusammengezogenen Augenbrauen an, als wolle er sie fragen, wer sie sei und was sie hier zu suchen hätte. Er sah schlecht aus, sein Gesicht wirkte fahl, unter seinen Augen lagen dunkle Schatten.

„Was ist mir dir?"

Er rieb sich mehrmals übers Gesicht. „Bloß ein böser Traum." Er legte sich ins Bett und zog die Bettdecke über die Brust. Einen Moment lang sah er sie abschätzend an. „Ich hab von Tom geträumt", murmelte er schließlich und schlug die Augen nieder.

„Tom? Wer ist ..."

„Er ist tot", sagte er schnell und sah wieder aus dem Fenster. „Autounfall."

„Oh, das ... das tut mir leid." Sie trat von einem Bein auf das andere und räusperte sich: „Möchtest du darüber reden?"

Er zuckte kaum merklich mit den Schultern und seufzte. Und als Frida schon sicher war, dass er nicht antworten würde, begann er mit leiser Stimme zu erzählen.

„Tom und ich, wir zwei haben EAT MORE GREENS gegründet. Am Anfang gab es nur uns beide. Er am Schlagzeug, ich an der Gitarre." Er rieb sich erneut übers Gesicht. „Tom war mein bester Freund. Ich träume oft von ihm. Meist sind es gute Träume, so gut, dass ich nicht aufwachen will. Aber manchmal träume ich von dem Tag seines Unfalls." Er schluckte schwer. „Ich sitze neben ihm im Auto und ... sehe ihn sterben. Oder ich träum von der Beerdigung und schaue zu, wie der Sarg in der dunklen Grube verschwindet und wie seine Mutter weint, ununterbrochen weint. Manchmal liege auch ich im Sarg, doch ich bin nicht tot, ich schreie und dann wache ich von meinem eigenen Geschrei auf. Armselig, oder?" Er lachte abfällig und strich sich über die unordentlichen Haare. „Ich hab lange nicht mehr von dem Unfall geträumt. War wahrscheinlich überfällig. Der Psychologe meinte, ich fühle mich schuldig, weil ich nicht da war, um ihm zu helfen, weil ich mich mit ihm gestritten hatte kurz vor dem Unfall, und weil ich so verdammt wütend auf ihn war." Er verstummte und schüttelte den Kopf. „Weiß nicht, warum ich dir das erzähle."

„Warum warst du wütend auf Tom?"

„Weil ich ein selbstbezogener Arsch bin!"

Die Heftigkeit, mit der er das sagte, schockierte sie. Ihr wurde bewusst, wie wenig sie über ihn wusste. Er war ein Fremder für sie, ein Fremder, dessen Abgründe vielleicht tiefer waren als die anderer Menschen.

„Wir hatten Streit am Tag vor seinem Tod", fuhr er in milderem Tonfall fort. „Ich war eifersüchtig, weißt du? Tom war verliebt, er hatte nicht mehr jede Minute Zeit für mich und … Ich wollte ihn verletzen und hab schlimme Sachen gesagt. Als er am Tag darauf nicht zur Probe kam, rief ich im Fünf-Minuten-Takt bei ihm an, aber er ging nicht ans Telefon. Ich hab mich höllisch aufgeregt und bin nicht mal auf die Idee gekommen, irgendetwas könnte nicht in Ordnung sein. Erst am nächsten Morgen hab ich von seinem Unfall erfahren, da war er bereits zwölf Stunden tot. Wie ein kleines, trotziges Kind hatte ich mein Handy ausgeschaltet, für den Fall, dass er anrufen und sich entschuldigen wollte. Ich bin feiern gegangen und die ganze Nacht weggeblieben."

Fridas Innerstes hatte sich zusammengezogen. Ihr Opa war vor zwei Jahren gestorben. Er war alt gewesen und er hatte nicht leiden müssen, und dennoch war sein Tod traumatisch für sie gewesen. Was musste Toms Tod für Devin bedeuten? Am liebsten hätte sie ihn in den Arm genommen, doch sie traute sich nicht.

„Wie lang ist das her?", fragte sie flüsternd.

„Am zweiten November werden es vier Jahre. Vier Jahre! Gerade kommt es mir vor, als wären keine vier Wochen vergangen."

Es hatte angefangen zu regnen. Die Regentropfen prasselten an die Scheibe, der Wind peitschte heulend dunkle Wolkengebilde am Fenster vorbei.

„Ich bin mir sicher, dass Tom dir verziehen hat", sagte sie nach einer Weile.

Er drehte seinen Kopf zu ihr und lächelte gequält. „Der Psychologe meinte, man muss sich selbst verzeihen. Alles andere ist Spekulation."

My Friend

I'm not the one I used to be
My world crashed the day you left me
Crashed like your car into that tree
Crashed – no hope for recovery

Fuck, I was mad with the big man
Couldn't say one single Amen
Why? Why did He have to take you?
Was it part of His divine plan?

I still don't understand why you left, my friend
My heart, full of grief until the day I leave

You were a better man than me
Full of wit, love and artistry
A loyal friend, child of the sun
My friend, you outshone everyone

Four years went by – numbing the pain
With music, girls, dope and champagne
Life is good but all seems vain cause
I'll never hear you laugh again

I still don't understand why you left, my friend
My heart, full of grief until the day I leave

My poor, stupid soul can't accept
That you're gone and you won't come back
But at nights – calm and innocent
I see you in my dreams, my friend

I miss you every single day
My world is still in disarray
I still don't pray but made my peace
With the big man who took you away

I'll never understand
I miss you my friend

(Leipzig, 06/09/2002)

17. Steffi

„Du bist unmöglich!" Steffi lachte und endlich – ihr Herz machte einen gewaltigen Hüpfer – lachte auch er.

Er war heute nicht gut drauf, hatte er ihr gesagt. Als ob sie das nicht sofort gemerkt hätte! Normalerweise begrüßte er sie mit einem breiten Grinsen und einem von einem Zwinkern begleiteten „Hey, Steffi! What's up?" Doch heute? Ein mattes Nicken zur Begrüßung und ein Lächeln, das ein bloßes Nach-oben-Ziehen der Mundwinkel war. Sein ganzes Verhalten war so anders als die Tage zuvor, so zurückgenommen. Es jagte ihr einen mächtigen Schrecken ein.

Sie hatte ihn zur Rede stellen wollen, sie war wirklich böse auf ihn gewesen, weil er weder auf ihre SMS reagiert noch sie zurückgerufen hatte. Seit Katja ihr eröffnet hatte, dass er so bald entlassen werden sollte, war sie sowieso schon total durch den Wind und dann diese Stunden des vergeblichen Wartens auf eine Antwort von ihm. Das war zu viel. Gestern Abend hatte sie an allem gezweifelt: an ihm, an dem, was zwischen ihnen war, an einer möglichen Zukunft.

In ihrer Verzweiflung hatte sie sogar Dr. Müller geschrieben. Auch über ihn hatte sie sich mehr als einmal geärgert, aber in der letzten Zeit hatten sich die Verhältnisse neu geordnet. Dr. Müller war aufmerksam und bemüht wie nie und hatte prompt auf ihre Nachricht geantwortet. Doch das war nur ein schwacher Trost, zu sehr verletzte und empörte sie Devins Ignoranz.

Als sie jedoch vorhin sein blasses, nachdenkliches Gesicht sah, war ihr Zorn verraucht und ihre einzige Angst war gewesen, seine offensichtliche Zerknirschung könnte etwas mit ihr zu tun haben.

Was die Ursache für seine melancholische Stimmung war, sagte er nicht. Er habe manchmal solche Tage, war alles, was sie aus ihm herausbekam und im Grunde genügte ihr das. Seine Verstimmung hatte nichts mit ihr zu tun, sie gehörte zu seiner Natur. Künstler waren eben sensible, komplizierte Wesen, aber machte das nicht einen Teil der Faszination aus?

Es war nicht einfach gewesen, ihn zum Lachen zu bringen, doch sie hatte es geschafft, und nun, da er sie wieder auf diese bestimmte Art ansah – den Kopf leicht zur Seite geneigt, dieses Funkeln in den Augen und ein unglaublich betörendes Lächeln im Gesicht – waren Enttäuschung, Kummer und Entrüstung des gestrigen Abends nicht nur vergeben, all die Qualen, die sie durchlitten hatte, waren vergessen.

„Ehrlich gesagt war ich ziemlich böse auf dich", sagte sie lächelnd und zog eine Schnute.

„Weil ich dir nicht geantwortet hab?" Er seufzte und sie fürchtete, zu weit gegangen zu sein. „Sorry, aber ich hatte die Nächte zuvor kaum geschlafen, weißt du? War echt erledigt und bin gleich nach dem Abendessen eingeschlafen."

Jetzt, da er das ansprach, was sie so aufgebracht hatte, und eine solch simple und nachvollziehbare Erklärung lieferte, schämte sie sich fast, wie wütend und verzweifelt sie reagiert hatte.

Sie winkte ab. „Du hast mir gar nicht erzählt, dass du Sonntag schon entlassen wirst!"

„Ach, das!" Er zuckte mit den Schultern. „Weiß ich auch erst seit gestern. Dr. Kiefer hat's mir gesagt, er kam zu mir, kurz nachdem du los bist." Er grinste und fuhr sich durchs Haar. „Echt cool, oder? Zwei Tage eher als erwartet!"

Obwohl ihr nicht danach zumute war, lächelte sie. Zu sehen, wie er sich darauf freute, entlassen zu werden, versetzte ihr einen unerwartet heftigen Stich. Und ihr wurde bewusst, dass – egal, wie die nächsten Tage verlaufen würden, – sie ihn sehr bald würde ziehen lassen müssen.

War er verliebt in sie? Liebte sie ihn? In ihren Tagträumereien war ihre Liebe stürmisch und bedingungslos, aber das hier war kein Traum, es war die Realität. Und auch wenn dieses Etwas, das zwischen ihnen war, etwas Besonderes war, so reichte es doch nicht aus, um alles auf den Kopf zu stellen. In diesem Moment, zum ersten Mal überhaupt seit sie ihn kannte, sah sie eines ganz klar: Sie war kein Teil seiner Welt, sie würde es nie sein und entgegen dem, was sie immer geglaubt hatte, wollte sie gar nicht dazugehören.

Ohne Frage war es aufregend, berühmt zu sein! Wie würden andere sie beneiden, wenn sie seine Freundin wäre! Die Freundin eines Rockstars, der von allen bewundert wurde, der fantastisch aussah und im Geld schwamm. Doch wollte sie wirklich ständig mit Models, Schauspielerinnen und It-Girls konkurrieren? Wollte sie Abende wie den letzten verbringen und verzweifeln, weil er nicht zurückrief? Oder sich wieder und wieder ausmalen, wie er sie betrog? Und es schließlich ignorieren und akzeptieren als unvermeidlichen Teil ihrer Beziehung? Nein, sie wusste mit einem Mal sehr genau, dass sie das nicht wollte. Im Grunde ihres Herzens wünschte sie sich etwas Kleineres, etwas Berechenbareres. Die Erkenntnis erschien ihr wie eine Offenbarung. Sie war verstört und fühlte sich gleichzeitig seltsam erleichtert.

„Hey, jetzt schaust du aber traurig!" Er stupste sie an. „Alles gut?"

„Sicher. Ja! War nur in Gedanken …" Sie strich ihren Pony aus der Stirn und straffte die Schultern. „Ich dachte nur gerade … Du kannst auf keinen Fall abreisen, ohne was von Leipzig gesehen zu haben. Lass uns Sonntag ausgehen! Du wirst doch nicht gleich abfliegen, oder? Ich kenne da eine super Cocktailbar."

18. Frida

Ein lautes Geräusch ließ sie hochschrecken. Hatte ihr Wecker geklingelt? Wie spät war es? Und wieso lag sie auf der Couch?

Im Fernsehen lief die Tagesschau und das Geräusch, das sie geweckt hatte, kam weder von ihrem Wecker noch vom Telefon. Es musste an der Tür geklingelt haben, doch wer konnte das sein? Schlaftrunken rappelte sie sich hoch und tapste in den Korridor. Da war jemand vor ihrer Wohnungstür, sie spürte es mehr, als dass sie es hörte. Sie musste sich endlich wegen des kaputten Haustürschlosses beim Vermieter beschweren! Jeder konnte ins Haus gelangen – auch gefährlichere Leute als der Obdachlose, der im Winter eine Zeit lang auf dem Dachboden genächtigt hatte. Lautlos schlich sie zur Tür und spähte mit angehaltenem Atem durch den Spion.

„Robert!", rief sie und schloss auf. „Das ist ja 'ne Überraschung!"

„Hi Schwesterchen", sagte er und gab ihr einen flüchtigen Kuss auf die Wange. „Trudy und ich dachten, wir schauen mal vorbei!"

Als hätte Robert ihr ein Zeichen gegeben, lief die kleine Mischlingshündin freudig bellend zu Frida und sprang an ihren Beinen auf und ab. Sie wedelte dabei so stark mit dem Schwanz, dass ihr gesamter Körper ein einziges Wackeln war.

„Hallo, mein Schatz!" Frida kniete nieder, kraulte und streichelte das aufgeregte Tier, das um sie herumwuselte und alles versuchte, um ihre Hände und ihr Gesicht ablecken zu können.

Seit sie während Robert und Kathis Australientrip im Frühjahr drei Monate auf Trudy aufgepasst hatte, waren sie dicke Freunde geworden. Sie hatte sich so an die Hündin gewöhnt, am liebsten hätte sie sie nicht wieder hergegeben. Wie seltsam waren die ersten Tage ohne sie gewesen und wie sehr hatte sie nachts den kleinen warmen Körper vermisst, der leise neben ihr schnarchte und dessen weiches Fell sie nicht aufhören konnte zu streicheln. Am meisten aber vermisste sie das überschwängliche Begrüßungsritual, das Trudy immer vollzog, wenn Frida nach Hause kam. Diese überschäumende Freude wirkte ansteckend und baute sie jedes Mal auf, egal, wie mühsam der Tag gewesen war.

Als sie jetzt mit Trudy schmuste, fragte sie sich wieder einmal, warum sie kein eigenes Haustier hatte. Sie liebte Tiere. Schon seit frühester Kindheit wünschte sie sich einen Hund, ein Meerschweinchen, Häschen oder eine Katze, doch ihre Mutter war stets dagegen gewesen. Sie hatte ihr eingebläut, wie unvernünftig es war, ein Tier zu halten. Tiere machten Dreck und Arbeit. Sie kosteten viel Geld, vor allem die Tierarztkosten waren ein unkalkulierbares Risiko. Und die Zeit, die man aufwenden musste! Und die Flexibilität, die man einbüßte! Kurz und gut: Katzen, Hunde und andere Tiere waren im Hause Jaerger tabu. Frida hatte das hinnehmen müssen und sich damit getröstet, alles anders zu machen, wenn sie erwachsen wäre und ihre eigene Wohnung hätte.

Doch so einfach, wie sie es sich als Kind vorgestellt hatte, war es nicht. Sie hatte einsehen müssen, dass zumindest ein Hund im Moment wenig realistisch war. Die drei bis vier Gassirunden täglich waren bei ihrem Job nur mit großer Kraftanstrengung und perfekter Organisation machbar. In den Monaten mit Trudy hatte sie ihren gesamten Tagesablauf danach gerichtet und war selbst in der Pause nach Hause gefahren, um mit Trudy eine Runde zu gehen. Abgesehen davon wäre ihre Mutter persönlich beleidigt, würde sie sich einen Hund zulegen und – was noch viel schlimmer war – auch Nils wäre nicht sonderlich begeistert. Er mochte Hunde zwar, doch in seiner Lebensplanung fand sich dafür erst Platz, wenn sie einmal Kinder hätten. Aber eine Katze oder zwei? Das wäre mit ihrer Arbeit vereinbar und ihre Wohnung wäre groß genug. Blieben die beleidigte Mutter und der wenig begeisterte Freund. Sie seufzte.

Manchmal wünschte sie sich, mehr wie Robert zu sein. Er machte einfach sein Ding. Trudy zum Beispiel hatte er aus einem Urlaub in Rumänien mitgebracht; gerettet, wie er sagte. Der Aufstand, den ihre Mutter daraufhin probte, beeindruckte ihn kaum. Robert scherte sich nicht darum, was andere über ihn dachten, schon immer hatte Frida ihn dafür bewundert.

Lächelnd sah sie zu ihm hoch. Erst jetzt fiel ihr auf, wie elend er aussah – grau und abgespannt.

„Geht's dir nicht gut?"

Er verzog nur den Mund und brummte. „Können wir bei dir pennen?", fragte er tonlos.

„Natürlich", sagte sie und wunderte sich.

Ihr Bruder hatte in den vier Jahren, in denen sie hier wohnte, nicht ein einziges Mal bei ihr übernachtet.

„Komm erstmal rein!"

Als sie wenige Minuten später mit Tassen voll dampfendem Tee in den Händen auf der Couch saßen, wusste

Frida immer noch nicht, was los war. Dass ihn etwas beschäftigte, war unverkennbar, so schweigsam und in sich versunken, wie er war. Nicht mal nach Devin hatte er sich erkundigt, obwohl er ein Riesenfan war. Eine Weile sah sie ihn eindringlich von der Seite an und versuchte ihn kraft ihrer Gedanken zum Reden zu bewegen. Es funktionierte nicht, noch nie hatte es funktioniert.

Sie seufzte ungeduldig. „Robert, Mensch! Jetzt erzähl endlich!"

Robert, der seine Tasse dicht vor seinem Gesicht hielt und abwechselnd hineinpustete und an dem Dampf roch, sah sie verständnislos an. „Sorry. Was sagst du?"

„Was – ist – los?", sagte sie und musste an Nils denken, dem man manchmal auch jede Kleinigkeit aus der Nase ziehen musste.

„Wir haben uns gestritten. Kathi und ich." Er stellte seine Tasse ab, zog Trudy, die zwischen ihnen lag, auf seinen Schoß und begann sie, wie um sich zu beruhigen, zu streicheln. „Ist ein bisschen eskaliert … hat mich rausgeschmissen."

„Sie hat dich rausgeschmissen?"

Er nickte und verzog seinen Mund zu einem schiefen Lächeln. „Hat sogar 'ne Vase nach mir geschmissen – wie im Film!"

„Wow!" Frida kannte Kathis Temperament; dass sie mit Keramik warf, war allerdings neu. „Warum habt ihr gestritten?"

„Ach … irgend'ne Kleinigkeit … Hat sich hochgeschaukelt."
Er zuckte mit den Schultern.

„Wir nerven uns ständig an in letzter Zeit. Keine Ahnung, warum."

Er sah so ratlos und unglücklich aus, am liebsten hätte sie ihn an sich gedrückt. Doch sicher wäre ihm das unangenehm gewesen und so streckte sie stattdessen ihre Hand aus und streichelte aufmunternd seinen Arm, bevor auch sie begann, Trudy zu kraulen.

„Es gibt niemand anderen, oder?"

Er schüttelte den Kopf. „Für mich nicht. Und ich kann mir nicht vorstellen, dass sie …"

Eine Weile saßen sie schweigend nebeneinander und streichelten Trudy, die wohlige Grunzer von sich gab.

„Ihr müsst miteinander reden."

Er nickte. „Aber heut brauchen wir erstmal 'ne Pause."

Als sie später im Bett lag und über den Tag nachdachte, ergriff sie eine seltsame Traurigkeit. Ihren Bruder so niedergeschlagen zu erleben, hatte sie heruntergezogen, doch im Grunde machte sie sich keine Sorgen: Robert und Kathi stritten häufig, es schien bei ihnen dazuzugehören. So weit, dass Robert nicht zu Hause schlief, war es ihres Wissens freilich noch nie gekommen, aber sie war sicher, morgen, wenn sich die beiden aussprachen, würde alles in Ordnung kommen. Nein, Roberts Streit mit Kathi war nicht der Grund für ihre bedrückte Stimmung. Vielmehr war etwas in ihr hochgestiegen, was sie den ganzen Tag verdrängt hatte: Übermorgen wurde Devin aus dem Krankenhaus entlassen.

Als Anke sie heute darüber informierte, war sie ziemlich erschrocken. Sie wollte sich für ihn freuen, aber so richtig gelang es ihr nicht. Bis zu diesem Moment war ihr nicht bewusst gewesen, wie sehr sie ihn mittlerweile mochte.

Er war ihr Freund geworden, doch ihr war klar, dass ihre Freundschaft mit seiner Abreise enden würde.

Schon komisch, wie das Leben spielte! Wie enttäuscht sie anfangs gewesen war, weil er so gar nicht dem Bild entsprach, das sie sich von ihm gemacht hatte. Wie arrogant und abgehoben er auf sie gewirkt hatte. Sie dachte an das unangenehme Zusammentreffen mit seiner Freundin, deren schlechte Manieren ihn bestenfalls zu amüsieren schienen. Nie hätte sie damals gedacht, dass Devin und sie sich einmal so gut verstehen würden. Damals! Sie lächelte. Tatsächlich war kaum eine Woche vergangen, seit Litonya zu Besuch gewesen war. Und ihre Freundschaft mit Devin, deren Ende sie gerade vorzeitig betrauerte, bestand erst wenige Tage.

Devin war anders als all die Jungs, die sie kannte. Er liebte es im Mittelpunkt zu stehen, sein Ego war größer, als ihm guttat, und er war sich seiner Wirkung auf andere nicht nur bewusst, er spielte auch gern damit. Doch das war nur die eine Seite. In diesen letzten Tagen hatte sie den anderen Devin kennengelernt. Den liebenswerten Kerl, der witzig war, sensibel, tiefsinnig und voller Widersprüche. In einem Augenblick schwärmte er mit blitzenden Augen von protzigen Autos, um ihr im nächsten Moment einen Vortrag über die ökologischen Vorzüge der veganen Ernährung zu halten. Sie schmunzelte. Nie hätte sie gedacht, dass ein Typ wie er sich um Tier- und Umweltschutz Gedanken machte. Doch abgesehen von seiner Vorliebe für alles, was schnell war, war dies ein Thema, das ihn wirklich bewegte.

Nicht mal mehr zwei Tage, dann wäre er weg. Sie würden nicht in Kontakt bleiben – wie sollte das auch funktionieren?

144

Ihre Welten waren zu verschieden, die gemeinsame Basis zu gering. Ihre Freundschaft war wie ein Pflänzchen, das sich zu spät aus der Erde gekämpft hatte und das den Winter nicht überleben würde. Ihr war ganz weinerlich zumute, doch sie schluckte die Tränen hinunter: Auf keinen Fall wollte sie Robert wecken und ihm erklären müssen, warum sie weinte.

Sie drehte sich auf die Seite, lauschte Roberts tiefen Atemzügen und lächelte über Trudys köstliches Schnarchen. Nein, es gab keinen Grund zu weinen!

Als am Morgen ihr Wecker klingelte, dachte sie einen Augenblick lang, die verstrubbelten dunklen Haare auf dem Kissen neben ihr gehörten Nils. Doch dann fiel ihr ein, dass Nils in Afrika war, immer noch, und dass der Hinterkopf der ihres Bruders war. Leise kletterte sie aus dem Bett und zog sich an. Robert regte sich nicht und auch Trudy, die sich aufgesetzt und sie mit zusammengekniffenen Augen beobachtet hatte, verlor schnell das Interesse. Sie tappte ein paar Mal um die eigene Achse, rollte sich wieder zusammen und steckte mit einem wohligen Grunzen den Kopf zwischen die Pfoten. Es war wirklich viel zu früh, um aufzustehen.

Frida hatte ihren Wecker wie immer, wenn sie zum Frühdienst musste, so spät wie irgend möglich gestellt. Nicht mehr als zehn Minuten blieben ihr vom Aufstehen bis zum Verlassen der Wohnung. Mehr Zeit brauchte sie nicht, um sich anzuziehen und kurz im Bad vorbeizuschauen. Gähnend zog sie die Wohnungstür hinter sich zu und freute sich auf zwei Sachen: auf einen großen Kaffee und auf Devin.

Nach der Schichtübergabe ging sie gleich zu ihm. Es war zwar albern, aber seit sie wusste, wie bald er aus ihrem Leben verschwinden würde, schien jede Minute mit ihm kostbar. Wie am Tag zuvor war er auch an diesem Morgen bereits wach, als sie in sein Zimmer kam. Er saß in seinem Bett, doch statt wie gestern mit düsterer Miene aus dem Fenster zu blicken, schrieb er eifrig.

„Warte", sagte er, ohne seinen Blick vom Block zu heben oder mit dem Schreiben aufzuhören. „Nur noch eine Sekunde …"

Sie blieb vor seinem Bett stehen und sah ihn belustigt an. Es kostete ihn einige Anstrengung, mit der ungeübten rechten Hand zu schreiben, das sah man ihm deutlich an. Völlig verkrampft saß er da, die Zungenspitze in den Mundwinkel gepresst, rote Flecken auf den Wangen.

„So. Fertig!" Er ließ sich ins Kissen sinken und sah sie erwartungsvoll an.

Sie ahnte nichts Gutes. „Was?"

Er strahlte sie an, seine Aquamarin-Augen funkelten übermütig. „Zwei Sachen!"

„Ja?"

„Wir haben doch neulich so angeregt über Tierschutz, Nachhaltigkeit, vegane Ernährung und so gesprochen?"

Sie nickte und nahm den Zettel entgegen, den er ihr hinhielt.

„Hab ein paar Zeilen dazu geschrieben. Sagst du mir, wie du sie findest?"

Es war das erste Mal, dass er ihr etwas von dem zeigte, was er zu Papier brachte. *Child Of This Earth* stand oben auf dem Zettel.

„Nicht jetzt lesen! Das macht mich nur verlegen. Steck es ein und lies es nachher in Ruhe. Okay?"

Er war tatsächlich rot geworden, als er das sagte.

„Ach und bitte: Behandle es vertraulich. Kann sein, dass ich es noch musikalisch verwerten will."

Sie nickte. Das Papier in ihren Händen zitterte.

„Und die zweite Sache", sagte er lächelnd und richtete sich auf. „Ich will heute Abend ausgehen, endlich mal wieder das Tanzbein schwingen. Und ich will, dass du mitkommst!"

Wie bitte? „Das kannst du nicht ernst meinen!"

„Warum nicht?"

„Du kannst nicht einfach die Klinik verlassen und tanzen gehen! Wie hast du dir das vorgestellt, willst du dich rausschleichen?"

Er legte den Kopf schief und nickte.

„Das geht so nicht! Erika schlägt Alarm, wenn du nicht da bist."

Ihre Worte beeindruckten ihn nicht, das spürte sie. Er sah sie nachsichtig lächelnd an, so wie man ein Kind ansieht, dem man jede Nacht erneut versichern muss, dass unterm Bett kein Ungeheuer wohnt.

„Das merkt die nie im Leben! Die steckt immer nur kurz den Kopf rein, und wenn sie sieht, dass ich still daliege, ist sie auch schon wieder draußen. Ich muss nur mein Bett auspolstern und mich rausschleichen." Er grinste sie zufrieden an. „Ist 'ne sichere Sache. Hab mich in den letzten beiden Nächten erfolgreich rausgeschlichen, um zu rauchen. Niemand hat was gemerkt. Echt easy."

„Wo hast du denn Zigaretten her? Du solltest wirklich nicht rauchen, du hattest einen Riss in der Lunge!"

„Jetzt schau nicht so. Die paar Kippen, ist echt kein Ding." Er lächelte. „Aber was ist nun mit heute Abend? Tanzen? Du und ich?"

Sie schüttelte den Kopf. „Das ist eine saublöde Idee."

„Ach, Frida! Das ist 'ne Spitzenidee! Komm schon, gib dir 'nen Ruck. Das Risiko ist minimal, der Spaß dagegen wird gigantisch!" Er zog die Stirn in Falten. „Oh, bitte! Es wird mich niemand sehen; niemand wird mich vermissen. Und selbst wenn: Ich werde morgen sowieso entlassen. Ist also überhaupt kein Stress. Bitte, sag ja!"

„Und was ist mit mir? Hast du eine Ahnung, in was für Schwierigkeiten ich gerate, wenn uns jemand zusammen sieht?"

Er verdrehte die Augen. „Frida, sei locker, sei spontan, riskier was! Ich versprech dir, es lohnt sich. Du hast mir erzählt, du warst ewig nicht tanzen. Komm schon, ich bin eine echte Dancing-Machine, du wirst staunen."

Er bewegte seinen Oberkörper zu einer imaginären Musik und verzog entsetzlich übertrieben sein Gesicht. Gegen ihren Willen musste sie lachen.

Ihr Lachen schien ihn anzufeuern. Siegessicher sah er sie an.

„Im Ernst: Du musst nichts befürchten. Falls wir auffliegen, und das ist sehr unwahrscheinlich, schwöre ich Tod und Teufel, dass wir uns zufällig getroffen haben und dass du sofort versucht hast, mich zur Rückkehr ins Krankenhaus zu bewegen. Aber ich bin nun mal ein ausgesprochener Dickkopf und dir trotz derzeitiger Einschränkung körperlich überlegen, sodass du keine Chance hattest. Dir blieb nichts anderes übrig, als bei mir zu bleiben und mich im Auge zu behalten. Außerdem würde ich bezeugen, dass du mir mit Vehemenz vom Alkohol und den Zigaretten abgeraten hast …"

„Davon kann ich dir schon jetzt abraten!"

Er lachte vergnügt auf. „Also ist es abgemacht?"

„Und mein Frühdienst? Ich muss halb sechs aufstehen."

Das nachsichtige Lächeln zeigte sich wieder auf seinem Gesicht. „Du machst nachher einfach ein Diskoschläfchen. Wir treffen uns um elf. Bis dahin bleibt viel Zeit zum Vorschlafen."

Child Of This Earth

That is Fred, right there – can't you see him?
There! In the middle of this teeming mass
Standing on one foot, eyes shut – that's him
Next to the one looking all measly
And the one that died in custody

Frankly he has no name or number
But for me he's Fred – he's special
The luckiest mate in this sad crowd
'Cause he's a dreamer – he blocks out
His wretched world, his sore feet, his trimmed beak

He's a dreamer, Fred, my friend
I hope he'll dream till the end
Dream till his soul is set free
And woe a faint memory

Now he's dreaming his favourite dream
Runs wild in the sweetness of spring
Feels he too is a child of this earth –
Though he knows no sun, no rain nor tree
In his dreams he knows and he's free

Today I have to say my blue goodbye
Tomorrow he'll be stuffed into that car
Leaving for the central abattoir
Where he'll be paralysed but aware
When machines cut him up – oh, bloody nightmare!

He's a dreamer, Fred, my friend
I hope he'll dream till the end
Dream till his soul is set free
And woe a faint memory

(Leipzig, 07/09/2002)

19. Matt

Zum ersten Mal in diesem Urlaub hatte Matt einen Nachmittag ohne Susana verbracht. Er war surfen gewesen mit den Jungs, sie hatten Spaß gehabt, die Wellen waren perfekt. Doch die Aussicht, auch den Abend und die Nacht ohne Susana verbringen zu müssen, stimmte ihn traurig. Sie war mit ihrem Bruder nach Lissabon gefahren, um Verwandte zu besuchen und sich um dringliche Familienangelegenheiten zu kümmern. Erst morgen Mittag würde sie zurück sein.

Er ließ sich aufs Bett fallen und nahm sein Handy zur Hand. Keine Anrufe in Abwesenheit, keine Nachrichten. Routinemäßig checkte er auch seine E-Mails. Devin hatte geschrieben, zweimal sogar: Eine Mail hatte er Freitag geschickt, die andere heute Morgen. Den Betreffzeilen nach zu urteilen, war er produktiv gewesen: *My Friend* und *Child Of This Earth* – das klang verheißungsvoll nach zwei neuen Songtexten. Matt setzte sich auf und las mit angehaltenem Atem erst den einen Text, dann den zweiten. Er stöpselte sein Headset ein und wählte Devins Nummer.

„Matty! Was geht?" Die Stimme seines Bruders klang fröhlich und ein wenig übermütig.

„Hey! Hab grad deine Mails gelesen … Die Ruhe scheint dir gut zu tun: drei Lyrics in vier Tagen – wow!"

Devin lachte. „Ja, läuft! Das Niederschreiben ist zwar mühsam, aber ich bin inspiriert wie nie – Krankenhäuser sind echt besser als ihr Ruf. Ist fast schade, dass ich morgen schon rauskomme."

Matt nickte. Auch ihre Ferien in Portugal gingen zu Ende. Dienstag würden sie nach London fliegen, und obwohl er sich freute, seinen Bruder wiederzusehen, so bedeutete das Urlaubsende ebenfalls, auf nicht absehbare Zeit von Susana getrennt zu sein. Natürlich hatte er sie gefragt, ob sie ihn begleiten wollte, nach London, in die USA, überallhin. Doch sie hatte Verpflichtungen, ihr Studium, einen Nebenjob und die pflegebedürftige Großmutter, deren Betreuung sie nicht allein ihrer Mutter überlassen wollte.

„Du bist ab Montag in London?"

„Hm, wollte ich ursprünglich, aber ihr kommt ja auch alle erst Dienstag und da dachte ich, ich bleib noch 'nen Tag länger hier", sagte Devin. „Will mir die Stadt anschauen und so."

„Gute Idee", sagte Matt.

Er fragte sich, was Susana gerade machte und wie sie ihre Zeit verbringen würde, wenn er abgereist wäre.

„Und? Was sagst du zu den Texten?"

„Welche Texte?"

„Hallo? Besonderen Eindruck haben sie ja anscheinend nicht bei dir hinterlassen."

Nach dem Telefonat mit Devin hatte Matt mit den Jungs zu Abend gegessen und ein paar Cocktails getrunken. Da ihm nicht der Sinn danach stand, sich die Nacht in irgendwelchen Bars um die Ohren zu schlagen, zog er sich bald auf sein Zimmer zurück. Er setzte sich auf den Balkon und vertiefte sich in sein Blackberry.

Susana hatte weder angerufen noch geschrieben. Erneut wählte er ihre Nummer und wieder ging sie nicht ran. Schlief sie etwa schon? Warum hatte sie nicht zurückgerufen oder ihm zumindest eine Gute-Nacht-Nachricht geschickt?

Er stierte eine Weile vor sich hin, öffnete schließlich sein E-Mail-Postfach und las abermals Devins Texte.

Alle drei – *Untitled*, *My Friend* und *Child Of This Earth* – waren traurig und trostlos: Sucht, Tod, Verlust, Aussichtslosigkeit – Devin hatte eine Vorliebe für Themen wie diese. Selbst Liebeslieder aus seiner Feder handelten vor allem von Schmerz und Seelenqualen, von Enttäuschungen, Untreue und Verrat. Matt liebte Devins Texte, doch er fand, ein paar fröhlichere, unbeschwertere Stücke würden nicht schaden. Auf den drei Alben, die EAT MORE GREENS bislang veröffentlicht hatten, gab es genau vier Gute-Laune-Songs: zwei auf ihrem Debütalbum *Who cares?*, die hatte Tom geschrieben, und zwei auf ihrer aktuellen Scheibe *Generation X*, die stammten von Adam und ihm. Matt war stolz auf diese beiden Songs, die Adam und ihn einiges an Mühe gekostet hatten.

Songwriting war vor allem Devins Sache. Vom letzten Jahr einmal abgesehen, flossen an guten Tagen Worte, Melodien und Harmonien nur so aus ihm heraus. Es war manchmal geradezu unheimlich, mit welcher Leichtigkeit er Lieder schrieb, komponierte und arrangierte. Doch auch Matt konnte einen starken Song schreiben, und er nahm sich vor, sein nächster würde einer sein, der von der Liebe handelte: der schönen, der reinen, der grenzenlosen Liebe. Er holte seine Gitarre, legte Papier und einen Stift bereit und begann, ein paar Akkorde zu spielen. Aber alles, was ihm einfiel, klang uninspiriert und freudlos.

Immer wieder wanderte sein Blick zu seinem Handy – er wünschte sich so sehr, dass Susana anrief. Nach einigen Minuten legte er die Gitarre zur Seite: Er war nicht in der richtigen Stimmung, um ein Liebeslied zu schreiben.

Warum hatte sie sich nicht gemeldet? Er vermisste sie unglaublich. Ging es ihr nicht ebenso?

20. Frida

Sie war viel zu früh dran und viel zu nervös, um ruhig stehenzubleiben. Also ging sie auf und ab und fragte sich zum vielleicht hundertsten Mal, ob es eine gute Idee gewesen war zu kommen. Ihr Verhalten war unprofessionell und unverantwortlich, es konnte sie in echte Schwierigkeiten bringen.

Nils hatte sie nichts von ihren Abendplänen erzählt, als sie vorhin telefoniert hatten. Nicht, dass er eifersüchtig gewesen wäre; nein, das war nicht sein Stil. Sie hatte nichts gesagt, weil er ihr Vorhaben nicht gutgeheißen und ihr genau die vernünftigen Einwände entgegengehalten hätte, die ihr selbst so bewusst waren. Die Sache war unklug, leichtsinnig und gefährlich.

Sie sah auf ihre Uhr. Fünf Minuten vor elf. Ein Gedanke schoss ihr durch den Kopf, der sie gleichermaßen erleichterte und enttäuschte: Vielleicht war es Devin gar nicht ernst gewesen? Vielleicht hatte er es sich anders überlegt? Sie beschloss, keine Sekunde länger zu warten, als bis Punkt elf.

„Hey!"

Sie fuhr herum. Ein Typ mit grauer Beanie-Mütze und dunkel umrandeter Brille stand vor ihr. Beinahe hätte sie ihn nicht erkannt, doch dann grinste er.

„Devin!"

Es war seltsam ihn hier in der normalen Welt in normaler Straßenkleidung zu sehen. Er trug eine schwarze, eng anliegende Jeans und ein legeres weißes Langarmshirt, das den Verband an seinem linken Arm fast vollständig verbarg. Er hatte seine Armschlinge nicht angelegt, das war unvernünftig, doch sie unterdrückte den Drang, ihn darauf hinzuweisen.

„Ich wusste nicht, dass du eine Brille hast", sagte sie stattdessen.

Er zuckte mit den Schultern. „Ich müsste sie viel häufiger tragen, aber meist möchte ich die Leute auf der anderen Straßenseite sowieso nicht erkennen."

Einen Moment standen sie sich unschlüssig gegenüber. Dann grinste er breit und bot ihr seinen rechten Arm an.

„Wollen wir, Mylady?"

Zu Bob Marleys *Could you be loved* hatte er sie auf die Tanzfläche gezogen. Stunden waren seitdem vergangen. Stunden, in denen sie getanzt, aus vollem Halse mitgesungen und sich ausgezeichnet amüsiert hatten.

Als nun die ersten Klänge von Tina Turners *The Best* ertönten, blieb Frida stehen und sah sich um. Sie war ziemlich aus der Puste und nach Coolios *Gangsta's Paradise* brauchte sie einen Moment, um sich auf den neuen Groove einzustellen. Der DJ schien die Abwechslung zu lieben. Hatte er anfangs nach jedem dritten oder vierten Lied den Stil gewechselt, so sprang er nun nach jedem Song: Rock folgte auf Hip-Hop, Pop auf Reggae, Eurodance auf R&B.

Devin war ebenfalls stehengeblieben und sang mit geschlossenen Augen mit. Er hatte bislang bei jedem Lied, das er kannte, mitgesungen, doch nie mit so viel Begeisterung wie jetzt. Er sah aus wie jemand, der aus tiefstem Herzen seine Nationalhymne schmetterte. Erst beim Refrain öffnete er wieder seine Augen und lachte sie an.

„Das ist mein absoluter Lieblingssong", rief er ihr ins Ohr. „Ich sage immer, es sei *Come as you are* – das klingt einfach cooler, aber *The Best* ist für mich wie dieser Rocky-Song, du weißt schon, wenn er im Morgengrauen die Treppen hoch sprintet und champmäßig tänzelt und jubelt."

Sie nickte. „Ich habe die Rocky-Filme geliebt als Kind! Am genialsten fand ich den mit dem Russen, Ivan Drago."

Er fasste ihre Schulter und schüttelte sie übermütig. „*Rocky IV*! Das ist auch mein Lieblingsteil!"

Sie lachten sich an und sangen gemeinsam den Rest des Songs mit. Tina Turners Gesang verklang und die ersten Töne eines Trancestücks aus den Neunzigern ließen die Luft vibrieren.

„Ich glaub, ich brauch eine Pause", sagte Frida.

Sie schlängelten sich durch die tanzende, schwitzende Menschenmenge. Abseits der Tanzfläche fanden sie schnell eine ruhige Ecke. Mit einem freudigen Seufzer ließ Frida sich auf den Boden sinken. Sie musste dringend sitzen, sie hatte gar nicht gemerkt, wie erschöpft sie war. Devin ging vor ihr in die Knie und nahm ihr die leere Bierflasche ab.

„Halt mir den Platz frei – ich hol noch 'ne Runde."

„Keinen Alkohol mehr!", rief sie alarmiert. „Lieber eine Cola!"

Er zog eine Augenbraue nach oben und rollte mit den Augen, bevor er in einer flüssigen Bewegung aufstand, sich umdrehte und in der Menge verschwand.

Sie sah auf ihre Uhr. In weniger als drei Stunden musste sie zum Frühdienst erscheinen, schlafen würde sie in dieser Nacht nicht. Merkwürdigerweise beunruhigte sie das nicht im Geringsten. Sie fühlte sich großartig – ungeahnt euphorisch, lebenshungrig und ein wenig verwegen. Sie war kein bisschen müde, nur ihre Beine schwächelten und ihre Oberschenkel pochten und pulsierten wie nach einem Ausdauerlauf. Es schien ihr, als hätte sie nie zuvor so viel getanzt wie an diesem Abend. Mit Josi war sie früher regelmäßig hier gewesen, doch das war lange her. In diesem Jahr war dies ihr erster Discobesuch überhaupt und das letzte Mal getanzt hatte sie vor drei Monaten auf der Hochzeit ihres Cousins. Eine ziemlich schwache Bilanz.

Gedankenversunken musterte sie die Leute in ihrer Nähe. An einer Säule nicht weit von ihr stand ein ineinander verschlungenes Paar, das, sich heftig küssend, die Welt ausgeblendet hatte. Obwohl sich die beiden unablässig bewegten, sich berührten, ihre Köpfe von der einen zur anderen Seite drehten und ihre Körper aneinander rieben, schienen ihre Münder nie den Kontakt zu verlieren.

„Was starrst du denn so?"

Wie aus dem Nichts war Devin aufgetaucht und setzte sich neben sie.

„Ich starre doch gar nicht …"

Grinsend reichte er ihr eine Cola. „Lass uns darauf anstoßen!", sagte er und hielt ihr den Hals seiner Bierflasche entgegen.

„Worauf?"

„Aufs hemmungslose Rumknutschen!"

Ihr Gesichtsausdruck musste unmissverständlich spiegeln, wie ertappt sie sich fühlte. Er lachte herzhaft auf und stupste sie mit seinem Oberkörper an. Ihre Arme berührten sich und sie spürte überdeutlich die Wärme, die von seinem Körper ausging, und sie roch seinen Duft, den feinwürzigen Hauch seines Parfüms.

Hastig trank sie einen großen Schluck Cola. War sie betrunken?

„Aber mal ehrlich, es ist das Beste, findest du nicht?"

Sie hatte Mühe, ihre Gedanken beisammenzuhalten. „Was meinst du?"

„Küssen! Besonders wenn man frisch verknallt ist – dann ist es unbeschreiblich." Er schaute mit einem wissenden Lächeln zu dem knutschenden Paar.

„Besser als Sex?", hörte sie sich fragen.

Erschrocken blickte sie zur Tanzfläche. Was bitteschön war los mit ihr? Ihr Gesicht brannte, sie musste rot geworden sein wie eine Tomate. Zum Glück war es dunkel – auch ohne hochroten Kopf kam sie sich blöd genug vor.

Er schien nichts von ihrer Verlegenheit zu spüren. „Wenn es guter Sex ist, nicht", sagte er, als würde er über das Wetter plaudern. „Für Sex sprechen auf jeden Fall das Nacktsein und der Orgasmus. Außerdem soll es Menschen geben, die überhaupt nicht küssen können. Obwohl ich das noch nie erlebt hab – und ich hab einiges erlebt, das kannst du mir glauben. Du?"

Sie schüttelte den Kopf, leerte ihre Cola und betete, dass sich das Thema damit erledigt hatte. Doch warum war ihr das alles so unangenehm? Normalerweise war sie nicht prüde.

„Wie steht's mit dir?", fragte er. „Kannst du gut küssen?"

„Keine Ahnung", sagte sie und blickte weiter starr auf die Tanzfläche. Sie konnte sich das herausfordernde Lächeln, das seine Lippen umspielte, deutlich vorstellen.

„Wie, keine Ahnung? Das musst du doch wissen!" Er stupste sie erneut an. „Also ich, ich küsse zum Beispiel sehr gut."

„Ach, wirklich?" Sie sah ihn missbilligend an. Warum war er immer so verdammt überzeugt von sich? „Bei dir klingt das, als wäre es ein Wettbewerb." Sie schüttelte den Kopf. „Küssen ist ein Zusammenspiel zweier Menschen, ein Austausch. Es ist etwas sehr Intimes und ob es gut ist, hängt ja wohl von beiden ab."

Er zog lächelnd eine Augenbraue nach oben. Offenkundig war er höchst amüsiert, über das, was sie gesagt hatte.

„Weißt du, Frida, ich …" Er legte den Kopf schief. „Es ist echt cool, dass du mitgekommen bist. Allein hätte ich nie so viel Spaß gehabt."

Sie nickte. Auch sie war froh, hier zu sein, mit ihm. Allerdings hätte sie sich nicht dazu hinreißen lassen sollen, so viel zu trinken.

„Halt mal still", sagte er. „Du hast da was."

Seine Finger fühlten sich angenehm kühl an. Er schien ein bisschen Mühe zu haben, das kleine Etwas, von dem er ihre Wange befreien wollte, greifen zu können. Er rückte näher an sie heran.

Verstohlen musterte sie sein Gesicht, das nun nur wenige Zentimeter von dem ihren entfernt war. Sie vergaß manchmal, wie unerhört gutaussehend er war. Und ihr war noch nie aufgefallen, was für lange Wimpern er hatte. Sie waren so lang, dass sie an die Gläser seiner Brille stießen.

Sein Gesicht erhellte sich. Er hielt ihr seinen Zeigefinger hin, an dessen Spitze eine Wimper klebte. „Wünsch dir was!"

Ohne zu überlegen, pustete sie. Im Augenblick konnte sie kaum einen sinnvollen Gedanken fassen, geschweige denn einen Wunsch formulieren. Sie wollte nur weg, die Situation, seine unmittelbare körperliche Nähe, das ganze Gerede übers Küssen und über Sex waren ihr zu viel. Sie wollte wieder tanzen, wollte fröhlich sein, ausgelassen und unbeschwert.

Doch aus irgendeinem Grund sprang sie nicht auf. Aus irgendeinem Grund blieb sie sitzen und starrte in seine Augen, die in der Dunkelheit glänzten. Seine Hand, mit der er ihr eben die Wimper hingehalten hatte, schwebte immer noch zwischen ihnen. Langsam streckte er sie aus und berührte ihr Kinn, ihre Lippen, ihre Wange. Ihr Herz schlug bis zum Anschlag. Sie fühlte sich, wie sich ein kleines Tier im Angesicht eines übermächtigen Räubers fühlen musste: kopflos, hilflos und schicksalsergeben.

Seine Hand glitt in ihren Nacken und er zog sanft ihren Kopf dem seinen entgegen. Als ihre Münder sich trafen und ihre Zungen einander berührten, durchfuhr Frida eine Erregung, die sie alles andere vergessen ließ. Er zog sie ganz nah an sich heran und erneut war sie umgeben von seiner köstlich duftenden Wärme. Seine Lippen, seine Zunge, seine Hand in ihrem Nacken, sein erhitzter, wohlriechender Körper – all das fühlte sich unglaublich gut an.

Oh, Mann! Er konnte wirklich küssen …

Das musste die viele Übung machen.

Dieser Gedanke erdete sie augenblicklich. Was zum Teufel tat sie hier? Atemlos drückte sie sich von ihm weg.

Er sah sie überrascht an. „Was ist?"

„Ich kann nicht." Sie räusperte sich. „Du kannst mich nicht einfach küssen."

„Du hast mich auch geküsst …", sagte er lächelnd.

„Es ist nicht richtig …"

„Ich fand, es fühlte sich richtig an."

„Devin, ich habe einen Freund …"

„Wir haben nur ein bisschen Spaß." Er lächelte und strich ihr eine Locke aus dem Gesicht.

Spaß. Ja, das war alles, was eine Frau von Devin Mortenson erwarten konnte. Doch sie war nicht der Typ Frau, der für ein bisschen Spaß ihre Beziehung riskierte.

„Ich kann nicht."

Er sah sie einen Moment lang an, dann nickte er langsam. „Okaaay. Aber du tanzt schon noch 'ne Runde mit mir oder hast du da jetzt auch moralische Bedenken?"

21. Steffi

Ein bisschen wunderte sie sich, wie leicht sie ihren Traum, Devins feste Freundin zu werden, aufgegeben hatte. Doch seit Freitag, seit ihrer offenbarungsgleichen Erkenntnis und der Aussicht auf ihr Date am heutigen Abend schwebte sie. Von allen Seiten hatte sie die Angelegenheit betrachtet und so wie es war, war es perfekt. Sie hatte ein Date mit einem der heißesten Rockstars überhaupt, und da es nur diese eine Nacht war, würde ihr Herz keinen Schaden nehmen. Ja, sie würde ihn heute in seinem Hotelzimmer besuchen und sie war fest entschlossen, sein Zimmer nicht vor dem nächsten Morgen wieder zu verlassen.

Natürlich hatte sie all ihren Freundinnen und Bekannten, ihrem Opa, ja sogar ihrer Mutter von dem bevorstehenden Date berichtet. Sie wurde nicht müde, darüber zu spekulieren und es sich auszumalen. Allein Katja hatte sie bislang nichts erzählen können. Freitag auf Arbeit hatte Katja keine Zeit gehabt und gestern, an ihrem freien Tag, hatte Steffi vergeblich versucht, sie ans Telefon zu bekommen. Es war absurd, dass Katja immer noch kein Handy hatte. Jeder hatte heutzutage ein Handy! Sie streckte sich und nahm ihr Telefon zur Hand.

„Katja, endlich! Herrgott, wo treibst du dich bloß rum? Ich hab gestern übelst oft bei dir angerufen! Ich hab mir Sorgen gemacht!"

„Ich, ich …", stotterte Katja. „Ich wollte dich gleich anrufen."

„Wo warst du denn?"

„Ich … Ich war bei … bei meinen Eltern."

„Gott, du hast echt was verpasst! Wir waren im Nacht-café – Luise, Candy und ich. War übelst cool."

„Tut mir leid, ich hätte Bescheid sagen sollen."

„Ja, hättest du! Und das nächste Mal kommst du mit. Sonst lernst du nie 'nen Typen kennen!"

„Tut mir leid …"

„Ach, schon gut. Vergiss es. Ich wollte dir was erzählen: Es gibt irre Neuigkeiten! Das glaubst du nie!"

„Ja?"

Sie konnte hören, wie Katja aufatmete.

„Ich habe heute ein Date!", platzte sie heraus, ihre Stimme quoll über vor Begeisterung. „Rate mit wem! Ich geb dir 'nen Tipp: Er ist mit Abstand der heißeste Typ im Krankenhaus …"

„Dr. Müller?"

„Nee, was soll ich denn mit dem? Nein, nein: heißer, viel heißer, supermegaheiß!"

„Devin? Du hast ein Date mit Devin?"

„Yes! Irre, oder? Ich hole ihn um acht im Hotel ab und dann … Nun, mal schauen, was der Abend bringt." Sie kicherte. „Eigentlich wollte ich mit ihm in die Bar, wo Candy arbeitet, …" Sie machte eine bedeutungsvolle Pause. „Aber der Zimmerservice im InterConti ist sicher auch nicht schlecht."

In der nächsten halben Stunde schilderte sie in allen Einzelheiten, wie es zu der Verabredung gekommen war und welche Vorbereitungen sie zu treffen gedachte: Ganzkörperpeeling, Gesichtsmaske, Haare, Make-up, Klamotten, Bestückung der Handtasche – sie hatte alles bis ins Kleinste geplant, nichts blieb dem Zufall überlassen. Katja, deren staunende Begeisterung ihre Euphorie befeuerte, war eine dankbare Zuhörerin.

„Du, sag mal, noch was anderes", sagte sie, als sie alle Aspekte ihres Dates erschöpfend besprochen hatten. „Nils ist in Afrika, oder?"

„Nils? Welcher … Ach, Fridas Nils?"

„Wie viele Nils kennst du denn?"

„Der … Der kommt im Oktober wieder, Frida hat es neulich erzählt. Wieso?"

Steffi schnaubte. „Dann geht die echt fremd! Kaum zu glauben …"

„Wie … Wie kommst du darauf?"

„Luise hat mich vorhin angerufen. Sie hat gestern so 'nen Typen kennengelernt und ist mit ihm ins Werk II weitergezogen. Und da hat sie Frida gesehen – plus Begleitung: groß, gutaussehend, mit Brille. Die Beschreibung passt auf Nils, aber ich dachte mir doch, dass der noch weg ist."

„Woher kennt Luise denn Frida?"

„Selbe Berufsschule", sagte Steffi und seufzte. „Würde mich echt interessieren, mit wem sich unsere liebe Frida die Nacht um die Ohren schlägt. Kannst du da nicht mal unauffällig nachforschen?"

„Also, naja. Wenn … wenn sie wirklich fremdgeht, wird sie es mir bestimmt nicht auf die Nase binden."

„Schau einfach, was du herausfindest. Ihr versteht euch doch so blendend."

22. Frida

Überraschenderweise hatte der Kuss keinen peinlichen Nachgeschmack hinterlassen. Als wäre nichts geschehen, hatten sie weiter geredet, getanzt und gelacht, bis es allerhöchste Zeit war aufzubrechen. Und wenn sie den kleinen Vorfall ausblendete, konnte sie sich reinen Gewissens eingestehen, dass sie lange nicht so viel Spaß gehabt hatte wie in dieser Nacht.

Nach einem kurzen Zwischenstopp zu Hause, wo sie in aller Eile duschte, ihre Haare wusch und eine Flasche Mineralwasser leerte, trat sie pünktlich um sechs Uhr ihren Dienst an. Es war erstaunlich, wie fit und energiegeladen sie sich fühlte.

Einen der Ohrwürmer der letzten Nacht summend eilte sie, sobald sich die Gelegenheit ergab, den Gang entlang zu Devins Zimmer. Sie war gespannt darauf, ihn zu sehen. Offenbar hatte er sich unbemerkt reinschleichen können. Zumindest hatte Erika ihn nicht erwischt, sonst hätte sie es Anke, Simone und ihr vorhin bei der Schichtübergabe sicher sofort mitgeteilt. Mit dem Reinschleichen war es jedoch nicht getan: Sie hoffte inständig, er nahm das Ganze nicht auf die leichte Schulter und hatte alle Spuren beseitigt, die auf seinen nächtlichen Ausflug würden schließen lassen.

Ihre Sorge war unbegründet: Devin lag im Bett und las ein Buch. Er bot das unschuldige Bild eines Vorzeigepatienten – wie sehr der Schein doch trügen konnte!

„Wie geht's dir?", fragte sie und beäugte das dicke Buch, das er in Händen hielt. Es war ein Gedichtband von Emily Dickinson, einer Künstlerin, deren Name ihr nichts sagte.

„Mir ging's nie besser!", sagte er und streckte sich. „Allerdings habe ich diese Nacht überhaupt nicht geschlafen." Er grinste breit. „Ich hoffe, ich habe keine Fahne mehr, nicht dass sie es sich mit der Entlassung noch anders überlegen."

Sie trat näher und schnupperte. „Du riechst auf jeden Fall total nach Rauch", sagte sie naserümpfend.

Er winkte ab. „Schwester Erika hat mich vorhin beim Reinschleichen erwischt."

Ihr Herz stolperte. „Was?"

„Keine Panik! Ich hab so getan, als wär ich eine rauchen gewesen. Sie hat mir geglaubt oder es war ihr egal. Guck nicht so: Ist alles gut, kein Stress!" Er räusperte sich. „Ich wollte dich was fragen. Schon gestern, doch ich war abgelenkt, und nachdem wir uns geküsst hatten, kam es mir irgendwie unangebracht vor. Übrigens küsst du ausgezeichnet, das wollte ich dir noch sagen. Hey, aber keine Angst, ich hab die Message verstanden: zwischen uns beiden – kein Spaß."

Sie errötete. Ihm hingegen schien die Situation in keiner Weise unangenehm zu sein: Er lächelte aufreizend, eine Augenbraue hatte er nach oben gezogen, seine Aquamarin-Augen blitzten.

„Ich wollte dich fragen, ob du mir die Stadt zeigen könntest?"

Sie sah ihn verständnislos an. „Was meinst du? Wann? Heute?"

Sie war davon ausgegangen, er würde gleich abreisen, aber als sie jetzt darüber nachdachte, fiel ihr auf, dass sie nie über seine Abreise gesprochen hatten.

Er schüttelte den Kopf und lachte.

„Heute doch nicht! Du willst sicher erstmal ein bisschen Schlaf nachholen, wenn du mit Arbeit fertig bist, und ich muss auch mal pennen. Ich dachte an Montag. Du hast erzählt, dass du da frei hast. Mein Flieger geht erst Dienstagmittag, ich hätte also den ganzen Tag Zeit …"

Ihre Hochstimmung vom Morgen hatte bis zum Dienstende angehalten, doch auf dem Heimweg, als sie ein paar Sachen fürs Abendbrot einkaufte, kam mit einem Schlag eine bleierne Müdigkeit über sie, die ihre Augen schwer und ihr Denken langsam machte. Ohne nach links oder rechts zu sehen, arbeitete sie ihren Einkaufszettel ab, und schleppte sich und ihre Einkäufe nach Hause.

Alles, was sie wollte, war, sich ins Bett zu legen und zu schlafen, doch sie musste erst die Einkäufe verstauen und wenigstens ein bisschen für Ordnung sorgen. Heute Abend kamen Robert und Kathi zu Besuch. Hätte Robert sich allein angekündigt, hätte sie – so müde wie sie war – sicher nicht aufgeräumt. Aber Kathi legte viel Wert auf Ordnung und Sauberkeit. Mit einem Seufzer tappte sie in die Küche, setzte ihre Einkaufstasche auf dem Tisch ab und nahm die große, goldene Kaffeedose vom Regal. An die Wand gelehnt, öffnete sie die Dose und roch hinein.

Der himmlisch aromatische Duft gemahlenen Kaffees half immer, wenn sie eine kleine Portion Energie oder einen beflügelnden Gedanken benötigte. Für Frida roch Kaffee nach Sonne, nach gerösteten Nüssen, nach Wärme, Karamell und exotischen Blüten. Schon als Kind hatte sie der Geruch fasziniert und sie war oft auf den Küchenschrank geklettert, um die Kaffeedose vom obersten Fach zu angeln und an dem Pulver zu riechen.

Als sie so dastand und das herrliche Aroma auf sich wirken ließ, musste sie an Devin denken. Sie hatten sich morgen um zehn zum Frühstück verabredet. Doch was war mit heute Abend? Er kannte niemanden in der Stadt, er war allein. Warum hatte sie nicht früher daran gedacht? Kurz entschlossen nahm sie ihr Handy und kramte in ihrer Tasche nach dem knittrigen Kaugummipapier, auf das er seine Telefonnummer gekritzelt hatte. Sie speicherte die Nummer mit seinem Namen, wechselte in den Nachrichtenmodus und begann, eine SMS zu tippen.

23. Steffi

Das Klingeln ihres Handys schien mit jedem Mal lauter zu werden. Warum hatte sie es in der Küche liegen lassen? Und warum riefen die Leute immer in den unpassendsten Momenten an? Wenn man gerade aus der Dusche stieg zum Beispiel. Erst hatte sie das Klingeln ignorieren und sich in Ruhe abtrocknen und eincremen wollen: Was konnte schließlich an einem Tag wie diesem so wichtig sein? Doch dann siegten ihr Pflichtgefühl und ihre Neugier. Pitschnass, wie sie war, schlang sie ein Handtuch um ihre Mitte, legte sich, um Wasserflecken zu vermeiden, ein zweites Handtuch unter die Füße und rutschte mit kleinen Watschelbewegungen in die Küche. Sie nahm ihr Handy vom Küchentisch, und als sie den Namen des Anrufers im Display las, machte ihr Herz einen Salto.

„Hi! Das ist ja eine Überraschung!"

„Hey, Steffi! What's up?"

Sie kicherte. „Hey! Na? Was gibt's?"

„Du, es tut mir sehr leid, mir ist was dazwischengekommen. Mein Manager, weißt du? Es gibt ziemlich viel zu besprechen, ging kein Weg dran vorbei. Na auf jeden Fall … Können wir unser Treffen vorziehen? Ich weiß, das ist echt kurzfristig und alles, aber es geht leider nicht anders."

Sie wusste nicht, was sie sagen sollte. An ihren Armen hatte sich eine Gänsehaut gebildet. Es hatte geklungen, als wolle er absagen. Doch das wollte er nicht. Er wollte sie immer noch treffen …

„Ich hab bis acht Zeit", fuhr er fort. „Jetzt ist es …", er schien auf eine Uhr zu schauen, „jetzt ist es zehn vor vier.

Wenn du willst, kannst du gleich vorbeikommen. Dann haben wir genügend Zeit."

Sie schluckte. Genügend Zeit? Sie hatte die Nacht mit ihm verbringen wollen!

„Steffi?"

„Ja. Ich überlege … Ich bin nicht fertig. Ich brauche noch ein bisschen … Sagen wir halb fünf?"

Eine dreiviertel Stunde später durchquerte sie mit ehrfürchtigen Schritten die Hotellobby des InterContinentals, deren Eleganz und Opulenz sie gleichermaßen faszinierte und einschüchterte. Sie war noch nie Gast eines solch luxuriösen Hotels gewesen! Kopfschüttelnd dachte sie an die Zwei- bis Drei-Sterne-Hotels ihrer letzten Spanienurlaube. Das hier war eine andere Welt, eine andere Klasse. Wie modern und geschmackvoll die Zimmer sein mussten. Und wie teuer.

Lange war sie nicht so nervös gewesen wie in diesem Moment. Sogar ein bisschen übel war ihr, was aber vielleicht auch daran lag, dass sie den ganzen Tag nichts gegessen hatte. Zusammen mit einem Geschäftsmann mittleren Alters fuhr sie mit dem Fahrstuhl nach oben. Ihr Herz hämmerte so wild, dass sie sich fragte, ob der Mann neben ihr es nicht hörte. Ihre Nervosität war ihr peinlich und sie war froh, als der Fahrstuhl ihre Etage erreichte. In dem großen, blank polierten Spiegel bei den Fahrstühlen checkte sie ihr Make-up, ihre Haare und den Sitz ihres Outfits: nicht schlecht, wenn man bedachte, wie wenig Zeit sie gehabt hatte. Mit einem zufriedenen Lächeln strich sie über ihren Bauch, der nach einem Tag ohne Nahrung so flach war, dass er sich nach innen zu wölben schien. Von ihrer Nervosität einmal abgesehen, fühlte sie sich fantastisch, sexy und voller Tatendrang.

Natürlich war sie enttäuscht gewesen nach seinem Anruf vorhin. Erbost und fassungslos. Doch sie wollte dieses Date unbedingt und so hatte sie ihren Stolz hinuntergeschluckt und sich in Windeseile zurechtgemacht. Mehr denn je war sie entschlossen, das Allerbeste aus den kommenden Stunden zu machen.

Sie tupfte noch ein paar Tropfen Parfüm hinter ihre Ohren und in ihr Dekolleté und malte ihre Lippen nach. Sie sah wunderschön aus, daran gab es nichts zu rütteln. Das Abenteuer konnte beginnen!

Mit zitternden Knien ging sie die wenigen Schritte bis zu Devins Zimmer, atmete tief durch, setzte ein entschlossenes Lächeln auf und klopfte an die Tür.

Er öffnete prompt. Mit einem Handtuch rubbelte er über seine Haare, der frische Duft seines Duschgels hing warm in der Luft.

„Hey, Steffi! Komm rein, bin in einer Minute so weit."

Er sah so sexy aus, dass sie nicht anders konnte, als ihn von oben bis unten zu mustern. Er trug ein weißes Feinripp-Unterhemd und eine helle, zerrissene Jeans, und er war barfuß. Sein Körper war schlank, aber muskulös, und der Verband an seinem linken Arm in Kombination mit den Tätowierungen, die aus seinem Unterhemd hervorblitzen und seinen rechten Oberarm zierten, ließen ihn abenteuerlich und sehr männlich wirken. Er sah aus wie ein Model aus einer dieser Parfümwerbungen im Fernsehen.

„Schickes Tattoo." Sie lachte nervös und berührte sanft das grau schraffierte Bild auf seinem Oberarm, unter dem der Bandname EAT MORE GREENS prangte. „Ist das ein Wal?"

„Nein, ein Dugong, eine Seekuh. Die sind recht häufig, dort, wo ich herkomme. Global betrachtet allerdings eine bedrohte Art. Sehr sozial, friedliebend und ein Pflanzenfresser – das perfekte Wappentier für mich." Er wies mit dem Kopf auf sein Bett. „Setz dich. Bin gleich fertig", sagte er und verschwand im Bad.

Sie sah sich im Zimmer um. Sie hatte es sich größer vorgestellt, doch es war mit Abstand das edelste und geschmackvollste Hotelzimmer, in dem sie je gewesen war. Noch besser hätte es ihr gefallen, wenn keine Kleidungsstücke herumgelegen hätten, und er sich die Mühe gemacht hätte, ordentlich auszupacken. Aber von solchen Kleinigkeiten würde sie sich nicht die Freude verderben lassen. Sie widerstand der Versuchung, selbst für Ordnung zu sorgen, setzte sich aufs Bett und strich über den weichen, satinierten Stoff des Bezugs.

„Kann ich eine rauchen?"

„Klar, bedien dich."

Sie nahm eine Zigarette aus der halb vollen Marlboro-Packung, die auf dem Nachttisch lag.

„Wo wollen wir hin?", rief er aus dem Bad. „Du hattest was von einer hammermäßigen Cocktailbar erzählt? Oder willst du lieber einen Kaffee trinken gehen?"

„Cocktails wären super", sagte sie mit klopfendem Herzen und drapierte ihre dunklen Locken über ihre Schulter. „Aber da wir so wenig Zeit haben, dachte ich, wir könnten hierbleiben und es uns hier gemütlich machen …"

24. Frida

Ein unbarmherziges Läuten ließ sie hochschrecken. Sie blinzelte auf ihren Wecker: Es war kurz vor sieben, der Alarm wäre gleich angegangen. Sie fühlte sich, als hätte sie zweieinhalb Minuten geschlafen, nicht zweieinhalb Stunden. Seufzend deaktivierte sie die Alarmfunktion und hievte sich aus dem Bett. Wer um Himmels willen konnte das sein? Robert und Kathi erwartete sie erst halb acht. Meist kamen die beiden etwas später als verabredet, aber eine halbe Stunde zu früh? Sicher nicht! Es klingelte erneut.

„Jaaha! Ich komme!", rief sie – ärgerlich vor Müdigkeit.

Sie tappte in den Flur und drückte die Gegensprechanlage. „Ja?"

Als Antwort klopfte es an der Tür und ein Hund bellte leise. War das Trudy? Hatte sie sich in der Zeit geirrt? Verwirrt öffnete sie die Tür.

„Hi Schwesterchen."

Robert lehnte an der Wand neben ihrer Wohnungstür und rieb sich übers Gesicht. Er sah so müde aus, wie sie sich fühlte. Zu seinen Füßen saß Trudy, ihr Schwanz peitschte aufgeregt hin und her.

„Was machst du denn schon hier?", fragte Frida gähnend, ihr Blick glitt in den leeren Hausflur. „Wo ist Kathi?"

Er verzog das Gesicht und schüttelte den Kopf. „Wir haben uns getrennt."

Augenblicklich war sie hellwach. „Wie bitte?"

Robert zuckte mit den Schultern – er sah aus, als würde er gleich anfangen zu weinen. Seufzend rieb er sich erneut übers Gesicht und vergrub die Hand in seinen Haaren.

Trudy war zu Frida gelaufen und hopste schwanzwedelnd an ihren Beinen auf und ab. Mechanisch nahm sie die Hündin auf den Arm, drückte sie an ihre Brust und hielt sie streichelnd davon ab, ihr das Gesicht abzulecken. Eine Weile standen sie so da: Frida mit der Hündin im Arm, ihren Blick fassungslos auf ihren Bruder gerichtet; Robert, an die Wand gelehnt, eine Hand in der Hosentasche, die andere im dunklen Haar verankert, die Augen am Boden.

„Komm rein!"

„Ich werd fürs Erste bei den Eltern einziehen", sagte er, als die Tür hinter ihm ins Schloss gefallen war. „Such mir dann in Ruhe was Eigenes, vielleicht 'ne WG. Auf jeden Fall wollt ich heut noch nicht daheim aufschlagen. Du weißt ja, wie Mama ist. Sie wird sich kolossal aufregen, obwohl sie Kathi nie leiden konnte. Und Trudy will sie sowieso nicht im Haus haben. Können wir heute hierbleiben?"

„Klar, natürlich."

Sie hatte Schwierigkeiten zu verarbeiten, was Robert ihr gerade offenbart hatte. Die Endgültigkeit dessen, was er sagte, überwältigte sie. Hatte er wirklich schon abgeschlossen? Gab es keine Hoffnung? Sie drückte ihm Trudy in den Arm und schob ihn Richtung Wohnzimmer.

„Setz dich erstmal. Ich hol uns was zu trinken und dann will ich genau wissen, was passiert ist!"

In der Küche entkorkte sie eine Flasche Rotwein und nahm zwei Gläser aus dem Schrank. Ihre Hände zitterten. Robert und Kathi getrennt? Es fiel ihr schwer, das zu glauben. Robert und Kathi, das war eine Einheit, das war Liebe, das war für immer. Sie schüttelte den Kopf. Es konnte nicht so einfach vorbei sein, bestimmt war es nicht zu spät!

Als sie mit dem Wein ins Wohnzimmer kam und ihren Bruder mit seiner kleinen Hündin auf dem Schoss dasitzen sah, verkrampfte sich etwas in ihrem Bauch und die Hoffnung, die in ihr aufgekeimt war, wich einem tiefen Gefühl von Trostlosigkeit und Mitleid. Sie reichte Robert eins der übervollen Gläser und setzte sich neben ihn. Eine Zeit lang sagten sie nichts. Frida nippte an ihrem Wein und schielte zu ihrem Bruder hinüber, der düster vor sich hin starrte. Sie brannte darauf, zu erfahren, was geschehen war, doch sie würde ihn nicht drängen.

„Ich hab's echt nicht kommen sehen", sagte er irgendwann. Seine Stimme klang dumpf, ganz fremd. „Es läuft schon 'ne Weile nicht gut, aber ich hätt nie gedacht … Ich dachte, wir kriegen alles hin; ich dachte, sie ist die Frau, … die Eine, und jetzt … Sie will nicht mehr … Sie will neu anfangen – ohne mich." Mit einem traurigen Lächeln sah er sie an. „Sie hat gesagt, ich bin für sie nur noch wie ein guter Freund. Ein guter Freund! Ha! Auf solche Freunde kann ich verzichten."

Trudy, die die Niedergeschlagenheit ihres Herrchens zu spüren schien, stellte sich auf und begann sein Gesicht abzulecken, und obwohl sich Robert normalerweise dagegen wehrte, ließ er sie widerstandslos gewähren. Eine Weile zumindest. Dann schob er sie weg und sank mit einem lauten Seufzer in die Sofakissen.

„Irgendwie bin ich auch erleichtert. Ich kann nicht mehr. Die letzten Monate waren so anstrengend, wir haben uns nur gestritten und im Bett lief schon ewig nichts mehr."

„In jeder Beziehung gibt es Höhen und Tiefen. Vielleicht braucht ihr einfach ein bisschen Abstand? Ein bisschen Zeit? Und dann redet ihr in Ruhe …"

„Mann Frida, sie liebt mich nicht mehr! Was soll man da noch reden?"

Irgendwann waren sie in die Küche übergesiedelt. Obwohl er darauf bestand, er würde keinen Bissen hinunterbekommen, und beinahe vorwurfsvoll verlangte, sie solle sich keinen Aufwand machen, war sie fest entschlossen, ihr Menü wie geplant zu servieren: Antipasti und Baguette als Vorspeise, Spaghetti all'arrabbiata als Hauptgang und Zitronensorbet zum Dessert. Robert liebte italienisches Essen, und auch wenn sie sonst nicht viel für ihn tun konnte an diesem Abend, so sollte er zumindest kulinarisch auf seine Kosten kommen. Sie schnitt das Baguette auf, richtete Käse, Kapernbeeren und Oliven auf einem Teller an und stellte alles vor ihm auf den Tisch. Sie entkorkte eine weitere Flasche Rotwein und beobachtete mit stiller Genugtuung, wie er erst einen Happen naschte und dann in kürzester Zeit fast den ganzen Teller leer aß. Schnell stibitzte sie sich auch etwas vom Brot und den Antipasti, bevor sie Wasser für die Nudeln aufsetzte und begann, eine Zwiebel zu schälen.

Wenig später hing der aromatische Duft von gedünstetem Knoblauch, warmen Tomaten und frischen Kräutern in der Luft und die würzige, rote Sauce blubberte auf dem Herd vor sich hin. Frida goss gerade das Wasser von den Nudeln ab, als es an der Tür klingelte.

Die Geschwister sahen sich an und Frida durchschoss ein hoffnungsvoller Gedanke. Konnte das Kathi sein? War sie gekommen, um alles zurückzunehmen, um sich mit Robert zu versöhnen? Eilig wischte sie ihre Hände am Geschirrtuch ab, ging zur Tür und betätigte die Gegensprechanlage.

„Hallo?"

„Frida, hi! Ich bin's. Devin."

Devin! In der ganzen Aufregung hatte sie völlig vergessen, dass sie ihn eingeladen hatte.

„Heeey! Komm hoch, die Tür ist offen."

Sie öffnete die Wohnungstür, und während sie seinen näher kommenden Schritten lauschte, – er schien zwei Stufen auf einmal zu nehmen – fragte sie sich, ob es Robert überhaupt recht sein würde, wenn Devin dazu kam. Ihr Herz hämmerte mit einem Mal wie verrückt. Normalerweise wäre Robert begeistert, doch unter den Umständen … Allerdings war es jetzt zu spät, sich darüber Gedanken zu machen. Unmöglich konnte sie Devin wieder wegschicken. Außerdem freute sie sich, dass er gekommen war. Ja, vielleicht war sein Besuch genau die Ablenkung, die Robert im Moment brauchte. Als er den letzten Treppenabsatz erreichte und seine Aquamarin-Augen ihr zublinzelten, schoss ein unzügelbar großes Lächeln auf ihr Gesicht.

Sie drückten sich ein wenig unbeholfen.

„Ich hab versucht, dich anzurufen, doch dein Telefon ist aus. Ich hoffe, die Einladung steht noch?", sagte er.

„Natürlich!" Warum war sie so aufgeregt? „Ich habe mich vorhin hingelegt und … Ich hab komplett vergessen, mein Handy wieder anzuschalten."

Er reichte ihr eine Flasche Wein. „Du hast nicht geschrieben, was du kochst, aber ein Rosé passt zu allem, finde ich."

Sie nahm die Flasche an sich. „Danke! Komm rein!"

„Und wer bist du?", fragte er und kniete sich zu Trudy nieder, die mit großer Ernsthaftigkeit seine Schuhe beschnüffelte.

„Das ist Trudy", sagte Frida und lachte.

Wie auf Kommando hatte sich die Hündin auf den Rücken geworfen und ließ sich von Devin genießerisch den Bauch kraulen.

„Dein Hund? Sie ist hinreißend!"

„Leider nein. Sie gehört meinem Bruder."

Robert kam in den Flur. Mit Sicherheit hatte er sich gewundert, mit wem sie Englisch sprach.

„Und da ist er auch schon: Das ist mein Bruder Robert. Robert, ich möchte dir Devin Mortenson vorstellen."

Robert war mit einem Mal wie verwandelt. „Hey! Wow … freut mich!" Er streckte seine Hand aus, und noch bevor Devin sie ergreifen und den Gruß erwidern konnte, redete er weiter. „Frida hat gar nicht gesagt, dass du heute … Mann, ich bin ein Riesenfan! Erst vor ein paar Monaten habe ich euch in Sydney spielen sehen … War mega! Eure neuen Stücke sind grandios …" Er zog Devin mit sich in die Küche. „Willst du 'n Glas Wein? Mann, ist mir echt 'ne Ehre, dich kennenzulernen. Setz dich!"

Grinsend schloss Frida die Tür und folgte den beiden in die Küche. Offensichtlich hatte Robert nichts dagegen, dass Devin ihnen Gesellschaft leistete.

25. Steffi

Als sie im Gang in einem der Spiegel ihr Gesicht erblickte, erschrak sie ein bisschen. Wie konnte man sich so sexy fühlen und gleichzeitig so zerstört aussehen? Ihre Lippen waren farblos, die Haut darum rötete sich fleckig, Krümel ihrer Wimperntusche hatten sich am unteren Rand ihres Augenlides gesammelt und ihre Haare, die vor wenigen Stunden in seidig-glänzenden Locken ihr Gesicht umflossen, erinnerten nun an ein verlassenes Vogelnest. Mit flinken Handgriffen band sie ihr Haar zu einem Dutt, beseitigte die schwarzen Brösel unter den Augen und schminkte ihren Mund in dem herrlichen Bordeauxrot, das ihre Zähne strahlen ließ. Sie atmete aus – viel besser! Mit einem zufriedenen Lächeln auf den Lippen fuhr sie mit dem Fahrstuhl nach unten und trat mit hocherhobenem Kopf ins Foyer.

Unschlüssig sah sie sich um. Sie war zu aufgedreht, um jetzt schon nach Hause zu fahren. Es war nicht mal acht. Einer spontanen Eingebung folgend, schlenderte sie zur nächsten freien Sitzgruppe und ließ sich in einem der luxuriös gepolsterten Sessel nieder. Vielleicht sollte sie ein Glas Sekt bestellen? Es entsprach nicht ihren Gewohnheiten, Geld für überteuerte Getränke zu verschwenden, doch sie hatte das Gefühl, diesen denkwürdigen Tag angemessen abschließen zu müssen.

Sie reckte den Kopf und sah zur Bar hinüber. Anscheinend wurde man hier, wo sie saß, nicht bedient. Gerade wollte sie aufstehen, als ein breitschultriger Mann mit Mütze an ihrem Platz vorbeiging. Ihr Herzschlag beschleunigte sich: Sie war überrascht ihn zu sehen, sie freute sich und fühlte sich gleichzeitig seltsam ertappt. Doch Devin hatte sie nicht bemerkt. Er war in sein Handy vertieft und strebte mit festen Schritten dem Ausgang zu.

Wohin wollte er? Sie hatte angenommen – so hatte es aus seinem Mund geklungen – er würde sich mit seinem Manager hier im Hotel treffen.

Ohne zu überlegen, sprang sie auf und folgte ihm.

Er stieg in ein Taxi, das vor dem Hotel wartete. In Windeseile lief sie zu ihrem Auto, das sie glücklicherweise in unmittelbarer Nähe geparkt hatte. Da das Taxi beim Abbiegen von der Neben- auf die Hauptstraße warten musste, hatte sie keine Probleme aufzuschließen. Bald war sie direkt hinter dem Wagen und konnte Devins Hinterkopf deutlich durch die Rückscheibe erkennen. Sie umklammerte das Lenkrad, ihr ganzer Körper war angespannt. Wie eine Agentin in einem Action-Film kam sie sich vor. Die Frage, was sie sich davon erhoffte, ihn zu verfolgen, klopfte leise an ihr Bewusstsein. Doch sie schob sie beiseite: Darüber würde sie sich Gedanken machen, wenn sie am Ziel ankamen.

Kaum zwei Minuten waren vergangen, als das Taxi plötzlich blinkte und am Straßenrand hielt. Sie wusste nicht, was sie tun sollte: Sie war zu dicht hinterhergefahren, um ebenfalls sofort anhalten zu können. Hastig schirmte sie ihr Gesicht mit der Hand ab, fuhr an dem parkenden Taxi vorüber und steuerte die nächstbeste Lücke an. Im Rückspiegel sah sie, wie Devin die Straße überquerte und in einem Supermarkt verschwand. Sie schaltete ihr Auto aus und versuchte ruhig zu atmen. Das Herz schlug ihr bis zum Hals.

Wenige Minuten später kam er mit einer Flasche Wein in der Hand aus dem Supermarkt. Erst jetzt fiel ihr auf, dass er eine Brille trug. Sie startete den Wagen, rutschte tief in ihren Sitz und wartete, bis das Taxi an ihr vorbeifuhr. Die Sache wurde immer mysteriöser: Traf er seinen Manager etwa nicht in einem Restaurant oder Hotel? Vielleicht holte er ihn vom Flughafen ab? Doch dann hätte das Taxi hier abbiegen müssen! Oder wollte der Fahrer den Preis künstlich in die Höhe treiben, indem er Umwege nahm?

Fünf Minuten später hielt der Wagen in einer Straße, in die es Steffi noch nie verschlagen hatte. Weit und breit war kein Hotel, kein Restaurant und keine Bar zu sehen. Nur Wohnhäuser, parkende Autos und vereinzelte Bäume. Was um alles in der Welt wollte er hier?

Aus sicherer Entfernung beobachtete sie, wie er aus dem Taxi stieg, an der Tür eines der Häuser klingelte und es betrat. Sie wartete einen Moment, bevor sie zu dem Eingang huschte, in dem er gerade verschwunden war. Als sie die Namen an den Klingelknöpfen scannte, wusste sie nicht, was sie erwarten oder wonach sie suchen sollte. Es ergab alles überhaupt keinen Sinn. Dass Devins Manager in diesem Haus eine Wohnung hatte, war mehr als unwahrscheinlich. Und auch wenn sie nicht die leiseste Ahnung hatte, wie er hieß, so war sie doch sicher, dass keiner der typisch deutschen Namen, die sie hier las, ihm gehörte. Hatte er vielleicht Freunde in der Stadt, bei denen er wohnte? Auch das erschien ihr abwegig. Gerade wollte sie sich abwenden, als ihr Blick an einem der Namen hängen blieb. Jaerger.

Es durchfuhr sie eiskalt.

Warum hatte sie das nicht sofort bemerkt? Frida! Das konnte kein Zufall sein.

Ihr wurde schwarz vor Augen, sie griff nach der Hauswand und schnappte nach Luft. Es war, als wäre sie zu lang unter Wasser gewesen: Der Drang, Luft zu holen, war übermächtig. Wieder und wieder atmete sie ein – ihr Körper schien nicht genug zu bekommen. Das Gefühl der Atemnot verstärkte sich, ihr Herz raste und sie fühlte sich so elend wie nie zuvor in ihrem Leben. Panisch sah sie sich um: Sie konnte unmöglich hier vor Fridas Tür kollabieren! Ächzend stieß sie sich von der Hauswand ab und schleppte sich mit wackligen Beinen zu ihrem Auto. Mit einiger Mühe öffnete sie die Tür und ließ sich in den Sitz sinken. Ihr Brustkorb schmerzte, sie schwitzte stark und ihr Gesicht kribbelte, als wäre es eingeschlafen.

Ihre Gedanken wanderten zu Devin und Frida und ein gewaltiges schwarzes Loch tat sich vor ihr auf; es drohte, sie zu verschlingen. Sie umklammerte das Lenkrad so fest sie konnte, kniff die Augen zusammen und versuchte, so ruhig und so tief wie möglich ein- und wieder auszuatmen.

26. Frida

Nervös nestelte sie an dem Bitte-nicht-stören-Schild, das an der Türklinke hing, und klopfte an. Irgendwie kam es ihr unangebracht vor, ihn auf seinem Hotelzimmer zu besuchen. Schwungvoll öffnete er die Tür und zwinkerte ihr grinsend zu. Er trug ein Headset und hatte sein Handy in der rechten Hand.

„Ja, Michael. Ich hab verstanden. Ich bin ja nicht völlig bescheuert." Er verdrehte die Augen und flüsterte ihr zu: „Komm rein. Bin gleich bei dir."

„Michael, ja. Hab ich dir doch gesagt. Ja, Besuch. Nein, später passt es auch nicht. Wir sehen uns morgen, dann können wir alles …"

Sie ging an ihm vorbei ins Zimmer. Die Vorhänge waren zurückgezogen, die Sonne schien freundlich und der Ausblick über die Stadt war überwältigend. Sie stellte sich ganz nah ans Fenster und ließ ihren Blick eine Weile schweifen. Irgendwann sah sie nach unten. Es war wie immer, wenn sie mit großen Höhen konfrontiert war: Ein zittriges Gefühl stieg in ihren Beinen auf, ihr wurde ein wenig schwindlig und es kam ihr vor, als wanke das Haus im Wind. Instinktiv trat sie einen Schritt zurück.

Sie drehte sich um und setzte sich, einem Handzeig Devins folgend, auf die Kante seines Betts, während er weiter dem Anrufer zuhörte und nebenbei in einer Reisetasche zu wühlen begann.

In dem Zimmer herrschte ziemliches Chaos: Überall lagen Sachen herum, Sessel und Stuhl waren unter Klamotten begraben und auf dem Schreibtisch stapelten sich zwischen leeren Flaschen, benutzten Kaffeetassen und

Gläsern etliche beschriebene lose Blätter. Ein Buch, das auf dem Boden neben dem Bett lag, fiel ihr ins Auge. Sie kannte es aus dem Krankenhaus, es war das einzige Buch, in dem sie ihn je hatte lesen sehen: *The Poems of Emily Dickinson*. Gedichte waren eigentlich nicht ihre Sache, doch sie nahm sich vor, bei ihrem nächsten Bibliotheksbesuch nach der Autorin mit dem klangvollen Namen zu suchen.

„Nein, ich hör dir zu … Ja … Jetzt beruhig dich … Natürlich ist es nicht optimal, aber … Ja, ich weiß, es ist wichtig. Michael, ich muss echt los, okay? Ja. Bye." Er stöhnte lautstark auf. „Sorry, Michael lässt sich einfach nicht abwimmeln, wenn er was loswerden will. Schätze, deswegen ist er so gut in seinem Job", sagte er zwinkernd und widmete sich wieder seiner Reisetasche. „Bin gleich soweit. Irgendwo muss diese Scheißkamera doch sein!"

„Ich wusste gar nicht, dass du so viel rauchst", sagte Frida und beäugte naserümpfend die überquellende Kaffeetasse auf dem Nachttisch, die er zum Aschenbecher umfunktioniert hatte.

Er zuckte mit den Schultern und ging dazu über, alles, was ihm in die Hände kam, aus der Tasche auf den Boden zu werfen. „Seit ich aus dem Krankenhaus raus bin und rauchen kann, wann ich will, übertreib ich es, glaube, ein bisschen."

„Und Lippenstift benutzt du auch ab und zu?", sagte sie und versuchte, ihre Irritation zu überspielen. „Bordeaux ist nicht wirklich deine Farbe, oder?"

Einige der Zigarettenstummel wiesen eindeutige Spuren auf. Augenscheinlich hatte er Damenbesuch gehabt, doch wann bitteschön hatte er dafür Zeit gefunden –

schlief er denn nie? Und wer mochte bei ihm gewesen sein? Jemand aus dem Krankenhaus? Eine Zufallsbekanntschaft?

Für einen Moment sah er so aus, als wäre ihm ihre Entdeckung unangenehm, aber gleich darauf blitzten seine Aquamarin-Augen schelmisch.

„Ist nicht, was du denkst", sagte er lässig. „Steffi hat mich gestern besucht. Wir waren zum Abendessen verabredet, doch nach deiner SMS hab ich das Treffen auf den Nachmittag verschoben und wir haben 'nen Kaffee getrunken." Er zwinkerte ihr zu. „Du verrätst mich hoffentlich nicht? Hatte nur einfach mehr Lust, den Abend mit dir und deinem Bruder zu verbringen. Robert ist 'ne arschcoole Socke, weißt du das?"

Sie nickte und zwang sich zu lächeln. Er hatte sich mit Steffi getroffen? Obwohl sie wusste, dass Steffi ihn oft besucht hatte auf Station, war sie überrascht. Und enttäuscht. Doch das war Quatsch! Es ging sie überhaupt nichts an und es spielte auch keine Rolle. Er konnte Kaffee trinken und rauchen, mit wem er wollte. Bloß, weil sie Steffi nicht mochte, konnte sie nicht erwarten, dass es ihm ebenso ging.

„Gefunden!" Er hielt eine kleine schwarze Kamera in die Höhe und grinste sie gewinnend an. „Jetzt brauche ich noch 'ne Mütze und meine Sonnenbrille und dann können wir los", sagte er und begann den Klamottenberg, der nun zu seinen Füßen lag, zurück in die Tasche zu stopfen. „Ist es okay, wenn wir hier im Hotel essen? Der Concierge meinte, das Frühstück sei hammermäßig und er hat ein bisschen was für mich organisiert. Veganes Zeug, verstehst du?"

Nach dem Frühstück schlenderten sie durch die Innenstadt. Es war ein sonniger, warmer Tag, und obwohl der Herbst vor der Tür stand, roch es überall nach Frühling. Sie war beeindruckt, wie gut er sich vorbereitet hatte: Nicht nur hatte er einen Reiseführer dabei, auch wusste er genau, was er sich ansehen wollte: den Marktplatz mit dem Alten Rathaus, Bachs Thomaskirche, die Mädlerpassage mit den Faustskulpturen vorm Auerbachs Keller, das Goethedenkmal auf dem Naschmarkt, die Nikolaikirche, das Gewandhaus und das Völkerschlachtdenkmal im Leipziger Süden. Die Stunden vergingen wie im Flug, während sie eine Sehenswürdigkeit nach der anderen besuchten, Eis aßen und das herrliche Wetter genossen. Wie anders man die eigene Stadt wahrnahm, wenn man sie mit den Augen eines Fremden betrachtete!

Erschöpft, aber bestens gelaunt, ließen sie sich am späten Nachmittag auf der Terrasse eines Restaurants in der Nähe des Völkerschlachtdenkmals nieder. Devin bestellte in fehlerfreiem Deutsch einen schwarzen Kaffee und Frida entschied sich für Kartoffelpuffer und einen Latte macchiato. Als der Kellner ihre Bestellung brachte, stürzte sich Frida voller Heißhunger auf ihr Essen. Vielleicht reichte ihm ein ausgiebiges Frühstück, um für den Rest des Tages genug zu haben, doch ihr Körper forderte regelmäßige Mahlzeiten.

„Ich mag Frauen, die einen guten Appetit haben."

Sie errötete und war sich mit einem Mal beschämt ihres übervollen Mundes bewusst.

„Nein, ehrlich! Die meisten Mädels, die ich kenne, essen fast nichts", sagte er und nippte an seinem Kaffee. „Ich kannte mal eine, die hat mir täglich die Kalorien vorgerechnet, die sie zu sich genommen hatte. Ihr Ziel war es, unter tausend zu bleiben." Er tippte vielsagend an seine Stirn. „Völlig Banane!"

„Tausend Kalorien am Tag? Das ist wirklich wenig."

„Ja, und je weniger sie essen, umso zickiger sind sie …"

„Oh, jetzt tu nicht so! Als würdest du nicht auf diese superdünnen Modeltypen stehen. Deine Freundin zum Beispiel …"

„Litonya ist nicht meine Freundin, sie ist nur eine Freundin. Aber ja, du hast recht. Ich steh auf schöne Frauen – welcher Typ tut das nicht? – und viele Models, wie Litonya, sind hinreißend schön. Allerdings wären sie das auch, wenn sie ein paar Kilos mehr auf den Hüften hätten." Er trank seinen Kaffee aus und sagte lachend: „Jetzt, wo ich drüber nachdenke: Die Frauen, mit denen ich … nun, die ich in den letzten Jahren so kennengelernt habe, waren bis auf wenige Ausnahmen alle Models. Völlig klischeehaft, findest du nicht?"

Sie verdrehte die Augen. Sie wollte gar nicht wissen, wie viele Frauen er „so kennengelernt hatte". Genießerisch verzehrte sie die Kartoffelpuffer, das Apfelmus und die Obstscheiben, mit denen das Gericht garniert war, und lehnte sich mit einem zufriedenen Seufzer zurück.

Sie fragte sich, wie es weitergehen sollte.

27. Steffi

Wie lange sie an diesem Sonntagabend noch im Auto vor Fridas Haus gesessen hatte, wusste sie nicht mehr zu sagen. Es war, als hätte sie zu viel getrunken: Ihre Erinnerung war verschwommen, ihr Körper und Geist fühlten sich betäubt an.

Den größten Teil des Montags hatte sie im Bett verbracht. Sie war nicht ans Handy gegangen, hatte sich weder gewaschen noch ihre Zähne geputzt und außer ein paar Schluck Wasser nichts hinunterbekommen. Sie war schockiert und zutiefst verletzt, sie fühlte sich hintergangen und sie hatte eine Mordswut – auf Devin natürlich, weil er sie belogen hatte, vor allem aber auf Frida. Und diese Wut war es auch, die sie am frühen Abend ihr Bett verlassen ließ.

Sie duschte ausgiebig, wusch alles ab, was an ihr klebte, und rasierte Beine, Arme und Intimbereich. Sie entfernte ihren Nagellack, schnitt ihre Fußnägel und putzte die Zähne. Und während sie all dies tat, malte sie sich genüsslich aus, wie sie sich an Frida rächen, wie sie es ihr heimzahlen und sie bestrafen könnte.

Auf Arbeit würde sie selbstredend nichts über Devin und Frida erzählen, nein, Devin Mortenson war ihre Triumphgeschichte. Aber sie würde dafür sorgen, dass Fridas Eskapaden dem Menschen zu Ohren kamen, der ein Recht hatte, die Wahrheit zu erfahren.

Das gründliche Pflegeprogramm und ihre ausgiebig zelebrierten Rachegedanken hatten eine ungemein reinigende und vitalisierende Wirkung. Mit deutlich gehobener Stimmung saß sie wenig später an ihrem Küchentisch und entsperrte ihr Handy. Katja hatte sie heute dreimal versucht zu erreichen, und jetzt war sie bereit für dieses Gespräch.

„Hallöchen!", säuselte sie ins Telefon. „Du wolltest mich sprechen?"

„Hallo", sagte Katja atemlos. „Wie ist es gelaufen?"

Steffi kicherte. „Es war himmlisch! Ich war übelst erledigt nach dieser Nacht ... Hab den ganzen Tag geschlafen."

Selbstverständlich ging Katja davon aus, das Date hätte wie geplant abends stattgefunden, und Steffi ließ sie in dem Glauben. Ihre Version der Geschichte, die sie nun in den höchsten Tönen schwärmend zum Besten gab, war einfach: Sie war wie verabredet um acht bei Devin gewesen, doch sie waren nicht ausgegangen, sondern hatten den Abend und die Nacht in seinem Hotelzimmer verbracht. Da vieles von dem, was sie Katja berichtete, tatsächlich passiert war, und sie sich den Rest schon so häufig und so lebhaft ausgemalt hatte, kam es ihr – je mehr sie erzählte – so vor, als wäre alles genauso geschehen.

Als sie nach einer reichlichen Stunde das Telefongespräch beendeten, fühlte sie sich fabelhaft. Mit dieser Version der Geschichte konnte sie gut leben. Und es war ja nicht so, dass sie der Freundin eine fette Lüge aufgetischt hatte. Sie hatte lediglich an manchen Stellen etwas übertrieben und an anderen Stellen etwas weggelassen.

In bester Stimmung wählte sie eine Nummer, die sie schon eine ganze Weile nicht mehr gewählt hatte. Gegen ihren Willen fing ihr Herz an, schneller zu schlagen.

„Hallo, Andreas! Wie geht es dir?"

Dr. Müller war so überrascht wie erfreut über ihren Anruf. Steffi hatte ihn in den letzten Tagen links liegen gelassen, hatte weder auf Nachrichten noch auf Anrufe reagiert und auch im Krankenhaus, wenn sie sich zufällig über den Weg liefen, kaum ein Wort mit ihm gewechselt. Es hatte keineswegs eine böse Absicht dahintergesteckt, er hatte sie einfach nicht mehr interessiert. Irgendwie hatte sie vergessen, was für ein toller Mann er war.

„Du, Andreas? Was ich dich fragen wollte ...", sagte sie mit vertraulicher Stimme und kam nun zum eigentlichen Grund ihres Anrufs. „Hat Dr. Brecher noch Kontakt zu Nils Leonhardt? Die waren doch ganz dicke damals. Ich bräuchte dringend seine Telefonnummer oder E-Mail-Adresse ..."

28. Frida

Sie erwachte mit einem Zucken. Sie hatte geträumt, sie fiele.

Langsam richtete sie sich auf. Sie brauchte einen Moment, um zu realisieren, wo sie war und wer da in der anderen Ecke des Sofas schlief.

Auf dem Wohnzimmertisch vor ihr standen die Reste des Abendbrots – Devin hatte ein beeindruckend leckeres Thai-Curry gekocht – sowie einige leere Flaschen Bier. Die Doku über Bob Marley, *Time Will Tell*, die er unbedingt noch hatte sehen wollen, war zu Ende und die DVD spielte in einer Endlosschleife die ersten Zeilen des Songs *Natural Mystic*.

Viel hatte sie nicht mehr von der Doku mitbekommen. Ihr Nacken schmerzte, das Sofakissen war zu hoch und zu hart, um darauf zu schlafen. Sie massierte ihre verspannte Nackenmuskulatur und bewegte vorsichtig den Kopf nach rechts und links, oben und unten.

Devin streckte sich und setzte sich ebenfalls auf. „Lass mich mal", sagte er leise. „Ich bin gut in so was."

Er kniete sich hinter sie, legte seine warme Hand in ihren Nacken und begann die Partie zu kneten und zu drücken. Der leichte Schmerz und die sich ausbreitende Wärme waren so wohltuend, dass sie sämtliche Alarmglocken ignorierte, die in ihrem Kopf angingen. Eine Gänsehaut lief ihr den Rücken hinunter.

Sie fühlte seinen Atem in ihrem Nacken.

Sie roch seinen vertrauten Duft.

Sie spürte, wie seine Lippen ihre Haut berührten.

Erschrocken drehte sie sich zu ihm um. Ihr Kopf war seltsam leer, und obwohl sie das Gefühl hatte, etwas zu ihm sagen, ihn zurückweisen zu müssen, blieb sie stumm. Er griff nach ihrer Hand und hielt sie fest. Eine Weile verharrten sie so und sahen sich an, während Bob Marley immer wieder die gleichen Zeilen sang.

Und dann – wie selbstverständlich – begannen sie, sich zu küssen.

Carried Away

Don't wanna think, just wanna feel
Don't care about tomorrow –
Don't even care what's real

Today the birds don't simply chirp
But sing with virtuosity
A tune so joyous, so superb

I'm sober and yet I'm freaking high
Your beauty carries me away
Vibrant like a firefly

Better than any drug I ever tried
The finest taste, the strongest hit – this is it
My heart and stomach delightfully collide

I'm sober and yet I'm freaking high
Your beauty carries me away
Vibrant like a firefly

(Leipzig, 10/09/2002)

29. Matt

„Tritt ein, Sweetheart!" Adam winkte Matt mit einer galanten Handbewegung herein.

Er wich dem Luftkuss aus, den Adam ihm zuwarf, und sah sich missbilligend in dem riesigen Flur um.

„Ich frag mich, warum du immer 'ne Suite bekommst", sagte er. „Ich hab 'n stinknormales Zimmer, das ist mehr als ausreichend. Mal ehrlich, wer braucht den ganzen Luxus?"

„Dir würde mein begehbarer Kleiderschrank genügen", erwiderte Adam lachend. „Und ich bekomme deswegen immer eine Suite, weil ich darauf bestehe. Ihr hängt eh alle ständig bei mir ab. Das weiß Michael. Außerdem wäre es wenig stilvoll, wenn wir heute auf dem Bett eines dieser *stinknormalen* Zimmer pokern müssten, oder nicht?"

Matt schüttelte den Kopf. Bei diesem Thema kamen sie nie auf einen gemeinsamen Nenner.

„Als ich klein war, hatten Devin und ich zusammen ein Zimmer, das halb so groß war wie dieser Flur, und das ging auch."

Adam lächelte ihn nachsichtig an. „Alter, du solltest den Rest sehen, bevor du dich weiter über den Korridor aufregst: Bad mit Whirlpool, Schlafzimmer mit dem bereits erwähnten begehbaren Kleiderschrank und der Salon, der ist so opulent, wir könnten die Queen hier empfangen."

„Matty!" Devin war mit einem Bier in der Hand und einer Zigarette im Mundwinkel im Durchgang zum Salon erschienen. „Wusste doch, dass ich deine Stimme gehört hab!"

Sofort vergaß Matt seine schlechte Laune, die nur wenig mit der luxuriösen Suite zu tun hatte. Es war so schön,

Devin wiederzusehen. Er war blass und sein linker Arm ruhte in einer Schlinge, ansonsten jedoch wirkte er erholt und ausgeglichen wie lange nicht. Wortlos ging Matt auf ihn zu und umarmte ihn fest.

„Matty, du siehst blendend aus", sagte Devin lachend. „Portugals Sonne hat dir gutgetan."

„Nicht nur die Sonne, es war einfach cool – du hättest dabei sein sollen! Aber erzähl, wie geht es dir?"

„Ja, Alter", sagte Adam. „Was sagen die Ärzte?"

„Die sagen, alles kommt wieder in Ordnung. Ich brauch nur Geduld und 'nen guten Physio. Michael hat jemanden engagiert, der wird ab sofort mit uns reisen. Hab ihn vorhin kennengelernt – netter Typ." Er verzog das Gesicht und zuckte mit den Schultern. „Apropos Kennenlernen: Was ist mit unserem neuen Gitarristen, diesem Jeff? Habt ihr den schon getroffen?"

„Wann denn? Wir kommen quasi direkt vom Strand", sagte Adam und pulte mit dem Zeigefinger in seinem Ohr. „Krass, schau mal! Ich habe sogar noch Sand im Ohr!"

Devin stieß mit einem angewiderten Lächeln Adams ausgestreckten Finger beiseite.

„Außerdem fliegt Jeffy-Boy erst morgen früh ein", fuhr Adam ungerührt fort und betrachtete die Sandkrümel an seinem Finger. „War vertraglich gebunden, hat Michael gar nicht geschmeckt, aber was will er machen?"

„Er muss es echt draufhaben, dieser Jeff", sagte Devin. „Michael war ganz aufgekratzt, weil er ihn verpflichten konnte. Soll schon mit Nick Cave auf Tour gewesen sein …"

Matt nickte. „Und mit Marianne Faithfull. Ja, wir sind im Bild."

„Stell dir vor", sagte Adam, „Michael wollte uns nötigen, unseren Urlaub abzubrechen, damit wir nach Melbourne fliegen und mit dem Wunderknaben proben. Manchmal spinnt der komplett, oder?"

Devin lachte. „Na, offensichtlich habt ihr euch erfolgreich geweigert."

Adam nickte. „Ehrensache. Urlaub ist Urlaub, musste auch Michael einsehen. Und zum Glück hat Smith mitgespielt: Er war bei 'nem Gig von Jeffy-Boy. Muss schwer beeindruckt gewesen sein." Er sah auf seine Armbanduhr. „Wo bleibt Smith überhaupt? Er hätte vor zwei Stunden landen müssen." Er nahm sein Telefon und drückte eine Kurzwahltaste. „Ich möchte endlich anfangen. Heute habe ich eine verdammte Glückssträhne, ich fühle es!"

Gedämpft klingelte ein Handy und Matt öffnete, einer Eingebung folgend, die Tür. Im Hotelflur stand Smith, der mit der einen Hand zwei Flaschen Whisky gegen seine Brust drückte und mit der anderen sein Telefon aus der Hosentasche zu fischen versuchte. Als er seine Bandkollegen durch die halb geöffnete Tür erblickte, ließ er von seinem Handy ab und hielt mit einem triumphierenden Lächeln die beiden Whisky-Flaschen in die Höhe.

„Poker-Time!"

30. Frida

Um halb zehn an diesem Morgen hatte er sie verlassen. Ein letzter Kuss, ein letzter Blick, ein letztes Lächeln – und er war weg.

Frida drückte die Wohnungstür ins Schloss und lehnte ihre Stirn gegen das kühle Holz. Eine Weile blieb sie so stehen, Hände und Stirn gegen die Tür gepresst, und hörte ihrem Atem zu, der ruhig ging und in einem seltsamen Gegensatz zu der fiebrigen Unruhe stand, die sie in Bauch und Brust spürte. Ihr Kopf war leer, da war nur dieses dumpfe Hochgefühl, das keinen klaren Gedanken zuließ, kein Bedauern, kein Hoffen, keine Schuld. Mit einem Ruck stieß sie sich von der Tür ab. Das Bedürfnis, an die frische Luft zu gehen, war mit einem Mal überwältigend. Sie zog eine Hose und Schuhe an, warf eine Jacke über und verließ die Wohnung.

Es war kühl geworden und der Regen durchnässte ihre Kleidung. Immer wieder – wie in einem Karussell, das nicht stoppen wollte – liefen die Ereignisse der letzten Tage, der letzten vierundzwanzig Stunden vor ihrem geistigen Auge ab: ihre erste Begegnung, ihre Gespräche auf Station, die Nacht im Werk II, der Abend bei ihr zu Hause, ihre Tour durch Leipzig, die letzte Nacht, die Verabschiedung am Morgen. Anfangs war sie schnell gelaufen: Es tat gut, die Unruhe in ihrem Inneren an die Straße abzugeben. Dann verfiel sie in ein langsames Schlendern und fühlte sich plötzlich so matt und müde, dass sie am liebsten keinen einzigen Meter mehr gegangen wäre. Zu Hause kickte sie ihre Schuhe von den Füßen, warf Jacke und Schlüsselbund auf die Kommode und taumelte in ihr

Bett. Sie zog die Bettdecke, an der sein Duft noch hing, über ihren Kopf, schloss die Augen und sank in einen unruhigen Schlaf.

Obwohl ihr Wecker längst geklingelt hatte, verließ sie ihr Bett erst, als sie es nicht mehr hinauszögern konnte. Sie duschte heiß und ausgiebig und trödelte so lange, dass sie beinahe zu spät zur Arbeit kam. Abgehetzt betrat sie das Stationszimmer, wo ihre Kolleginnen bereits auf sie warteten.

„Du glaubst nicht, was Katja heut erzählt hat!", sagte Anke als Erstes, nachdem sie Frida begrüßt hatte. „Rate, wer ein Techtelmechtel mit unserem Australier hatte!"

Frida zuckte zusammen, das Gedankenkarussell in ihrem Kopf stoppte. Was sagte Anke da? Ihr Mund war plötzlich staubtrocken, es bereitete ihr Schwierigkeiten, die Zunge vom Gaumen zu lösen.

„Keine Ahnung …", sagte sie zögernd und sah zu Erika, die mit den Augen rollte und missmutig den Kopf schüttelte.

„Mit Steffi!", platzte Anke heraus und klatschte mit sichtlichem Vergnügen in die Hände.

Ungläubig starrte Frida sie an. Devin und Steffi? Sollte das ein Scherz sein?

„Steffi und unser Mister Mortenson hatten Sonntag eine Verabredung zum Abendessen. Doch es klang nicht so, als hätten sie auch nur einen Gedanken ans Essen verschwendet." Anke lächelte anzüglich. „Sie haben sein Hotelzimmer bis zum Morgen nicht verlassen, wenn du verstehst, was ich meine."

Frida schüttelte den Kopf. Sie verstand nichts. Sonntag hatte Devin den Abend mit Robert und ihr verbracht. Erst spät in der Nacht war er zum Hotel zurückgefahren.

Aber Steffi war bei ihm gewesen – am Nachmittag auf einen Kaffee und ein paar Zigaretten. Sie dachte an die Zigarettenstummel mit den bordeauxroten Lippenstiftspuren, die sie in seinem Zimmer gesehen hatte.

Es war ihr nicht im Entferntesten in den Sinn gekommen, dass die beiden ... Sie kam sich so naiv vor. Wer traf sich schon in einem Zimmer, das im Wesentlichen aus einem riesigen Bett bestand, um Kaffee zu trinken?

Sie räusperte sich. „Glaubst du, das stimmt?"

Anke zuckte mit den Schultern. „Warum nicht? Ich meine, sie hat ihn schließlich auch hier jeden Tag besucht. Wer weiß, was da schon gelaufen ist."

Frida nickte benommen. Sie dachte an die letzte Nacht, an seine Berührungen, Küsse und geflüsterten Worte. Sie sah seine Augen vor sich, die in der Dunkelheit glitzerten und die so ernst und voller Zärtlichkeit auf sie gerichtet waren.

„Ich verstehe wirklich nicht, was so toll daran sein soll, sich so einem Kerl an den Hals zu werfen und eine unter vielen zu sein, ein unbedeutendes Abenteuer", mischte sich Erika in das Gespräch ein.

Eine unter vielen, ein unbedeutendes Abenteuer. Erikas Worte trafen Frida, als hätte sie ihr mit Wucht in den Bauch geboxt. Zum ersten Mal an diesem Tag dachte sie an Nils. Wie hatte sie Nils vergessen können? Was hatte sie sich nur gedacht? Was hatte sie getan?

„Vielleicht bin ich von gestern, aber ich finde, es sollte Liebe im Spiel sein, wenn man sich auf jemanden einlässt", fuhr Erika fort. „Mein Johann war der einzige Mann in meinem Leben mit dem ich ... ihr wisst schon ... intim war. Und ich war die einzige Frau in seinem Leben. Wir waren sehr glücklich."

31. Matt

Es war kurz nach zwei Uhr morgens. Die Luft in dem Salon der Londoner Hotelsuite war gesättigt vom Rauch unzähliger Zigaretten. Die beiden Flaschen Whisky, die Smith mitgebracht hatte, standen leer auf dem Tisch, in dessen Mitte Pokerchips und Karten auf dem grünen Spielfeld zu einem Haufen aufgetürmt waren. Das Spiel war beendet – Adam hatte, wie er es vorausgesagt hatte, gewonnen. Es war Matt unbegreiflich, wie man so viel Glück haben konnte. Er selbst hatte haushoch verloren, aber diesmal zog er eine gewisse Befriedigung daraus: Pech im Spiel, Glück in der Liebe.

Smith schlief friedlich auf der Couch, während Adam Smiths Körper mit Kronkorken, Kondomen und Pokerkarten dekorierte. Matt und Devin lümmelten rauchend in ihren Stühlen und beobachteten Adam bei seinem Tun.

„Mann, Adam, nun lass ihn doch mal", sagte Devin. „Du weißt, er reißt dir den Kopf ab, wenn er dich noch mal erwischt … Nicht, dass er dich wieder nackt auf dem Balkon aussperrt!"

„Haha, sehr witzig, Alter", brummte Adam und stimmte nur halbherzig in Devins und Matts Gelächter ein.

Matt gluckste. An einem Abend, es mochte ein Jahr her sein, hatte Adam den Fehler begangen, Smiths Sinn für Humor maßlos zu überschätzen. Bis zu jenem Abend hatte dieser Adams Dekoaktionen mit Humor genommen, wenn er denn etwas davon mitbekam. Im Grunde war Smith ein äußert umgänglicher Mensch. War er allerdings betrunken und fühlte sich provoziert, konnte er zum Berserker werden.

Zwar war Matt nicht dabei gewesen, aber er konnte sich lebhaft vorstellen, wie verwundert Smith zunächst gewesen sein musste, als er unter Obstresten und gefalteten Papierservietten erwachte. Spätestens jedoch als er das schwarze Graffiti auf Armen, Hals und Gesicht entdeckte, das mit wasserfestem Edding aufgemalt war, musste die Verwunderung in rasende Empörung umgeschlagen sein. Betrunken, wie er immer noch war, stürmte Smith ins Schlafzimmer. Er riss Adam aus der Umarmung eines Groupies, das in Todesangst floh, boxte ihm ins Gesicht und sperrte ihn auf den Balkon.

„Ja, ja, lacht ihr nur. Habt ihr die leiseste Ahnung, wie krass das war, die Nacht auf dem verdammten Balkon zu verbringen – mit gebrochener Nase und vollkommen nackt?"

Matt winkte ab. „Alter, deine Nase war nicht gebrochen."

„Hätte sie aber sein können, so geschwollen, wie sie war", erwiderte Adam.

Er schoss einige Fotos und entfernte dann vorsichtig alle Utensilien von Smiths Körper. Mit einem zufriedenen Lächeln setzte er sich zu Devin und Matt an den Tisch und betrachtete die Aufnahmen im Display seiner Kamera.

„Nice. Die haben Potenzial", sagte er lächelnd.

„Potenzial?", fragte Devin.

Matt verdrehte die Augen. „Er will ein Buch mit den besten Bildern rausbringen."

Adam nickte und grinste. „Ich werde es *Sleeping with Smith* nennen. Cool, oder?"

Er legte seine Kamera beiseite und schlenderte zur Minibar. Mit drei Flaschen Bier und einer Packung Nüssen in den Händen kam er zurück zum Tisch.

„Doch genug von mir. Hat Matty dir schon von seiner Big Love die Ohren voll geschwärmt?"

Matt verdrehte die Augen. Jetzt war er also da, der unvermeidliche Moment, in dem seine Liebe ins Lächerliche gezogen wurde.

„Oho!" Devin grinste und zog die Augenbrauen nach oben. „Er hat eine Dame namens Susana erwähnt. Aber von Big Love wusste ich bislang nichts."

Adam schüttelte lachend den Kopf. „Alter, dein Bruder war unmöglich, wie er den verliebten Jungen gegeben hat. Die erste hübsche Frau, bei der er landen konnte – da hat er keine Luft mehr rangelassen."

„Keine Luft rangelassen?" Matt tippte sich an die Stirn. „Das sagt der Richtige! Wenn jemand keine Luft rangelassen hat, dann ja wohl du! Mister Fünf-Minuten-Liebe. Zehn Nächte, zehn Frauen, oder nicht?"

Adam lächelte breit und streckte seine Arme in die Luft. „Was soll ich sagen? Es waren Strände ungeahnter Möglichkeiten. Alter, du hättest die Mädels sehen sollen – so viele rassige Schönheiten auf einem Haufen. Und alles ganz normale Mädels, keine Groupies. Nur Mädels, die Urlaub machen und ein bisschen Spaß haben wollen."

Er warf sich eine Erdnuss in den Mund und kaute bedächtig.

„Es war wie im Paradies! Aber mein lieber Matty, mitgezählt habe ich nicht. Ein Gentleman schweigt und er zählt nicht mit."

„Es waren so viele, ich wette, du bekommst nicht mal mehr alle Namen zusammen."

Adam ignorierte Matts Einwurf. „Ich hätte mich auf jeden Fall nicht für eine Einzige entscheiden können."

„Irgendwann wirst auch du dich verlieben und dann sprechen wir uns wieder", sagte Matt und öffnete ein Bier.

„Fuck, Matty", sagte Devin. „Du bist echt verliebt?"

Matt nickte. Verliebt traf das, was er fühlte, nicht im Ansatz, doch das konnte er Devin und Adam unmöglich erklären.

„Matty ist hin und weg", sagte Adam, „und lebt irgendwelche romantischen Hirngespinste aus. Fakt ist, es gibt einfach zu viele Möglichkeiten. Es wäre dumm, nur eine zu wählen."

„Ich bin also dumm?"

„Jeder, der verliebt ist, ist dumm. Nimm's nicht persönlich, Alter. Aber, wenn du – wie wir – täglich Dutzende erstklassiger Pralinen appetitlich auf einem Silbertablett angerichtet angeboten bekommst, ist es mehr als albern nicht zu kosten. Nur wegen eines Stücks Milchschokolade, das zu Hause im Schrank liegt." Matt hatte ihm einen so finsteren Blick zugeworfen, dass Adam abwehrend die Hände hob. „Selbst wenn es, wie in deinem Fall, eine sehr delikate Milchschokolade ist."

„Mann, Adam, hörst du dir manchmal zu, wenn du redest?" Matt schüttelte den Kopf. Adam wusste nichts über die Liebe, wenngleich er mit mehr Frauen geschlafen hatte, als Chips auf dem Pokerfeld lagen.

„Smith lassen die erstklassigen Pralinen auch kalt, seit er Jen kennt", sagte Devin und zog lächelnd eine Augenbraue nach oben.

„Das stimmt!", sagte Matt. „Und die beiden sind schon ewig zusammen!"

„Ewig?" Adam schnaufte abfällig. „Das geht noch nicht mal 'n Jahr, und wenn man zusammenrechnet, wie oft sie sich effektiv sehen, haben sie sich quasi erst kennengelernt!"

„Trotzdem. Seit er sie kennt, sind andere Frauen für ihn kein Thema mehr", sagte Matt.

Adam winkte ab. Für ihn schien das alles ein großer Witz zu sein.

„Nur eine Frage der Zeit. In den besten Beziehungen wird fremdgegangen, das liegt in unserer Natur. Monogamie ist eine Illusion, das kann nur temporär funktionieren … zum Beispiel für eine Nacht." Er zuckte mit den Schultern und wandte sich an Matt. „Hör zu, ich will doch nur, dass du dich ein bisschen locker machst. Das mit Susana ist cool, aber ihr kennt euch kaum und du hast selbst gesagt, du weißt nicht, wann du sie wiedersiehst. Also steigere dich da nicht so rein und bleib offen für die Möglichkeiten, die dir das Leben bietet. Okay?"

Gern hätte Matt etwas Schlagfertiges erwidert, doch ihm fiel nichts ein und im nächsten Moment klopfte es lautstark an der Tür. Bereits an der Art und Intensität des Klopfens erkannte er, dass der nächtliche Besucher kein anderer als Michael sein konnte. Auch Devin und Adam schienen das zu erkennen, denn keiner rührte sich. Michael hatte schließlich einen Schlüssel.

„So, meine Herren", polterte er, kaum dass er den Salon betreten hatte. „Leider muss ich wieder den Spielverderber geben. Es geht früh los und ihr müsst in Bestform sein. Also, ab mit euch ins Bett!" Er sah zu Smith hinüber und lachte gutmütig. „Seht ihr, Jerry macht es richtig, er weiß, wie wichtig Schlaf ist. Also, los jetzt. Ihr wisst, wie entscheidend dieser Gig ist. Wenn alles gut läuft und wir das Ding so richtig rocken, spendiere ich jedem von euch 'ne

Flasche Bowmore Black –", er hielt inne und zwinkerte, „und 'ne Stripperin."

32. Steffi

Viel länger würde sie nicht warten können, Dr. Wagenhold schätzte Unpünktlichkeit nicht. Sie trat von einem Bein auf das andere und zog nervös an ihrer Zigarette. Natürlich rannte ihr das, was sie vorhatte, nicht weg, doch sie brannte darauf, sich Befriedigung zu verschaffen.

Ihr gesamter Körper spannte sich an: Endlich!

Hastig warf sie die Zigarette weg und lief auf die Gestalt zu, die gerade das Krankenhaus verließ. Sie war ein Stück größer als Steffi, hatte die Kapuze ihres Pullis tief ins Gesicht gezogen und den Blick am Boden. Ihr Gang hatte etwas Lustloses an sich.

„Frida! Warte mal!"

Frida schrak sichtbar zusammen und sah hoch, die Stirn in Falten gelegt. Sie sah schlecht aus, blass und abgekämpft. Steffi wünschte sich, Devin könnte sie so sehen. Was Männer wie Devin und Nils in Frida sahen, war ihr ein Rätsel.

Ja, sie hatte ein recht ebenmäßiges Gesicht mit großen, keineswegs unansehnlichen Augen, und wenn man rote Haare hübsch fand, bargen auch ihre langen Wellen einen gewissen Reiz. Doch darüber hinaus? Sie war weder besonders dünn, noch hatte sie Stil, und mit ihrem Make-up und ihrer Frisur gab sie sich keine erkennbare Mühe.

„Hey, Steffi", sagte sie mit müder Stimme. „Was gibt's?"

Steffi lächelte. Ganz offenkundig hatte Frida wenig Lust mit ihr zu sprechen.

„Na, wie geht's?", begann sie so liebenswürdig, wie sie konnte. „Harte Nacht gehabt? Siehst übelst fertig aus."

„Äh, … ja. Bin ziemlich müde. Was gibt's denn?"

„Oh, ich wollt dich nur fragen, was Nils über deine kleine Affäre denkt", sagte Steffi und zeigte lächelnd ihre Zähne.

Frida zog die Augenbrauen zusammen. „Ich habe keine Ahnung, wovon du sprichst."

Sie sah ehrlich verdutzt aus.

„Stell dich nicht dumm. Ich weiß, dass er am Sonntag bei dir war. Ich bin ihm zu deiner Wohnung gefolgt", sagte Steffi und gab sich nun keine Mühe mehr, ihre Abscheu und Wut zu verschleiern. „Dir ist schon klar, dass er, bevor er in dein Bett gehüpft ist, mit mir geschlafen hat?"

Einen Moment sah Frida sie mit großen Augen an.

„Es geht dich zwar nichts an", sagte sie gepresst, „aber er war Sonntag zum Essen bei mir – genau wie mein Bruder."

„Ach, so! Ihr habt nur was gegessen, logisch", sagte Steffi mit höhnischer Stimme.

Dass Devin sie so schamlos belogen und Frida ihr vorgezogen hatte, fühlte sich an wie ein glühender Stachel, der sich einen Weg durch ihre Eingeweide brannte.

„Und Samstag im Werk II? Da war wohl auch dein Bruder dabei, als Anstands-Wauwau?"

Steffi triumphierte. Fridas Gesichtsausdruck und ihre errötenden Wangen sprachen Bände. Das hatte sie nicht kommen sehen.

„Ich weiß Bescheid, mir brauchst du nichts vorzumachen", fuhr sie fort. „Keine Angst, von mir erfährt niemand dein kleines Geheimnis. Obwohl … Nils hat ein Recht zu erfahren, was hier gelaufen ist. Findest du nicht?"

„Nils weiß natürlich, dass wir befreundet sind."

„Befreundet?" Steffi schnaubte verächtlich und stützte die Hände in die Hüften. Die hatte Nerven! „Glaubst du, du kannst mich verarschen? So beschissen, wie du heute aussiehst, warst du scheinbar blöd genug, dich in ihn zu verlieben. Du bist so was von armselig!"

Sie hatte diese letzten Worte regelrecht ausgespuckt. Ihre Atmung ging schneller und vor Wut und Empörung zitterte sie. Obwohl sie sicher war, dass sie Frida getroffen hatte, frustrierte sie deren ausdruckslose Miene.

„Du bist ihm heimlich zu meiner Wohnung gefolgt und ich bin armselig?"

Ohne ein weiteres Wort marschierte Frida davon.

„Bist du bescheuert?", rief Steffi ihr nach, aber Frida reagierte nicht.

Die Genugtuung und Befriedigung, die sie kurzzeitig verspürt hatte, waren wie weggewischt. Nie hatte sie Frida mehr verachtet als in diesem Moment.

33. Matt

Vor einem so großen Publikum hatten sie in Europa noch nie gespielt: Mehr als sechzigtausend Musikfans feierten auf dem Gelände vor Ort und Millionen verfolgten die Benefizveranstaltung am heimischen Bildschirm. Das zumindest hatte Michael ihnen gesagt. Matt hatte kein Gefühl für solche Zahlen. Er sah einfach nur verdammt viele Menschen, die sich auf dem weitläufigen Areal vor der Bühne versammelt hatten.

Kurz vor einem Auftritt, wenn man Devin am besten in Ruhe ließ, wenn Adam und Smith sich mit Videospielen die Zeit vertrieben und alle anderen auf und hinter der Bühne die letzten Vorbereitungen trafen, beobachtete Matt gern im Verborgenen die Leute auf der anderen Seite des Zaunes, die Fans, die Festivalbesucher, die ganz normalen Menschen.

Mit seinem Feuerzeug brannte er ein Loch in den Sichtschutz des Zaunes, der den Backstage-Bereich abtrennte, und erweiterte das Loch mit seinen Fingern, bis es groß genug war, dass er bequem durchgucken konnte. Längst hatte er aufgehört, sich zu fragen, ob die Leute auf seiner Seite des Zaunes ihn belächelten, wenn sie ihn entdeckten. Es war seine Art, sich vor einem Auftritt zu entspannen, sich abzulenken, und es war ihm egal, was andere davon hielten. Er ergötzte sich daran, wie ausgelassen und unbekümmert die Leute auf der anderen Seite des Zaunes schienen. Er lachte mit ihnen, stellte sich vor, einer von ihnen zu sein, und er beneidete sie – in diesem Moment – darum, dass sie einfach nur sein konnten und eine gute Zeit hatten. Heute malte er sich aus, wie es wäre, mit Susana hier zu sein. Sie in seinen Armen zu halten und seine Nase in ihr seidiges, duftendes Haar zu stecken. Er spürte eine Hand auf seiner Schulter und merkte erst jetzt, dass er die Augen geschlossen hatte, als er von Susana zu träumen begann.

„Matt, es geht los", sagte Michael und deutete mit dem Kopf zur Bühne.

Trotz der frühen Uhrzeit und obwohl EAT MORE GREENS neben Größen wie den Rolling Stones, Lenny Kravitz, Madonna und U2 zu den unbekannteren Acts zählten, jubelte und klatschte das Londoner Publikum enthusiastisch von dem Augenblick an, als sie die Bühne betraten.

Wie bei jedem Auftritt war Matt anfangs so nervös, dass er kaum wagte, den Blick zu heben und ins Publikum zu schauen. Er ging an seinen Platz, nahm seine Gitarre und konzentrierte sich ganz auf sie. Und erst nach einer Weile, wenn sie einen, zwei oder drei Songs gespielt hatten, legte sich seine Aufregung. Dann blickte er immer öfter, immer länger hoch und lachte der flirrenden, gesichtslosen Masse entgegen, die sang, klatschte, pfiff und tanzte.

Auch Devin litt unter Lampenfieber. Je näher ein Auftritt rückte, desto mehr zog er sich in sich zurück. Sprach man ihn an, erntete man nur einen verständnislosen, seltsam verklärten Blick. Doch in dem Augenblick, in dem er die Bühne betrat, fiel alle Anspannung von ihm ab und er wirkte wie ausgewechselt. Er brauchte keine ein, zwei Songs, um aufzutauen, er war sofort zu hundert Prozent da. Mit seiner unbeschreiblichen Präsenz, seiner Eloquenz und seiner Stimme zog er mühelos jedes Publikum in seinen Bann. Schon immer war das so gewesen.

Devins Stimme war etwas, was Matt als ein Wunder betrachtete. Er war selbst ein annehmbarer Sänger, gut genug, um einschätzen zu können, wie außergewöhnlich die Begabung seines Bruders war. Devins voluminöser Bariton besaß eine samtige Rauigkeit, die ihn unverkennbar machte. Darüber hinaus hatte er eine beeindruckende Kopfstimme, sodass er mit Leichtigkeit einen Stimmumfang von mehr als vier Oktaven abrufen konnte.

Schon in frühester Kindheit, als sie täglich mit der Mutter musizierten, hatte Matt gewusst, dass Devin es einmal weit bringen würde – als Sänger und als Musiker. Und nur im Stillen hatte er zu träumen gewagt, er selbst könne ein Teil dieser Zukunft sein. Und doch war es wahr geworden. Er tat das, was er am liebsten machte und was er am besten konnte: Gitarre spielen. Es war das Einzige, worauf er wirklich stolz war, das Einzige, wofür er jemals echten Ehrgeiz entwickelt hatte. Er war ein guter Gitarrist, das wusste er, ein verdammt guter.

Er sah von seiner Gibson hoch, sie waren beim letzten Song des Auftritts angelangt. Devin stand schräg vor ihm und hielt sein Mikrofon dem Publikum entgegen, das lautstark den Refrain von *The Devil Is You* mitsang. Als habe er Matts Blick gespürt, drehte er sich zu ihm um und zwinkerte ihm zu. Das Lächeln, das sein Zwinkern begleitete, war voll kindlicher Begeisterung, wie Matt sie lange nicht bei ihm gesehen hatte.

Devin lief der Schweiß übers Gesicht, seine Wangen waren gerötet und er atmete mit offenem Mund – wie immer hatte er alles gegeben. Es war ungewohnt, ihn ohne Gitarre, dafür mit einer Armbinde über die Bühne wirbeln zu sehen, doch davon abgesehen, hatte er eine perfekte Show abgeliefert. Es war erstaunlich, wie gut er sich in der kurzen Zeit erholt hatte.

Ein starkes Gefühl von Dankbarkeit überkam Matt. Er zupfte die letzten Töne ihres Hitsongs und ließ seinen Blick von Devin zu Adam und Smith gleiten. Adam, der am anderen Ende der Bühne stand, winkte grinsend in die Menge und warf ihr Kusshände zu, während Smith seine gekreuzten Drumsticks hoch in die Luft hielt, bereit für den finalen Schlag, mit dem sie den Gig beenden würden. Am liebsten hätte er jeden Einzelnen in den Arm genommen – auch Jeff, den Neuen, der hervorragend gespielt hatte und sich dezent im Hintergrund hielt. Genau das hier, die Band, die Musik, die Live-Auftritte – das war ihr Leben, das war es, was sie alle liebten.

34. Frida

Irgendwie hatte sie die letzten beiden Tage hinter sich gebracht und zwei Nachtschichten überstanden. Die Zeit zwischen ihren Diensten hatte sie verschlafen, doch auch im Schlaf ließen sie die Geschehnisse der letzten Tage und die Schuld, die sie auf sich geladen hatte, nicht los. Sie träumte von Devin, der sich mit unzähligen gesichtslosen Schönen vergnügte, und von Nils, der nur noch Verachtung für sie übrig hatte und sich von ihr abwandte.

Heute Morgen gleich nach ihrem Dienst war sie zum Arzt gegangen und hatte sich krankschreiben lassen. Sie war nicht krank, aber sie fühlte sich elend und so musste sie auch ausgesehen haben, denn Dr. Brückner schrieb sie, ohne viele Fragen zu stellen, für eine Woche arbeitsunfähig. Lügen zu müssen – und ihre Krankmeldung war natürlich eine Lüge –, widerte sie an, doch im Moment wusste sie sich keinen anderen Rat. Sie hatte keine Kraft mehr, sich zu verstellen und so zu tun, als ginge es ihr gut.

Ihr knurrender Magen trieb sie in die Küche, aber sie hatte weder Appetit noch Lust, sich eine Schnitte zu schmieren oder gar etwas zu kochen. Im Schrank fand sie eine angerissene Packung Kekse. Lustlos steckte sie sich einen Keks in den Mund, schlurfte zurück zur Couch und zog die Decke über den Kopf.

Sie dachte an Nils und ihr Magen krampfte sich zusammen. Heute musste sie ihn anrufen, sie hatte sich seit Tagen nicht bei ihm gemeldet, und als er gestern Abend angerufen hatte, war sie nicht rangegangen. Sie hatte einfach nicht mit ihm sprechen können und mit pochendem Herzen neben dem Telefon gehockt und gewartet, bis es verstummte.

Wie sicher sie immer gewesen war, dass es für sie nie einen anderen Mann als ihn geben würde. Und wie leichtfertig sie all dies für ein paar Schmetterlinge im Bauch verraten hatte.

Dass Devin mit Steffi geschlafen hatte – und seit ihrem Zusammentreffen gestern Morgen war sie sicher, dass Steffi in dem Punkt nicht gelogen hatte – machte alles noch schlimmer, noch unaussprechlicher, als es ohnehin war. Sie sah Steffis hasserfülltes Gesicht vor sich. Die Hände in die schmalen Hüften gestützt hatte sie vor ihr gestanden und sie beschimpft. Doch je mehr sich Steffi echauffiert hatte, desto ruhiger war Frida geworden. Steffi war verletzt, das war offensichtlich, aber genau wie Frida trug sie selbst Schuld an ihrer Misere. Niemand hatte sie gezwungen, sich auf Devin einzulassen.

Würde Steffi ihre Drohung wahrmachen und sich an Nils wenden?

Zuzutrauen war es ihr, merkwürdigerweise beunruhigte dies Frida jedoch kaum. Zum einen konnte sie sich nicht vorstellen, wie Steffi an Nils herankommen wollte: Er besaß kein Handy, und seine Festnetznummer und E-Mail-Adresse aus der Zeit, in der die beiden sich kannten, waren längst nicht mehr aktuell. Und zum anderen gab es einen Teil in ihr, der sich danach sehnte, dass Nils alles erfuhr – trotz der Konsequenzen, die zwangsläufig damit einhergehen würden.

Wenn sie das Gespräch mit Steffi Revue passieren ließ, stieß ihr eine Sache besonders unangenehm auf: Sie hatte davon gesprochen, mit Devin befreundet zu sein, und das war lächerlich. Und zwar nicht nur in Anbetracht der Tatsache, dass sie mit ihm geschlafen hatte. Nein, auch davor hatte sie sich etwas vorgemacht. Sie waren keine Freunde. Sie waren es nie gewesen.

Irgendwann war sie auf dem Sofa eingeschlafen, und als sie erwachte, dämmerte es bereits. Ihr Rücken schmerzte, ihr Nacken war steif und sie fühlte dieses Pochen in den Schläfen, das einem ausgeprägten Kopfweh vorausging. Der Schmerz war ihr willkommen, sie fand, sie verdiente ihn.

Langsam richtete sie sich auf. Ihr Magen rumorte laut, doch der Gedanke an Essen ekelte sie an. Sie trank einen Schluck Wasser und griff zum Telefon. Zwar hatte sie sich keinen Plan zurechtgelegt und sie wusste nicht, was sie Nils erzählen wollte, aber sie konnte diesen Anruf nicht länger aufschieben.

Ihr Herz hämmerte wie wild und das Pochen in ihren Schläfen wurde stärker. Sie wählte seine Nummer und umklammerte den Telefonhörer so fest, dass ihre Finger zu schmerzen begannen.

Die Frauenstimme, die sich auf Französisch meldete, klang abgehetzt und schroff.

„Oui, bonjour", stammelte Frida. „Can I please talk to Doctor Leonhardt?"

Die Stimme am anderen Ende sagte etwas, was Frida nicht verstand, aber da die Verbindung nicht unterbrochen wurde, nahm sie an, die Frau würde Nils Bescheid geben. Einige lange Minuten vergingen. Sie fragte sich, ob sie es später noch einmal versuchen sollte, doch da rauschte es stärker als zuvor und Nils war am Apparat.

„Hallo Frida", sagte er und schon am Klang seiner Stimme erkannte sie, dass etwas nicht in Ordnung war.

„Was ist los?", fragte sie und hielt den Atem an.

Hatte er von Devin erfahren? Hatte Steffi ihn tatsächlich erreicht?

Er seufzte tief. „Was los ist? Ach, Frida …", sagte er und eine Weile war es still in der Leitung. „Die Hölle ist los. Du hast keine Ahnung …"

Sie hörte das Klicken eines Feuerzeugs, ein scharfes, kurzes Einatmen und ein langes Ausatmen. Seit wann rauchte er?

„Es ist alles zu viel", sagte er und lachte verbittert. „Wenn du mich sehen könntest, du würdest erschrecken … Ich … Ach, ist egal, wie ich aussehe. Vorhin ist wieder ein Kind gestorben. Dieses ganze Elend, du kannst dir das nicht vorstellen." Sie hörte, wie er an der Zigarette zog. „Dieses Kind … Ich war so hoffnungsvoll, wir haben viele Tage gekämpft … Alles kommt mir so sinnlos vor."

Ihre Gedanken rasten, aber sie wusste nicht, was sie sagen sollte. Sie fühlte sich schäbig: Mit welch lächerlichen Sorgen sie sich quälte! Sie stotterte einige Worte, wollte ihm sagen, dass alles gut werden würde und dass er bald wieder zu Hause sei, doch er unterbrach sie.

„Scheiße, da kommt ein Notfall rein! Ich muss los."

Ein paar Minuten saß sie wie gelähmt da. Das kurze Gespräch hatte sie tief erschüttert, es hatte etwas in ihr wachgerüttelt.

Ja, sie fühlte es deutlich: Sie freute sich auf ihn und sie spürte mit einem Mal, wie sehr sie ihn vermisst hatte. Weg waren Beklommenheit und sorgenvolle Unruhe, wenn sie an seine Rückkehr in vier Wochen dachte. Sie wollte ihn glücklich machen; er verdiente es, glücklich zu sein. Und in dem Augenblick wusste sie, alles würde irgendwie in Ordnung kommen.

35. Matt

„Du warst ja ewig telefonieren! Ich dachte, wir wollten was schaffen", sagte Devin, als Matt vom Balkon zurück ins Zimmer kam. Er lag ausgestreckt auf dem Bett, eine Zigarette in der Hand, den Aschenbecher neben sich. „Hätt ich das gewusst, wär ich mit den Jungs mitgefahren. Wir sind zum dritten Mal in Chicago und ich war immer noch nicht auf dem verfuckten Sears Tower."

„Reg dich ab", sagte Matt, fest entschlossen Devins schlechte Laune zu ignorieren. „Das war Susana."

Sein Bruder verdrehte die Augen. „Das war mir schon klar", sagte er und setzte sich auf. „So nervös bist du nur, wenn sie anruft, und *Babe* nennst du sonst auch niemanden."

„Sie mag es, wenn ich sie Babe nenne", sagte Matt und kratzte seinen Bart.

Devin bedachte ihn mit einem mürrischen Blick, stand auf und ging zur Minibar. „Willst du noch was?", fragte er über seine Schulter.

„Ja, 'n Fosters wär cool."

Gedankenverloren nahm Matt seine Gitarre in die Hand, setzte sich aufs Bett und begann ein paar Töne zu zupfen. Eine Woche war vergangen, seit er Susana das letzte Mal gesehen hatte. Er vermisste sie schrecklich. Zwar telefonierten sie jeden Tag – manchmal für Stunden –, doch es war nicht dasselbe. Er wollte sie in seinen Armen halten, ihren Körper spüren, ihren Mund küssen.

Es war ein ungewöhnlich heißer Tag, und da weder Devin noch er Klimaanlagen mochten, herrschten in dem Zimmer hochsommerliche Temperaturen. Die Spätnachmittagssonne schien goldgelb durch die offene Balkontür herein und von einem der Nachbarbalkone dudelte Countrymusik zu ihnen herüber. Der Wind spielte mit den Vorhängen und glitt sanft kühlend über Matts Körper. Er ließ die Gitarre sinken, lehnte sich zurück und schloss die Augen. Augenblicklich fühlte er sich an die Algarve zurückversetzt. Er stellte sich vor, dass Susana gleich aus dem Bad oder vom Balkon kommen, sich neben ihn legen und seine Hand nehmen würde.

Das Bett wackelte, als Devin sich darauf fallen ließ. Matt öffnete die Augen und griff nach dem Bier, das Devin ihm hinhielt.

„Ich seh sie erst im November wieder", sagte Matt leise. „Du weißt schon, wenn wir bei der Preisverleihung in Barcelona sind."

Devin nickte und nahm einen großen Schluck von dem klaren Drink, den er sich gemixt hatte. Gin Tonic, vermutete Matt, das trank er zurzeit am liebsten.

„Das sind noch mehr als acht Wochen", fuhr er fort. „Ich weiß nicht, wie ich das schaffen soll."

Devin seufzte. „Buch ihr 'nen Flug. Das kann ja nicht so kompliziert sein."

Matt schüttelte den Kopf. „Sie kann nicht weg. Ihre Oma, sie kümmert sich um sie. Außerdem ist da ihr Studium …"

„Sie kann nicht mal ein paar Tage frei machen? Für 'n verlängertes Wochenende? Das glaub ich nicht!"

Devins abschätziger Tonfall kränkte ihn.

„Ist aber so", sagte er und erschrak ein bisschen, wie beleidigt seine Stimme klang.

„Hm", machte Devin und zuckte mit den Schultern.

„Du bist ja 'ne große Hilfe", sagte Matt und wunderte sich, warum er plötzlich so wütend war.

„Was soll ich denn machen?"

„Keine Ahnung. Ein bisschen mehr Anteilnahme wär schön zum Beispiel. Aber vielleicht ist das zu viel verlangt: Du warst eben noch nie verliebt."

Er stand auf, ging zum Schreibtisch und entnahm einem kleinen braunen Beutel Papers, Filter-Tips und eine Tüte Gras.

„Wer sagt, dass ich nie verliebt war?"

„Ich sag das", erwiderte Matt, ließ sich auf dem Schreibtischstuhl nieder und begann einen Joint zu bauen. „Du willst nicht ernsthaft das Gegenteil behaupten, oder?"

„Na klar war ich schon verliebt – mehr als einmal. Und ich bin es gerade."

Matt drehte sich zu Devin um. „Du willst mir nicht erzählen, dass du in Litonya verliebt bist? Das glaub ich dir nicht, sonst würdest du dich viel mehr um das Mädel bemühen."

Und du hättest gestern nicht die Blondine aus der Bar abgeschleppt, fügte er in Gedanken hinzu. Es war seine feste Überzeugung: Wenn man wirklich verliebt war, schlief man nicht mit anderen Frauen. Doch er sprach es nicht aus. Devin sollte sich nicht rechtfertigen müssen.

Er räusperte sich. „Ich meine, wann habt ihr euch das letzte Mal gesehen oder zumindest telefoniert?"

„Sie hat mich in Leipzig besucht, wir haben gestern telefoniert und morgen kommt sie mit ein paar Freundinnen nach Chicago, um die Show zu sehen."

„Ach, wirklich?" Matt wandte sich wieder dem Tisch zu und widmete sich dem halbfertigen Joint. Bedächtig drehte er ihn in Form, leckte über den Klebestreifen und strich alles fest. „Das heißt aber nicht, dass du in sie verliebt bist."

„Das hab ich auch nicht behauptet."

Matt klopfte den perfekt konischen Spliff ein paar Mal mit der Rückseite auf die Tischplatte, zündete ihn an und nahm einen tiefen Zug.

„Okay, also in wen bist du verliebt?", sagte er, blies eine große, süß duftende Rauchwolke aus, zog noch einmal und reichte den Spliff an seinen Bruder weiter.

Devin zuckte mit den Schultern. Mit einem Mal schien er verlegen und zögerlich.

„Sag schon!", forderte Matt.

„Ich glaube, die Frage ist nicht, in wen ich verliebt bin, sondern in was."

Matt stöhnte auf. „Jetzt komm mir bitte nicht mit der Leier, du seist in die Musik verliebt."

Devin grinste. „Was soll ich sagen? Es stimmt. Ich fühle es heute mehr denn je."

Matt verdrehte die Augen. Offensichtlich wollte Devin nicht ernsthaft mit ihm über das Thema reden. Er stand auf, ging zum Bett und nahm seine Gitarre.

„Wollen wir weitermachen?", fragte er und wieder hatte er das Gefühl, wie ein trotziges Kind zu klingen.

Was war nur los mit ihm? Normalerweise war er nicht so leicht aus der Ruhe zu bringen.

„Matty, ich will dich nicht ärgern." Er fuhr sich durchs Haar und sah Matt mit großen Augen an. „Ich wünschte, ich könnte so an die Liebe glauben wie du. Ehrlich. Weißt du, in Leipzig, da gab es ein Mädchen …" Er senkte den Blick, kniff die Augen zusammen und fixierte den Joint in seiner Hand. „Sie war irgendwie anders, verstehst du? Mit ihr hätte ich es mir vorstellen können – zu einer anderen Zeit natürlich und unter anderen Umständen."

Matts Mund war mit einem Mal sehr trocken. Er setzte sich auf den Rand des Betts und trank einen großen Schluck aus seiner Bierflasche.

„Du glaubst auch, dass es mit Susana nicht klappen wird, oder?"

Devin zuckte die Schultern und sah ihn einen Augenblick abwägend an. „Was weiß ich schon?"

„Ich weiß nur, dass ich megaglücklich bin. Sogar das Vermissen macht mich glücklich – in gewisser Weise. Ich träume Tag und Nacht von ihr."

Er hatte sich erneut über seine Gitarre gebeugt und spielte die Hookline des neuen Stücks. Sie waren nicht weit gekommen, doch dieser Teil des Songs klang bereits sehr vielversprechend. Während er die Melodie wieder und wieder spielte, spürte er, wie Devin ihn beobachtete. Er sah nicht auf, denn er war nicht sicher, ob ihm das, was er in Devins Blick lesen würde, gefiel.

„Also, was gibt es Neues bei deinem Babe?", fragte Devin nach einer Weile.

Matt hörte auf zu spielen und lächelte. „Sie sagt, sie vermisst mich wahnsinnig." Er fuhr mit den Fingern durch seinen Bart und kratzte ausgiebig Kinn und untere Wangen. „Abgesehen davon hat sie ein paar finanzielle Unannehmlichkeiten, über die sie sich fürchterlich aufgeregt hat. Doch das haben wir geregelt. Es hat sich gut angefühlt, ihr helfen zu können."

„Du gibst ihr Geld?"

„Logisch!", sagte Matt lachend, und als er Devins ernstes Gesicht mit den fest zusammengezogenen Augenbrauen sah, fügte er schnell hinzu: „Es ging nur um einen kleineren Betrag. Nicht der Rede wert."

„Lass uns weitermachen!", sagte er. „Vielleicht könnten wir noch was an den Lyrics drehen? Nur am Ende. Ein Lovesong mit Happy End wäre mal cool zur Abwechslung."

Ein Kissen traf ihn am Kopf. „Nix da!", lachte Devin. „Schreib selbst was, wenn du 'ne Liebesschnulze willst."

Once I Met A Girl

I saw her coming up to me
Gently swaying her luscious hips
A smooth smile on her pretty lips
Would she fall for me and poetry?

My pick-up line was ready
The hunter in me tingly
But then her deep eyes met mine
And I was lost in their shine

Once I met a girl with magic eyes
She made my head whirl and showed me paradise

I knew she was the one for me
My beginning and my end
My meed and my punishment
My one and only prodigy

But before I could confess
She curbed my happy foolishness
She said: "There's another guy
It's him I love – so goodbye"

Once I met a girl with magic eyes
She made my head whirl and shut down paradise

(Chicago, 16/09/2002)

36. Frida

Wie dunkle Wolken waren die letzten Tage an ihr vorübergeglitten. Die meiste Zeit hatte sie im Bett verbracht. Wenn sie nicht schlief, starrte sie stundenlang vor sich hin. Dreimal hatte seit Donnerstag – seit ihrem Rückzug von der Außenwelt – ihr Telefon geklingelt, hatte die Stille durchbrochen und sie zusammenschrecken lassen: Robert hatte angerufen, ihre Mutter und Nils. Jedes Mal schob sie ihre Arbeit vor und beendete die Gespräche so schnell wie möglich. Und jedes Mal krampfte sich ihr dabei der Magen zusammen. Robert zu belügen, fiel ihr besonders schwer. Es bereitete ihr körperliches Unbehagen, vor allem, da sie wusste, wie sehr ihn die Trennung von Kathi mitnahm. Doch im Moment konnte sie nicht mal mit ihm sprechen. Sie wollte weder vortäuschen müssen, alles sei in Ordnung – er würde sie sowieso durchschauen –, noch konnte sie es ihm erzählen. Nils war sein bester Freund. Bevor sie nicht wusste, was sie ihm sagen würde, konnte sie nicht mit Robert reden.

In all den Tagen allein zu Hause war sie einer Entscheidung, was sie tun sollte, keinen Schritt nähergekommen. Ihr fehlte es schlicht an Kraft und Entschlossenheit, ihre Situation, die Möglichkeiten und Konsequenzen gründlich zu durchdenken. Dienstag, sagte sie sich immer wieder, Dienstag wäre Josi wieder in Leipzig und Josi wüsste, was zu tun sei.

Dienstagnachmittag holte sie ihr Fahrrad aus dem Keller und schob es über den Hof zum Tor hinaus. Seit Freitag regnete es – mal mehr und mal weniger – und auch jetzt fiel leichter Regen: Er tröpfelte sanft auf sie herab, zeichnete Kreise in Pfützen und tropfte von den Blättern der Bäume. Die Luft roch herrlich: mild, frisch und sauber. Sie war viel zu früh aufgebrochen und überlegte nun, ob sie einen Weg erledigen oder irgendwo anhalten sollte, um die Zeit auszufüllen.

Sie schob ihr Rad bis zur Ecke. Seit Donnerstag war sie nicht draußen gewesen und hatte sich kaum bewegt. Zu laufen fühlte sich herrlich an. Sie hatte genügend Zeit, sie könnte fast den ganzen Weg zu Fuß gehen und wäre immer noch pünktlich. Und das tat sie auch. Genussvoll sog sie die frische Luft ein und ließ die Umgebung im Schritttempo an sich vorbeiziehen. Wie hatte sie sich nur so viele Tage in ihrer Wohnung verbarrikadieren können? Erst wenige Straßen vor der Siedlung, in der Josis Eltern lebten, als die Uhr an der Straßenbahnhaltestelle ihr zeigte, wie spät es bereits war, setzte sie sich auf ihr Rad und trat kräftig in die Pedale.

„Frida! Komm rein!", rief Josi fröhlich lachend. „Du bist eine Viertelstunde zu spät – das sind ja ganz neue Moden!" Sie drückte Frida an sich, hielt sie dann an den Schultern fest und musterte sie kritisch. „Irgendwie siehst du fertig aus! Du arbeitest zu viel! Ich muss wohl mal ein ernstes Wörtchen mit deinem Oberarzt reden."

Frida versuchte sich an einem Lächeln, aber es gelang ihr nicht. Ihre Mundwinkel zitterten. Sie räusperte sich, ihre Kehle fühlte sich plötzlich unangenehm eng an.

„Ich hab mit Devin geschlafen", flüsterte sie.

„Du hast was?"

Sie nickte. Tränen füllten ihre Augen und rannen die Wangen hinab. Zum ersten Mal seit Tagen weinte sie.

„Es ist einfach passiert, ich weiß nicht, ich war so dumm … Und Nils, wenn er wüsste … Ich hab alles kaputtgemacht …" Schluchzend verstummte sie.

„Beruhige dich. Hey, sieh mich an, nicht weinen. Alles wird gut, okay?" Josi drückte sie erneut an sich, streichelte ihren Rücken und schob sie sanft zur Treppe. „Du gehst jetzt in mein Zimmer und ich organisiere uns was zu trinken. O-Saft wird heute nicht reichen, fürchte ich."

Als Josi wenig später mit einer Flasche Wodka, einem Tetrapack Orangensaft, zwei Gläsern und einer Tüte Chips in den Händen nach oben kam, saß Frida zusammengekauert in dem großen alten Ohrensessel, in dem sie am liebsten saß, wenn sie zu Besuch war, und sah aus dem Fenster.

„Ich hab deinen Eltern gar nicht Guten Tag gesagt", murmelte sie.

„Mach dir um die keine Sorgen. Papa schaut Fußball, da darf ihn sowieso niemand stören, und Mama ist bei einer Freundin."

Josi stellte Wodka, Saft, Gläser und Chips auf den kleinen Tisch vor dem Ohrensessel und zog ihren Schreibtischstuhl ans Fenster. Sie rückte näher an Frida heran und strich ihr liebevoll über den Oberarm.

„Was genau ist passiert?"

Wieder fing Frida an zu weinen. Sie kramte ein zerknittertes Taschentuch aus ihrer Hosentasche und schnäuzte sich. Schluchzend wischte sie mit dem Ärmel ihres Pullovers die Tränen aus den Augen und begann zu erzählen – erst stockend, nach Worten suchend, dann immer schneller, bis sie schließlich ohne Pause redete. Sie erzählte von dem Kuss im Werk II, den sie vor allem dem

Alkohol zugeschrieben hatte, von dem gemeinsamen Tag vor einer Woche, an dem sie so fröhlich, leichtherzig und aufgekratzt gewesen war, von der unwirklichen, rauschhaften Nacht, die es nie hätte geben dürfen, und von Devin und Steffi.

Atemlos hielt sie inne. Endlich war all das heraus, was in den letzten Tagen ihr Wachsein und ihre Träume bestimmt hatte, und mit einem Mal breitete sich Ruhe in ihr aus. Sie ließ sich in den Sessel sinken, alle Spannung wich aus ihrem Körper. Ihr Kopf war schwer und sie fühlte sich so erschöpft und schläfrig, wie nach einem langen Arbeitstag.

„Und seitdem hat er sich nicht bei dir gemeldet?", fragte Josi beiläufig, während sie Wodka und Orangensaft einschenkte.

Frida schüttelte den Kopf. Nicht mal eine kurze SMS hatte er geschrieben.

„Bist du verliebt?"

Frida sah ihre Freundin erschrocken an. Darüber nachzudenken, hatte sie sich nicht gestattet. Leise sagte sie: „Das macht doch keinen Unterschied." Sie räusperte sich und fügte energischer hinzu: „Es war ein One-Night-Stand, mehr nicht. Es war dumm, unfassbar dumm."

„Also gut", sagte Josi resolut und drückte ihr ein Glas Wodka-Orange in die Hand. „Ihr hattet Sex. Was geschehen ist, ist geschehen, aber das heißt nicht, dass deine Beziehung zu Nils darunter leiden muss. Du hast es ihm doch nicht erzählt, oder?"

Frida schüttelte den Kopf und nippte an dem Drink.

„Gut!", sagte Josi und nickte. „Es war ein Ausrutscher. Es hätte jedem passieren können."

„Nils hat das nicht verdient …", flüsterte Frida. „Er würde mich niemals betrügen …"

„Das kannst du nicht wissen. Menschen sind schwach und machen Fehler. Selbst Nils."

Frida schüttelte kaum merklich den Kopf: Da kannte Josi ihn schlecht. Nils' Ego suchte nicht nach Bestätigung durch Frauen, nach Eroberungen und Abenteuern. All das war ihm fremd. Er interessierte sich nicht für andere Frauen: Er hatte eine Frau in seinem Leben, die Rolle war vergeben und an der Besetzung wurde nicht gerüttelt, es sei denn … Sie seufzte, eine Welle der Verzweiflung schwappte über sie.

„Wenn ich es ihm erzähle, ist es aus. Er könnte es nicht verzeihen."

„Du sollst es ihm ja auch nicht erzählen! Was sollte das bringen?"

„Ich kann ihn nicht belügen!"

„Du musst nicht lügen – du sollst es nur nicht sagen. Das ist ein gewaltiger Unterschied."

Frida sah die Freundin wenig überzeugt an. Wo war da bitteschön der Unterschied? Sie nahm einen großen Schluck von ihrem Drink, dann noch einen und schließlich leerte sie das Glas in einem Zug. Der Alkohol wärmte ihr Inneres und Josis aufmunterndes Lächeln, ihre Gesellschaft und ihr beneidenswerter Pragmatismus ließen Zuversicht in ihr aufkeimen. Josi hatte recht. Es wäre unklug, Nils alles zu erzählen. Es nicht zu erzählen, entsprach trotzdem einer Lüge, doch vielleicht war es manchmal besser – ja, notwendig – zu lügen, um etwas Wertvolles zu bewahren?

37. Steffi

Lächelnd betrachtete sie sich im Spiegel. Die schwarze Spitzenunterwäsche saß perfekt. Zwar würde er sie heute noch nicht zu sehen bekommen, nein, er würde warten müssen, doch es fühlte sich fantastisch an, so exquisite Dessous zu tragen. Sie ging ins Bad, setzte sich auf die geschlossene Toilette, griff nach einem leuchtend roten Fläschchen und begann ihre Zehennägel zu lackieren. Auch die würde er nicht zu Gesicht bekommen, aber sie war kein Freund halber Sachen. Sie hatte genügend Zeit – erst in anderthalb Stunden würde er sie abholen – und sie fühlte sich einfach besser, wenn alles perfekt war.

Auf den Tag genau vor drei Wochen – fast zur gleichen Uhrzeit – hatte sie sich für Devin schön gemacht. Unter Zeitdruck allerdings und mit einer gehörigen Portion hinuntergeschluckter Wut im Bauch. Daran und an das katastrophale Ende dieses Abends dachte sie nur flüchtig. Stattdessen verweilte sie bei den dreieinhalb Stunden, die sie mit ihm in seinem Hotelzimmer verbracht hatte. Eine Welle der Erregung und des Stolzes überkam sie. Zufrieden betrachtete sie ihre roten Nägel, die ihre Füße äußerst elegant wirken ließen. Wie gut sich alles entwickelt hatte in diesen vergangenen drei Wochen!

In Windeseile hatte die Geschichte von Devin und ihr im Krankenhaus die Runde gemacht und einiges Aufsehen erregt. Ihre Kolleginnen und Kollegen begegneten ihr anders seitdem – ehrfurchtsvoll und beifällig – und sie genoss es in vollen Zügen. Sie hatte etwas erlebt, wovon Millionen von Mädchen und jungen Frauen träumten, etwas, das sie noch ihren Enkelkindern würde erzählen können.

Devin hatte zwar auf ihre Kontaktversuche nicht reagiert
– was war so schwer daran, eine SMS zu schreiben? –, doch
sie sah es ihm nach. Er war ein Rockstar, was konnte man
anderes von ihm erwarten?

Wem sie nie würde verzeihen können, war Frida. Wann
immer sie ihr im Krankenhaus über den Weg lief, spürte
sie diesen brennenden Schmerz in ihrem Inneren und ihre
Rachegelüste loderten auf.

Was sie zu Nils sagen würde, wusste sie genau. Sie
hatte sich die Szene so oft ausgemalt und jedes Wort und
jede Betonung ihres Monologs wohl abgewägt und un-
weigerlich verinnerlicht. Aus dem Stegreif könnte sie ihn
anrufen und Misstrauen und Zwietracht säen. Umso
frustrierender war es, dass es nicht danach aussah, als be-
käme sie die Chance dazu. Das Einzige, was sie in Händen hatte, war eine Telefonnummer, die nicht vergeben
war, und eine Mailadresse bei der Charité, wo er seit einem halben Jahr nicht mehr arbeitete.

Vielleicht war es auch besser so. Je öfter sie über alles
nachdachte – und sie dachte unglaublich viel darüber
nach – desto größer wurden ihre Zweifel: Was, wenn
Frida und Devin tatsächlich nur Freunde gewesen waren?
Sie wusste, sie hatten sich getroffen, aber ob sie miteinander geschlafen hatten, das konnte sie nur vermuten. War
es nicht im Gegenteil sogar unwahrscheinlich? Eine Frau
wie Frida war nicht Devins Typ. Und war es nicht lächerlich, einem Mauerblümchen wie ihr so etwas Aufregen-
des zuzutrauen?

Doch auch Katja hatte sie in der Hinsicht gewaltig un-
terschätzt. Katja und Kiefer! Niemals hätte sie das für
möglich gehalten!

Vorsichtig prüfte sie, ob der Lack an ihren Nägeln bereits trocken war, und ging zum Spiegel. Sie trug eine Feuchtigkeitscreme auf, grundierte und puderte ihr Gesicht und schminkte ihre Augen.

Sie war immer noch böse auf Katja, weil sie ihr die Affäre mit Kiefer monatelang verheimlicht hatte, aber sie empfand auch eine neue Hochachtung vor der Freundin – und sie tat ihr leid. Wie unangenehm und peinlich, auf Arbeit in flagranti erwischt zu werden! Beim besten Willen konnte sie sich die beiden nicht beim Sex vorstellen oder als Paar in einer echten Beziehung. Doch eine echte Beziehung war es augenscheinlich nicht gewesen, wenn Katja alles verheimlichen musste und sich Kiefer nun, da die Katze aus dem Sack war, von ihr distanzierte. Er war ohne Frage ein erfolgreicher, ein brillanter Arzt, ein Mann, der einer Frau ein sorgenfreies, respektables Leben bieten konnte, aber das änderte nichts daran, dass er ein Arschloch war.

Andreas war da ganz anders: nett und anständig. Sicher, er spielte noch nicht in der gleichen Liga wie Kiefer, doch er war jung und er hatte das Potenzial zum Oberarzt. Unter der richtigen Anleitung würde er seinen Weg gehen.

38. Matt

„Du kommst echt nicht mit?", fragte Adam, als sie sich alle vom Tisch erhoben. „Hast du Angst, du verpasst einen Anruf von ihr, oder was?"

Matt schüttelte den Kopf. „Bin müde", sagte er und vermied es Adam in die Augen zu sehen.

„Ach, komm schon!"

Matt schob den Stuhl zurück. „Hab wirklich keinen Bock."

„Mann, Alter, langsam mache ich mir Sorgen um dich", sagte Adam und verzog den Mund. „Die Sache tut dir nicht gut!"

„Boah, Adam, du hast keine Ahnung ...", sagte Matt und zog seine Jacke über. „*Die Sache* ist das Beste, was mir je passiert ist, okay?"

Adam zuckte mit den Schultern: „Wenn du meinst ..."

Er schien etwas hinzufügen zu wollen, doch dann wandte er sich ab und folgte den anderen, die sich bereits ihren Weg aus dem Restaurant bahnten.

Matt seufzte. Er hatte längst aufgegeben, sich darüber zu ärgern, wie geringschätzig und einseitig sein bester Freund über seine Beziehung urteilte. Weder mit ihm noch mit seinem Bruder konnte er über das reden, was ihn am meisten beschäftigte. Schwärmte er einem der beiden von Susana vor, was er sich manchmal einfach nicht verkneifen konnte, so erntete er im besten Fall amüsierte, im schlechtesten Fall entnervte Blicke. Und wenn er klagte, wie quälend es war, sie nicht um sich zu haben, so zuckten sie nur mit den Schultern und rieten ihm, *die Sache* nicht so ernst zu nehmen.

Dessen ungeachtet hatte Adam nicht ganz unrecht: Im Moment ging es ihm nicht gut, zu sehr litt er darunter, von Susana getrennt zu sein. Obwohl er sich immer wieder aufs Neue vornahm, sich zusammenzureißen und stark zu sein, war er oft so niedergeschlagen, dass er sich zu nichts aufraffen konnte. Seit vier Wochen und drei Tagen hatte er sie nicht gesehen, weitere fünf endlose Wochen lagen vor ihm. Wie er die überstehen sollte, war ihm nicht klar.

Vor dem Restaurant warteten die anderen: Devin, Jeff und Michael standen etwas abseits und unterhielten sich leise. Adam hatte sich zu Smith, Bill und dem Rest der Jungs gesellt. Sie waren aufgedreht, redeten laut und alberten herum. Normalerweise war er dabei, wenn sie um die Häuser zogen, doch heute würde er mit seinem Bruder, Jeff und Michael zum Hotel zurückkehren. Ein Großraumtaxi fuhr vor und die lärmende Meute verabschiedete sich und strömte ins Innere des Wagens.

„Nacht, ihr Spaßbremsen!", rief Adam, der als Letzter einstieg und die Schiebetür schwungvoll hinter sich ins Schloss knallen ließ.

„Und wo bleibt unser verdammtes Taxi?", fragte Michael und sah demonstrativ auf seine Armbanduhr. „Ich hatte klar und deutlich halb elf gesagt!"

„Ich lauf zum Hotel", sagte Devin.

Er war den ganzen Abend über schweigsam gewesen, ernst und in sich gekehrt. Matt kannte die Stimmungen seines Bruders gut, sie gehörten zu ihm wie die Nacht zum Tag.

„Ich komm mit", sagte er kurzentschlossen.

„Wisst ihr, wie weit das ist?", sagte Michael. „Ihr seid bestimmt eine Stunde unterwegs! Kennt ihr überhaupt den Weg?"

„Sind nur ein paar Blocks", sagte Devin und setzte sich in Bewegung. „Bis morgen!"

Matt erhob die Hand zum Abschiedsgruß und schloss zu seinem Bruder auf. Schweigend liefen sie durch die belebten Straßen Manhattans und zum ersten Mal bemerkte Matt den Dreck, das Elend und den Lärm: Überall lag Abfall, die Mülleimer quollen über und am Straßenrand schliefen Obdachlose auf schmutzigen Pappen. Wie eine Unheil verkündende Hintergrundmusik war das Heulen der Sirenen von Polizei, Feuerwehr und Ambulanz allgegenwärtig. Die Sirenen variierten, sie brachen ab, doch sie verstummten nie für lange. Das Heulen erinnerte ihn daran, wie gefährlich einige Stadtteile waren und dass Schießereien dort zum Alltag gehörten. Sie waren schon etliche Male in New York gewesen und nie war ihm die Stadt so bedrohlich, rau und hart vorgekommen. Im Gegenteil: Er hatte New York immer als glanzvoll erlebt, aufregend und voller Möglichkeiten. Ganz unerwartet überkam ihn schreckliches Heimweh. Er sehnte sich nach Sydney mit seinen freundlichen Menschen, den sauberen Straßen, den herrlichen Stränden und dem sonnigen Wetter. Doch andererseits: Was sollte er in Sydney, wenn Susana in Sevilla war?

Ihr Spaziergang zum Hotel dauerte keine halbe Stunde. Obwohl New York ihn an diesem Abend abstieß, wäre er gern noch eine Weile durch die Gegend gelaufen. In Sevilla war es jetzt fünf Uhr morgens. Erst in anderthalb Stunden würde Susana aufstehen, der Oma aus dem Bett helfen, sie waschen und ihr Frühstück zubereiten, bevor sie sich auf den Weg zur Universität oder zu ihrem Nebenjob machte. Mit etwas Glück würde sie ein paar Minuten haben, bevor sie das Haus verließ, und ihn anrufen. Er seufzte. Der Gedanke, allein in seinem Hotelzimmer zu hocken und das Telefon anzustarren, erfüllte ihn mit Widerwillen. Zu oft hatte er in den vergangenen Tagen seine Zeit damit verbracht, auf ihre Anrufe zu warten.

„Kann ich mit zu dir?", fragte er Devin und drückte den Rufknopf des Fahrstuhls.

Es waren die ersten Worte, die sie wechselten, seit sie vom Restaurant aufgebrochen waren.

Devin zuckte mit den Schultern. Er wollte seine Ruhe haben, das war offenkundig. „Ich will noch schreiben", sagte er.

„Ich störe dich nicht. Will nur grad nicht alleine sein."

Wieder zuckte Devin mit den Schultern, was Matt als Zustimmung interpretierte.

„Cool, ich hol mir nur schnell was zu lesen."

Sie fuhren mit dem Fahrstuhl nach oben und während Devin nach rechts abbog, eilte Matt nach links zu seinem Zimmer. Wenig später stand er mit seinen zwei neuen Comics in den Händen vor Devins Tür und klopfte. Keine Reaktion. Er klopfte erneut, lauter und länger diesmal.

„Ja, verdammt!", hörte er seinen Bruder dumpf rufen.

Mit einem theatralischen Seufzer öffnete Devin die Tür und huschte sofort zum Schreibtisch, wo er sich über einen Block beugte und Zeile um Zeile aufs Papier kritzelte.

Matt schloss die Tür hinter sich, ging zum Bett und begann, ein paar Joints zu bauen. Mit seiner operierten Hand konnte Devin mittlerweile so ziemlich alles, allein das Gitarrespielen und das Drehen von Joints waren – wie er immer wieder betonte – nur stümperhaft möglich, und so unterließ er beides. Als Matt fertig war, legte er die

Joints gut sichtbar auf den Nachttisch, der dem Schreibtisch am nächsten war. So konnte Devin sich bedienen, wenn er Lust hatte.

Matt stellte sich an das bodentiefe Fenster, öffnete es den kleinen Spalt, den es sich öffnen ließ, und zündete einen Joint an. Eine Weile stand er so da, rauchte und starrte hinab auf die viel befahrene Straße mit dem breiten Bürgersteig, auf dem sich unzählige Menschen ihren Weg bahnten. Es amüsierte ihn normalerweise, Leute zu beobachten und nicht selten vertrieb er sich die Zeit damit, sich ihre Lebensgeschichten auszumalen. Heute war er jedoch nicht in Stimmung. Im Gegenteil: Der Anblick der Vorbeieilenden und der Dahinschlendernden deprimierte ihn. Wenn nur Susana hier bei ihm sein könnte. Alles wäre anders. Er seufzte laut und zuckte zusammen. Für einen Augenblick hatte er vergessen, dass er nicht alleine war. Verstohlen sah er zu Devin, der mit zusammengekniffenen Augenbrauen und aufeinandergepressten Lippen am Schreibtisch saß. Er drehte sich wieder zum Fenster, nahm einen tiefen Zug und lehnte seinen Kopf gegen das kühle Glas.

Von einem Moment auf den anderen tat das Gras seine Wirkung: Sein Körper wurde warm und wohlig und er fühlte sich auf eine träge Weise glücklich. Lächelnd nahm er einen weiteren Zug und ließ den Rest des Joints in die halbvolle Bierflasche fallen, in der bereits einige Zigarettenstummel schwammen. Er ging zum Bett, klaubte die dort verteilten Klamotten zusammen, legte sie auf den Kleiderberg, der sich im Sessel türmte, und streckte sich auf dem Bett aus. Noch anderthalb Stunden, dann würde sie anrufen. Er war mit einem Mal ganz sicher, dass sie heute Zeit hatte.

Und diesmal würde er nicht zögern aus falscher Scham oder aus Angst, ihren Stolz zu verletzen: Er würde ihr das vorschlagen, was er schon lange im Sinn hatte. Es war natürlich und logisch, ja, es wäre hirnverbrannt, es nicht zu tun. Er hatte Geld genug, warum musste sie ihre Zeit mit einem schlecht bezahlten Nebenjob verschwenden? Und auch für die Pflege ihrer Oma konnte man jemanden engagieren, der sie und ihre Mutter entlastete. Freilich waren seine Beweggründe egoistischer Art, doch er sah nichts Verwerfliches daran. Er liebte sie, er wollte, dass sie Zeit für ihn hatte, Zeit, um stundenlang zu telefonieren, Zeit, um ihn zu besuchen.

Er musste sie wiedersehen – unmöglich konnte er es bis Mitte November aushalten. Und wenn sie nicht zu ihm kam, flog er eben zu ihr! Nächste Woche hatten sie drei Tage am Stück frei – eine einmalige Chance, die er nutzen würde. Mit Sicherheit erklärten die anderen ihn für verrückt, doch das war ihm egal.

Devin war vom Schreibtisch aufgestanden und hatte einen der Joints angezündet. Er wirkte überaus zufrieden, zum ersten Mal an diesem Tag lächelte er.

„Was grinst du denn so?", fragte Matt und grinste ebenfalls.

Devin ließ sich neben ihm aufs Bett plumpsen. „Ich hatte grad 'nen Wahnsinns-Flow. Hab glaube noch nie so schnell 'nen Text geschrieben. Und er ist gut, denke ich."

„Kann ich ihn lesen?"

Devin zuckte mit den Schultern, griff zur Fernbedienung und schaltete den Fernseher an. Das hieß Ja, und so wälzte sich Matt aus dem Bett und ging zum Schreibtisch. Devin schrieb wieder mit links, doch seine Schrift war krakeliger denn je. Matt kniff die Augen zusammen und konzentrierte sich darauf, das Gekritzel zu entziffern, während Devin durch die Sender zappte.

Love Letters From New York

It's easy to worship from a distance
Wouldn't be the same, if she were here
'Cause in the glaring light of every day
Without any safety clearance
Romantic illusions just disappear

I dream of us – together – united
I always wake up with a smile
But in the glaring light of every day
The contented smile will soon be dead
And all that's left is sorrow and denial

So I write love letters from New York
Words full of fervour, longing, and care
Stupid little letters
To the one I like most
Love letters from New York
Letters – I never post

(New York, 11/10/2002)

Bis zur letzten Zeile war er überzeugt, der Text handelte von Susana und ihm, und er wusste nicht, ob ihm das, was er las, gefiel. Doch warum sollte er einen Liebesbrief – er nahm sich fest vor, ihr tatsächlich einen zu schreiben – nicht abschicken? Das machte keinen Sinn.

„Es geht nicht um Susana und dich", sagte Devin träge lächelnd, als hätte er seine Gedanken gelesen. „Es geht wie immer nur um mich, okay?"

Matt kratzte seinen Bart. War sein Gesicht eine Art offenes Buch? Er nickte langsam und las den Text nochmals.

„Um dich und das Mädchen aus Leipzig?"

Devin zog beide Augenbrauen nach oben. Er sah dermaßen überrascht aus, dass Matt schmunzeln musste.

„Es geht um mich und meine Angst vor Nähe, schätze ich", sagte er schließlich schulterzuckend.

39. Frida

In vielerlei Hinsicht war Normalität in ihr Leben eingezogen: Sie ging zur Arbeit, sie schlief, wenn möglich, zehn Stunden täglich, verbrachte Zeit mit Josi und ihrem Bruder, besuchte die Eltern an den Wochenenden und etwa zwei Mal pro Woche telefonierte sie mit Nils.

Seit sie Josi alles anvertraut und bei Wodka und Orangensaft den Entschluss gefasst hatte, Nils nichts von ihrer Entgleisung zu erzählen, ging es ihr beträchtlich besser. Sie hatte sich entschieden und eine ungeheure Last war von ihr abgefallen. Die Erleichterung war so enorm, dass sie regelrecht euphorisch wurde und begann, Zukunftspläne zu schmieden: Sie träumte von der ersten gemeinsamen Wohnung, in die sie vielleicht noch in diesem Jahr einziehen würden, und sie dachte darüber nach, ob nicht die Zeit reif wäre, Mutter zu werden. Sie hatte sich immer eine große Familie gewünscht und mit fast vierundzwanzig fühlte sie sich erwachsen genug für diesen Schritt.

Doch mit jedem Tag, mit dem Nils' Heimkehr näher rückte, wuchsen ihre Anspannung und Unruhe.

Nur, wenn sie malte, entspannte sie vollkommen. Ja, sie hatte tatsächlich wieder mit dem Malen angefangen! Keine drei Wochen war es her, da war plötzlich – von einem Augenblick auf den nächsten – der Drang da gewesen. Unwiderstehlich und unaufschiebbar. Sie war von der Couch aufgesprungen und so wie sie war, im Schlafanzug mit den Plüschhunde-Hausschuhen an den Füßen, auf den Dachboden gelaufen. Sie hatte ihre alte Staffelei von Staub und Spinnsweben befreit und sie nach unten getragen. Dreimal war sie die Treppen hoch und wieder runter gestiegen, um alle Utensilien zu holen, die sie vor mehr als vier Jahren, als sie in die Wohnung gezogen war, in der kleinen Dachbodenkammer verstaut hatte. Seit diesem Abend war kein Tag vergangen, an dem sie nicht malte.

An diesem Morgen erwachte sie mit heftig pochendem Herzen. Es war Samstag, der zwölfte Oktober – der Tag, an dem Nils nach Hause kommen würde. Das halbe Jahr, dessen erste Tage und Wochen sich wie Ewigkeiten angefühlt hatten, war vergangen. Sie wälzte sich von der einen auf die andere Seite, doch obwohl es erst halb sechs war und ihr etliche Stunden blieben, bis sie Richtung Flughafen aufbrechen musste, war an Schlaf nicht mehr zu denken. Sie stand auf, kochte einen Kaffee und schlurfte ins Wohnzimmer, wo sie vor dem großen Fenster ihre Staffelei aufgebaut hatte. Mit der Tasse Kaffee in der Hand setzte sie sich auf die Fensterbank und betrachtete das Aquarell, an dem sie in den letzten Tagen gearbeitet hatte.

Es war der Versuch, eine Szene, die sie so oft vor ihrem geistigen Auge gesehen hatte, auf die Leinwand zu bringen. Im Hintergrund des Bildes war ein altes Haus zu sehen, an dessen Fassade Kletterpflanzen rankten. Links neben dem Haus stand ein stattlicher Obstbaum. Im Schatten des Baumes saß ein dunkelhaariger Mann auf einer Bank und las. Drei Kinder tollten selbstvergessen auf der von üppigen Blumenbeeten eingesäumten Wiese, die den Vordergrund des Bildes einnahm.

Je länger sie ihr Werk betrachtete, desto unzufriedener wurde sie und eine dunkle Vorahnung überkam sie. War es falsch gewesen, dieses Bild zu malen? Es war irrational, doch sie konnte sich nicht des Gefühls erwehren, dass sie, indem sie diese Szene gemalt hatte, etwas vorweggenommen hatte, was so nun nicht mehr eintreffen würde.

Sie riss den Blick von der Leinwand los. Mit einem Seufzen lehnte sie ihren Rücken gegen die Fensterlaibung und sah zu, wie der Morgen dämmerte und der Sonnenaufgang den neuen Tag einläutete.

„Gott, wie ich dich vermisst habe!" Nils küsste sie und zog sie in seine Arme. „Du glaubst nicht, wie froh ich bin, endlich zu Hause zu sein! Ich kann es kaum erwarten, alle wiederzusehen. Sogar auf deine Mutter freue ich mich, kannst du das glauben?" Er lachte ausgelassen und küsste sie wieder. „Wo ist Robert? Ich dachte, er würde mitkommen. Nicht, dass du mir nicht genügst …"

Sie lächelte – seit sie ihn in der Empfangshalle erspäht hatte, lächelte sie –, doch ihr Lächeln fühlte sich unecht an und steif. Ob er sah, wie ihre Mundwinkel zitterten?

„Robert ist in Zwickau." Sie räusperte sich. „Sie müssen die Wohnung abgeben. Aber heute Abend siehst du ihn."

Gott, sie musste sich zusammenreißen! Auch wenn jede Faser ihres Körpers sich zu sträuben schien: Es war richtig, ihm nichts zu erzählen!

„Ich kann immer noch nicht glauben, dass sie sich getrennt haben. Und sie hat wirklich niemand anders?"

Frida zuckte mit den Schultern und wand sich sachte aus seiner Umarmung.

„Naja, wenigstens ist er jetzt wieder in Leipzig. Und seine neue WG ist gleich bei dir um die Ecke, besser geht es nicht!"

„Ja, das ist toll", sagte sie und sah zum Ausgang.

Sie brauchte frische Luft, sie musste raus hier. Sicher würde sie sich beruhigen, wenn sie ein paar Schritte gingen. Und wenn sie erst im Auto säßen, wenn Nils seine Aufmerksamkeit auf die Straße richten müsste, wäre zweifellos das Schlimmste überstanden. Sie griff nach seiner Hand und zog ihn mit sich.

„Frida, was ist los?" Er blieb stehen und hielt ihre Hand fest. Auch sie musste stehenbleiben und sie musste ihn anschauen. Ihr Herz hämmerte in ihrer Brust, sie spürte das Pulsieren seiner Schläge bis in den Magen.

„Alles okay?" Er lächelte, sah jedoch besorgt aus. „Ist was passiert?"

Sie schüttelte den Kopf und versuchte sich an einem Lächeln, aber die Tränen stiegen ihr unaufhaltsam in die Augen und sie wusste, es war zu spät.

Er sah sie bestürzt an. Er hatte sie noch nie weinen gesehen, außer als ihr Opa gestorben war. Wieder und wieder bat er sie, ihm zu sagen, was passiert sei, doch sie war nicht imstande, ihm zu antworten. Schließlich legte er mit ratloser Miene einen Arm um sie und führte sie aus dem Flughafengebäude.

Schluchzend dirigierte sie ihn zu ihrem Auto. Ihr Kopf war leer, sie fühlte sich hilflos und sie hatte keine Ahnung, wie sie ihren Gefühlsausbruch plausibel erklären sollte. Was konnte sie jetzt noch sagen, außer der Wahrheit?

Er setzte sie auf den Beifahrersitz ihres Autos, warf seine Reisetasche auf den Rücksitz, nahm auf dem Fahrersitz Platz und reichte ihr ein Taschentuch.

„Frida, um Gottes willen, beruhige dich! Ich mache mir Sorgen. Bitte rede mit mir!"

„Es tut mir so leid", stammelte sie schluchzend.

Sie schnäuzte sich und wischte die Tränen weg, die sich nicht wegwischen ließen. Entschlossen, sich zu beruhigen, atmete sie tief ein und aus.

Den Blick auf die dreckige Fußmatte geheftet, erzählte sie ihm in wenigen Sätzen von ihrem Verrat.

Wie eine Handvoll Worte alles verändern konnten! Es war aus, das wusste sie. Sie wartete auf seine Reaktion – seine Wut, Enttäuschung und Bitterkeit, aber er blieb still. Er startete den Motor.

Scheu sah sie zu ihm hinüber. „Willst du …", ihre Stimme brach, sie zog geräuschvoll die Nase hoch. „Willst du gar nichts sagen?"

„Ich weiß nicht was", sagte er leise.

Seine Augen trafen ihre, doch als ob ihr Anblick ihm körperliche Schmerzen bereitete, sah er schnell wieder weg und parkte den Wagen aus.

Auf dem Weg nach Hause sprach keiner ein Wort. Fridas Gedanken rasten: Wie sollte es weitergehen? Würden sie über alles reden? Was sie ihm angetan hatte, war ungeheuerlich, aber wenn er sie wirklich liebte, konnte er ihr diesen einen Fehltritt nicht verzeihen?

Nein. Sie wusste es besser. Es war vorbei. Nils hatte seine Prinzipien und Untreue war in seiner Welt die eine unverzeihliche Sünde.

Sie beobachtete ihn von der Seite. Er hielt seinen Blick starr geradeaus gerichtet, seine Miene zeigte keine Regung. Wie gern hätte sie ihre Hand nach ihm ausgestreckt und ihm übers Haar gestreichelt.

40. Matt

Er hatte es getan: Er hatte die drei freien Tage Mitte Oktober genutzt und war zu Susana geflogen. Eigentlich wollte er sie zu Hause in Sevilla besuchen, doch sie schlug Lissabon als Treffpunkt vor. Und ohne Frage war das schon allein aufgrund der besseren Flugverbindungen viel praktischer. Außerdem hatte er sie hier ganz für sich. Zwei Tage und eine Nacht nur sie beide: Er war so glücklich, fast wie von Sinnen, berauscht von der Liebe.

In den kommenden Wochen zehrte er sehr von den Stunden, die sie gemeinsam in Lissabon verbracht hatten. Und seit Susana nicht mehr neben der Uni arbeitete und für die Oma eine Pflegekraft eingestellt worden war, spürte er deutlich, wie ein enormer Druck von ihr abfiel: Sie hatte endlich Zeit für ihn und sie telefonierten wieder täglich. Der Monat bis zu ihrem Wiedersehen am dreizehnten November verging schneller, als er es für möglich gehalten hätte.

Und nun würde es morgen schon so weit sein: Morgen würde er in Barcelona landen und Susana würde am Flughafen auf ihn warten. Er würde sie in seine Arme schließen und ihren Herzschlag an seiner Brust spüren.

Ihr Flieger war planmäßig gelandet, eine Dreiviertelstunde vor seinem, aber Susana war nicht da und ihr Mobiltelefon war ausgeschaltet. Er wusste nicht, was er tun sollte: Mit den anderen zum Hotel fahren oder bleiben und auf sie warten? Er entschied sich zu warten, er hätte die mitleidigen Blicke und die Nachfragen der anderen im Moment ohnehin nicht ertragen. Wieder und wieder wählte er ihre Nummer. Seine Augen huschten hin und her, scannten jedes Gesicht auf der Suche nach dem ihrem – doch ohne Erfolg. Zwei Stunden wartete er auf sie, ließ sie mehrfach ausrufen, dann nahm er ein Taxi und fuhr ins Hotel. Er sorgte sich schrecklich, fühlte sich hilflos und hatte keine Ahnung, was er als nächstes tun sollte. Ihr musste etwas zugestoßen sein, welche andere Erklärung konnte es geben?

Sein Telefon klingelte, als das Taxi gerade das Flughafengelände verließ und sich in den dichten Verkehr der Autobahn einreihte. Die Nummer war ihm unbekannt, aber er wusste instinktiv, wer der Anrufer war.

„Susana?"

„Matthew, mein Liebling", flüsterte ihre vertraute Stimme. Sie klang aufgebracht, sie hatte geweint. Doch sie lebte!

„Wo bist du? Was ist los? Babe, verflucht, ich hab mir Sorgen gemacht!"

„Es tut mir leid", flüsterte sie. „Es ist etwas Schreckliches passiert …" Ihre Stimme brach ab und sie schluchzte lautstark.

Es dauerte eine Weile, bis sie sich soweit beruhigt hatte, dass sie sprechen konnte. Noch nie hatte er sie dermaßen fassungslos erlebt. Sie erzählte hektisch und durcheinander. Sie war so aufgewühlt, dass sie immer wieder ins Spanische verfiel und er Schwierigkeiten hatte, ihr zu folgen.

Als sie das Gespräch beendeten, fühlte er sich wie erschlagen. Die Frau, die er liebte, in derartiger Verzweiflung zu erleben, war kaum zu ertragen. Aber er konnte ihr helfen. Und sie würde morgen nach Barcelona kommen. Alles würde gut werden.

In zwei Kategorien waren sie nominiert gewesen und einen Preis hatten sie tatsächlich gewonnen. Ein MTV European Music Award, das war eine große Sache, doch Matt konnte nicht die nötige Begeisterung aufbringen. Die ganze Veranstaltung kam ihm banal vor; er sehnte ihr Ende herbei.

Vor zwei Stunden war Susana in Barcelona gelandet und wartete nun in seinem Hotelzimmer auf ihn. Er musste nur noch dieses eine Interview überstehen, dann würde er zu ihr können und sie endlich in seine Arme schließen.

Mit einer Mischung aus Abneigung und Faszination beobachtete er, wie die leicht bekleidete Moderatorin ihr langes Haar aufschüttelte, die Schultern straffte, ein strahlendes Lächeln aufsetzte und schließlich mit dem Mikrofon in der Hand und dem Lächeln auf ihren Lippen verharrte. Er folgte ihrem starren Blick zur Kamera und wartete gemeinsam mit ihr darauf, dass das rote Lämpchen über dem Objektiv aufleuchtet – das Signal, dass sie auf Sendung waren. Das Lämpchen flammte auf und mit ihm kam wieder Leben in die Moderatorin: Ihr Lächeln wurde strahlender und ihr eben noch regloser Körper schien vor Energie zu vibrieren und mit jeder Faser gute Laune zu versprühen.

„Hier bei mir in Barcelona sind nun EAT MORE GREENS, die heute den begehrten Award *Best New Act* abgeräumt haben." Schwungvoll drehte sie sich zu Adam, Smith, Devin und Matt. „Jungs, mal ehrlich, habt ihr mit diesem Wahnsinnserfolg gerechnet?"

„Es war eine Riesenüberraschung für uns", sagte Adam mit seinem typischen charmant-bescheidenen Lächeln, das er speziell für solche Gelegenheiten parat hielt. „Aber wir haben in den letzten Jahren verdammt hart gearbeitet, sodass ich finde, wir haben es verdient!"

Er reckte den silbernen Award in die Luft und Smith und Devin jubelten ihm zu. Auch Matt fiel in den Jubel ein.

Nur noch dieses Interview, dann konnte er endlich zu Susana. Er hatte alles arrangiert, sie würde zufrieden mit ihm sein und vielleicht könnte sie doch länger bleiben, als nur für eine Nacht.

Theoretisch wären seine Bandkollegen auch ohne ihn zurechtgekommen, aber das hatte Michael nicht gelten lassen: Es war ein wichtiger Preis und Matt gehörte zur Band – natürlich hatte Michael recht.

Jedoch verliefen Interviews wie dieses immer nach dem gleichen Muster: Adam und Devin strahlten mit ihrer Eloquenz und Lässigkeit, während Smith und er nur selten das Wort ergriffen. Wenn Matt nicht direkt angesprochen wurde, und das wurde er meist nicht, sagte er auch nichts. Er schielte zu Adam hinüber: Dieser lachte, scherzte und sagte all die Sachen, die coole Rockmusiker eben so sagen. Gerade äußerte er sich wohlwollend über die anderen Nominierten und betonte nochmals, was für eine große Überraschung es für sie gewesen sei zu gewinnen.

„Leider konnten wir beim *Best Live Act* nicht punkten, aber gegen die Red Hot Chili Peppers, die wir alle sehr verehren, verlieren wir gern", sagte er abschließend.

Die Moderatorin setzte abrupt ein ernstes Gesicht auf: „Devin, du hattest vor wenigen Monaten einen schweren Unfall. Wie geht es deiner Hand, und wann wirst du wieder Gitarre spielen können?"

Sie ging mit dem Mikrofon einen Schritt auf Devin zu und sah ihn teilnahmsvoll an. Sie war jetzt so nahe, dass Matt, der neben seinem Bruder stand, ihr süßliches Parfüm riechen konnte.

„Keine Ahnung", sagte Devin. Ein Schatten huschte über sein Gesicht. „Die Reha verläuft gut, aber der Bruch war ziemlich kompliziert; ich muss Geduld haben." Er grinste schief. „Außerdem spielt Jeff ...", er drehte sich suchend um. „Wo ist Jeff? Hey Jeff, komm mal her und zeig dich!" Er zog Jeff, der zusammen mit Michael etwas abseits gestanden hatte, zu sich heran und klopfte ihm wohlwollend auf die Brust. „Jeff, unser neuer Gitarrist! Er ist ein bisschen schüchtern, aber er hat es echt drauf. Ehrlich gesagt spielt er so furchteinflößend exzellent, dass ich ernsthaft überlege, ob ich überhaupt wieder mit dem Spielen anfangen soll."

Matt beobachtete seinen Bruder genau. Als die Moderatorin den Unfall erwähnte, war Matt innerlich zusammengezuckt, wusste er doch, wie unangenehm Devin dieses Thema war. Devin litt sehr darunter, dass er immer noch nicht wieder so gut Gitarre spielte wie früher. Er übte wie ein Besessener und wollte Fortschritte erzwingen, die sich jedoch nur schleppend einstellten.

Als Matt wenig später mit dem Hotelfahrstuhl nach oben fuhr, bekam er es auf einmal mit der Angst zu tun: Was, wenn sie nicht da war? Wenn die Schwierigkeiten, in die ihr Bruder geraten war, sie gezwungen hatten, in Sevilla zu bleiben? Die letzten Meter zu seinem Zimmer rannte er. Mit zittrigen Händen öffnete er die Tür und eine Welle der Glückseligkeit strömte durch seinen Körper. Da auf seinem Bett lag sie – wunderschön wie ein Engel – und lächelte ihn an. Er lief zu ihr und küsste sie.

Wieder und wieder ließ er diese Szene vor seinem geistigen Auge ablaufen. Zwölf Stunden waren seitdem vergangen und irgendwie war von da an alles schiefgelaufen. Susana war angespannt gewesen und nervös. Am liebsten wäre sie sofort nach Hause geflogen, das hatte er deutlich gespürt. Einen späteren Flug als den am nächsten Morgen zu nehmen, stand außer Frage, und so waren sie im Morgengrauen aufgestanden und er hatte sie zum Flughafen gebracht.

Und dort waren sie verhaftet worden. Ja, verhaftet!

Selbstverständlich handelte es sich um einen gewaltigen Irrtum. Zwei Stunden hatten sie ihn festgehalten und ihm die unsinnigsten Fragen gestellt. Sie hatten ihn für einen anderen gehalten, einen Mann namens Paolo Estevez. Es war nachvollziehbar, dass sie wegen des vielen Bargeldes, das sie bei Susana fanden, argwöhnten. Fünfzigtausend Euro waren mit Sicherheit keine Summe, die man einfach so spazieren trug. Er hatte es ihnen erklärt und irgendwann hatten sie ihm geglaubt. Es war wirklich zu absurd. Er hatte nicht gehen wollen ohne Susana, aber ihm war keine Wahl geblieben. Michael hatte ihn in ein Taxi gesetzt und ihm versprochen, Senior Morrell, ihr Anwalt, würde sich um alles kümmern. Er müsse sich keine Sorgen machen. Alles würde sich aufklären. Doch warum dauerte es so lange? Warum hielten sie Susana immer noch fest?

Es klopfte lautstark an seiner Tür. Er schreckte hoch: Er war eingeschlafen! Benommen sah er auf sein Handy und erschrak: Es war früher Abend, er hatte mehrere Stunden geschlafen. Susana! Was war mit Susana? Er sprang aus dem Bett und hastete zur Tür. Michael, Adam und Devin standen davor und sahen ihn mit bedröppelten Mienen an.

„Wo ist Susana?", fragte er, als die drei wortlos an ihm vorbei ins Zimmer schlichen. Er schloss die Tür. „Wo ist sie? Was ist los?"

„Setz dich erstmal", sagte Michael und tätschelte unbeholfen seinen Rücken.

Devin war zum Fenster gegangen und zündete eine Zigarette an. Adam hatte sich aufs Bett gesetzt und klopfte auffordernd auf den Platz neben ihm. Keiner konnte ihm lange in die Augen sehen.

„Was zum Teufel ist los?"

„Setz dich", sagte Michael und fuhr mehrmals durch seine spärlichen Haare. „Bitte."

Matt zuckte mit den Schultern und setzte sich neben Adam. Was zum Henker sollte das bedeuten?

„Susana Martinez …", begann Michael und räusperte sich. Er trat von einem Fuß auf den anderen und ging schließlich vor Matt in die Hocke. „Susana Martinez ist nicht ihr richtiger Name. Sie war in den vergangenen fünf Jahren insgesamt unter vier verschiedenen Namen aktiv. Ihr Vorstrafenregister ist so lang wie mein Arm und in Argentinien liegt ein Haftbefehl wegen diverser Betrügereien gegen sie und ihren Ehemann vor."

„Ihren Ehemann?"

Michael nickte. „Paolo Estevez. Du kennst ihn als ihren Bruder."

Maria José

At 15 she was just Maria José
A sweet ambitious girl from rural Spain
She went to church every Sunday and prayed
For a handsome lad who'd show her the smart set

At 21 she called herself Juliet
She was divorced and knew now that all men were bad
Even so she was anxious to get married again
But this time she'd only settle for a really big deal

Maria José, oh sweet Maria José

At 27 she was Mrs Peter Gain
He was really rich – even had his own aeroplane
She was living it up – everything was perfect
Till the day she met Ivor, her husband's new driver

At 33 she was Maria, Kim or Pam
She was divorced for the third time and poor again
She was still Ivor's girl – he was her lover, her pimp
Together they were looking for the next rich wimp

Maria José, oh sweet Maria José

At 39 the coroner called her Jane Doe
They'd found her stuffed in a dustbin somewhere in Buffalo
They never found out who killed her – they didn't really care
Her death was just another everyday affair

Maria José, oh Maria José
Sweet, foolish Maria José

(Barcelona, 16/11/2002)

41. Frida

Josis Wangen glühten, ihre Augen leuchteten, sie lachte und gestikulierte wild, als sie Frida von ihrem Surfurlaub berichtete, den sie mit Klara auf Fuerteventura verbracht hatte. Josi sah wunderschön aus. Sie sah immer toll aus, aber heute hatte sie dieses Strahlen, das nur die Liebe hervorrief. Dass es mit Klara noch ein Happy End geben würde, daran hatte Frida nicht geglaubt. Wie lange würde es diesmal gut gehen mit den beiden?

Josi sah so glücklich aus. Vielleicht war diesmal alles anders. Vielleicht gab es Hoffnung. Vielleicht war es diesmal für immer.

Für immer? Musste eine Liebe *für immer* sein, damit sie zählte?

Sie dachte an Nils und die vertraute Mischung aus Schmerz und Trauer schnürte ihr den Magen zu. Fünf Wochen waren vergangen seit dem Tag, an dem Nils aus Afrika zurückgekommen war, dem Tag, der so anders verlaufen war als geplant und dessen Ausgang ihr im Rückblick doch so unvermeidlich vorkam. Sie hatte Nils verloren. Von einem Tag auf den anderen war er nicht mehr Teil ihres Lebens. Er war ein Fremder geworden, jemand, den sie einmal in- und auswendig kannte und von dem sie nun nichts mehr zu wissen schien.

„Stell dir vor", sagte Josi aufgekratzt. „Klara wird mich im Januar ins Trainingslager begleiten. Sie nimmt unbezahlten Urlaub. Sechs Wochen Sydney mit ihr – du glaubst gar nicht …" Sie hielt inne und kräuselte ihre Stirn. „Ich bin unmöglich!", sagte sie streng. „Plappere die ganze Zeit nur von mir und schwalle dich zu mit meinem Glück. Ich habe dich noch nicht mal gefragt, wie es mit Nils gelaufen ist."

„Quatsch! Es ist toll, dich glücklich zu sehen."

Josi drückte mit einem gerührten Gesichtsausdruck ihre Hand, nahm sich ein paar Chips und kuschelte sich in die Couchkissen.

„Aber jetzt im Ernst: Wie ist es mit Nils gelaufen?"

Bei dieser Frage begann Fridas Herz so schnell zu schlagen wie vor drei Tagen, in dem Augenblick nämlich, als sie das Lokal betrat, in dem sie mit Nils verabredet war.

Er war bereits da gewesen. Obwohl fast alle Tische des kleinen Cafés besetzt waren, erspähte sie ihn sofort. Er saß an einem Tisch an der Wand gegenüber dem Eingang und studierte mit großer Ernsthaftigkeit die Speisekarte. Er wirkte ruhig und selbstbewusst wie immer. Gerade brachte ihm die Kellnerin einen Milchkaffee, und als Frida das vertraute, warme Lächeln sah, mit dem er der Bedienung dankte, spürte sie – heftig wie eine schallende Ohrfeige –, was sie verloren hatte. Sie hatte dieses Gespräch unbedingt gewollt, hatte einer Aussprache entgegengefiebert und von einem Neuanfang als Freunde geträumt. Doch in diesem Moment kamen ihr zum ersten Mal Zweifel, ob es wirklich das war, was sie wollte: Freunde sein. Ob sie es überhaupt konnte? Und was war mit ihm? Für ihn gab es kein Zurück, das wusste sie. Aber was, wenn auch eine Freundschaft für ihn nicht infrage kam? Wenn ihr Platz in seinem Leben gänzlich gestrichen war?

„Ich brauche erstmal Zeit für mich …" – das waren seine letzten Worte gewesen und Robert hatte ihr versichert, es sei besser, Nils eine Weile in Ruhe zu lassen. Trotzdem hatte sie ihm eine E-Mail geschrieben. Sie hatte ihm einfach sagen müssen, wie leid ihr alles tat, und dass sie da wäre, wenn er reden wollte. Er hatte nicht reagiert und ihn anzurufen, dazu war sie zu feige gewesen. Was hätte sie auch sagen sollen?

Es war vorbei. Diese Erkenntnis war aus ihrem Bewusstsein, das den Fakt widerstandslos akzeptiert hatte, in ihr Innerstes gesickert. Es war vorbei. Dies zu wissen, tat ungeheuerlich weh, doch gleichzeitig fiel eine gewaltige Last von ihr ab: Es gab nichts mehr zu befürchten, nichts mehr zu hoffen – es war entschieden.

Die Tage waren dahin geschlichen, eingehüllt in einen dicken grauen Nebel. Sie hatte funktioniert, hatte gearbeitet, gegessen und geschlafen – und sie hatte gemalt, so viel wie noch nie in ihrem Leben. Und jeden Tag hatte sich der Nebel ein kleines bisschen gelichtet, war weniger undurchdringbar geworden. Neunundzwanzig Tage hatte sie nichts von ihm gehört, und dann plötzlich hatte das Telefon geklingelt und er hatte dieses Treffen vorgeschlagen.

Mit wackligen Beinen ging sie auf ihn zu. Wie durch Watte drangen die Geräusche der Umgebung an ihr Ohr: Stimmengewirr, Musik, das Klirren von Geschirr. Es roch nach Kaffee und frischem Zigarettenrauch. Die Menschen um sie herum hatten keine Gesichter. Sie sah nur Nils, der sehr aufrecht dasaß und noch immer in die Karte vertieft war.

Wie würden sie sich begrüßen? Mit einer Umarmung, einem Kuss auf die Wange oder wäre es angemessener, sich die Hände zu schütteln?

Als sie wenige Schritte von seinem Tisch entfernt war, blickte er auf. Plötzlich ging alles so schnell, dass sie, als sie später darüber nachdachte, kaum nachvollziehen konnte, wie sie sich begrüßt hatten. Er war aufgesprungen, daran erinnerte sie sich, und es hatte die Andeutung eines Wangenkusses gegeben, doch ob sie ihm dies aufgezwungen oder ob es auch seine Absicht gewesen war, vermochte sie nicht zu sagen. Zehn hektische Sekunden, die in einem einzigen Augenblick vergangen waren, und schon saßen sie sich verlegen lächelnd gegenüber und die Zeit schien stillzustehen.

„Und dann? Was hat er gesagt?"

Josis Stimme holte sie in die Gegenwart zurück. Sie lächelte mechanisch und trank einen Schluck Sangria. Obwohl sie an diesem Nachmittag mehr als drei Stunden geredet hatten, ließ sich die Essenz ihres Gesprächs in wenigen Sätzen zusammenfassen.

Nils machte ihr keinerlei Vorwürfe. Im Gegenteil übernahm er ganz selbstverständlich einen Teil der Schuld: Er hatte Frida zu oft allein gelassen, seine Arbeit war immer an erster Stelle gekommen und das würde sich nicht ändern. Die Trennung – egal, wie schmerzhaft sie sich gerade anfühlte – begriff er vor allem als eines: als Chance.

„Nicht wahr!"

Auch Frida war verblüfft gewesen über Nils' Abgeklärtheit. Doch je häufiger sie über das Gespräch nachgedacht hatte, desto natürlicher kam ihr seine Reaktion vor. Nils war ein Verstandesmensch, der allem mit Logik, Vernunft und Höflichkeit begegnete. So tickte er.

Lediglich über Devin hatte er nichts hören wollen. Das war das einzige Mal an diesem Nachmittag, dass er ungeduldig geworden war.

„Und das war es also?"

Frida nickte. „Das war's. Schon komisch, oder? Wie schnell man vier Jahre Beziehung ..." Sie brach ab. Tränen stiegen ihr in die Augen. „Ich bin echt bescheuert", sagte sie mit weinerlicher Stimme. „Ich war es, die ihn betrogen hat, und ich sollte froh sein ... Er meinte, es wäre toll, wenn wir Freunde sein könnten. Das ist großartig! Das ist das, was ich mir auch wünsche, und trotzdem ..."

„Bist du enttäuscht", sagte Josi lakonisch.

Sie saßen sich eine Weile schweigend gegenüber.

„Er wird ein neues Projekt für Ärzte ohne Grenzen annehmen", sagte Frida schließlich. „In zwei Wochen ist er weg – wieder Afrika."

„Vielleicht kommt ihr ja wieder zusammen. Irgendwann meine ich. Wäre doch möglich, oder?"

„Ich schätze, alles ist möglich. Aber ich glaube es nicht. Ich hoffe wirklich, wir schaffen es, Freunde zu werden. Das wünsche ich mir von Herzen."

Josi nickte. Sie goss Sangria nach und fragte beiläufig: „Hast du was von Devin gehört?

„Wie kommst du jetzt darauf?"

„Ich dachte nur ..."

„Es ist mehr als zwei Monate her seit wir ... seit er weg ist. Warum sollte er sich nach so langer Zeit auf einmal melden?", sagte Frida.

„Hm."

„Was, hm?"

„Nichts hm. Ich hab ihn bloß vorgestern gesehen – im Fernsehen, bei MTV. Die haben irgend so einen Preis gewonnen."

Frida nickte. Ausgerechnet Steffi hatte sie auf die Übertragung der European Music Awards aufmerksam gemacht, und obwohl sie es eigentlich nicht wollte, hatte sie reingeschaltet und mit klopfendem Herzen zugesehen, wie Devin und seine Bandkollegen den Preis für den *Best New Act* entgegennahmen.

„Lass uns nicht mehr von ihm reden und auch nicht von Nils. Ich hab es echt satt."

Sie setzte sich aufrecht hin, zog ihre Schultern zurück und räusperte sich. „Ich hab meinen Job gekündigt!"

Josi verschluckte sich an ihrer Sangria. „Du hast was?"

„Guck nicht so entgeistert!"

„Aber warum? Etwa wegen dieser Bitch? Lästert die immer noch über dich?"

„Steffi?" Frida winkte ab. „Die lästert doch ständig. Aber ihren *Verdacht* über Devin und mich hat sie komischerweise für sich behalten."

„Selbstverständlich behält sie das für sich! Es würde schließlich ihre eigene Geschichte mit ihm herabsetzen."

Frida zuckte mit den Schultern. „Das Thema ist längst nicht mehr interessant! Im Moment reden alle nur von Katja und Dr. Kiefer. Das glaubst du nicht: Unsere arme Erika, meine Kollegin, du weißt schon, sie hat Kiefer und Katja bei 'nem frühmorgendlichen Schäferstündchen im Stationszimmer überrascht!"

„Nicht wahr! Erika? Hat die nicht auch Devin mit seiner Modelfreundin beim Sex erwischt?"

„Ja, genau!"

Josi lachte und klatschte begeistert in die Hände. „Und jetzt? Kiefer ist euer Oberarzt. Darf der einfach so Krankenschwestern während der Arbeitszeit vernaschen?"

„Nein, ich glaub nicht, dass die Chefetage das gutheißt, aber ob es bis zu denen vorgedrungen ist, weiß ich nicht.

Kiefer hat Erika ziemlich in die Mangel genommen, hat ihr gedroht, sie fertigzumachen, sollte sie die Sache rumerzählen. Sie stand richtiggehend unter Schock: Selbst Stunden später, als ich zum Dienst kam, war sie noch ganz aufgelöst. Sie hat nichts gesagt, nur dass es Krach mit Kiefer gab, und am nächsten Tag hat sie sich krankgemeldet. Burnout – Krankschreibung auf unbestimmte Zeit. Am Ende ist der Vorfall trotzdem rausgekommen. Ich bin immer wieder erstaunt, wie schnell solche Dinge die Runde machen."

Josi nickte anerkennend. „Bei euch geht es zu wie in einer Daily Soap!" Sie prostete Frida zu, stellte dann ihr Glas ab und rüttelte an Fridas Knie. „Aber jetzt erzähl: Warum hast du gekündigt? Was hast du vor?"

Lächelnd ließ sich Frida in die Sofakissen sinken. „Warum? Weil ich raus muss. Weil ich dringend 'ne Veränderung brauch. Weil ich Lust auf was Neues hab. Ich werde Ende Januar nach Madrid gehen, erstmal für ein Jahr. Ich hab mich bei einer Sprachschule angemeldet und 'n Zimmer in 'ner WG hab ich auch in Aussicht."

„Madrid? Davon hast du zu Abizeiten ständig geredet …"

„Ich will das schon ewig, doch irgendwie kam es nie infrage und nun … Wenn ich es jetzt nicht mache, wann dann?" Sie strahlte ihre Freundin an. „Ich werde Spanisch lernen, mir einen kleinen angenehmen Job suchen, ganz viel malen und bis zum Abwinken Tapas essen und", sie griff nach ihrem Glas, „Sangria trinken. Richtige spanische Sangria mit frischen Früchten." Sie lachte übermütig. „Und das ist noch nicht alles: Wenn ich wieder zurück bin, werde ich studieren: Ich will Kunst studieren!"

Josi sah sie einen Moment lang ungläubig mit großen Augen und gekräuselter Stirn an. Dann lachte sie laut los und erhob so impulsiv ihr Glas, dass etwas Sangria über ihre Hose schwappte. „Darauf müssen wir anstoßen! Das sind fantastische Neuigkeiten! Deine Mutter wird dich zwar killen und ich werde dich schrecklich vermissen, aber das sind ganz fantastische Neuigkeiten!"

42. Matt

„Ich möchte auf euch anstoßen", sagte Michael und schwenkte sein Champagnerglas. „Ich möchte anstoßen auf dieses bombastische Jahr, das hinter uns liegt. Ich möchte anstoßen auf all die Höhen, die wir gemeinsam erklommen, und auch auf die Tiefen, die wir gemeistert haben."

Bei den „Tiefen" prostete er Devin zu, der sein Glas ebenfalls erhob. Michaels Blick streifte Matt, doch ihm prostete er nicht zu, wofür Matt ihm dankbar war.

„Ich wusste immer, welches riesige Potenzial in EAT MORE GREENS, ja, in euch allen steckt. Ich möchte Danke sagen und ich möchte auf das neue Jahr anstoßen, in dem wir unseren Siegeszug fortsetzen werden. Also: trinkt, esst, feiert, lasst es krachen! Cheers!"

Die Champagnergläser klirrten und die Stimmen, die geschwiegen hatten während Michaels Ansprache, erhoben sich und erfüllten die Luft. Die Silvesterparty, die Michael für die Band, die Crew und ausgewählte Freunde organisiert hatte, war eine Feier der Superlative: An Deck der riesigen Yacht, die für dieses Event als Partylocation diente, hatten sie vor wenigen Minuten das atemberaubende Feuerwerk im Hafen von Sydney miterlebt. Luftig bekleidete Kellnerinnen servierten Häppchen, Champagner, Cocktails und kubanische Zigarren. Und auf der kleinen Bühne, auf der Michael soeben seine Rede gehalten hatte, begann nun eine Burlesque-Tänzerin mit ihrer erotischen Show.

Normalerweise war es Matt immer etwas unangenehm, wenn Verschwendung und Luxus so zelebriert wurden wie an diesem Abend, und als Adam vorhin spekulierte, was allein die Miete für die Yacht gekostet haben musste, war ihm der Atem weggeblieben. Doch er hatte sich fest vorgenommen, diese Feier und die Zerstreuung, die sie bot, in vollen Zügen zu genießen. Und erstaunlicherweise war ihm das gelungen.

Bill drängelte sich zwischen Devin und ihn und schlang jedem einen verschwitzten Arm um die Schultern.

„Geile Party, oder?" Er grinste breit und pfiff anerkennend in Richtung Bühne, wo gerade der erste Seidenstrumpf ins Publikum flog. Sein Atem roch so unangenehm nach Whisky und Zigarre, dass Matt etwas von ihm abrückte. „War auch 'n krass geiles Jahr!"

Krass geiles Jahr? Matt seufzte. Ja, für EAT MORE GREENS war 2002 extrem erfolgreich gewesen. Doch Devins Unfall und vor allem die Sache mit Susana waren zwei elementare Gründe, warum dieses Jahr ihm als krass, aber keineswegs als geil in Erinnerung bleiben würde.

„Ich hatte gehofft, deine Kleine wäre heute Abend mit dabei", lallte Bill.

Matt zuckte zusammen, noch bevor er realisierte, dass Bill gar nicht mit ihm sprach.

„Meine Kleine?", fragte Devin, ohne den Blick von der Bühne zu lassen.

„Ding, Dong, jemand zu Hause? Litonya, natürlich! Ich hatte gehofft, sie wäre da und hätte ein paar ihrer heißen Freundinnen im Schlepptau. So wie in Chicago." Bill grinste anzüglich. „Das war 'ne Nacht!"

Chicago. Matt erinnerte sich gut an die ausschweifende After-Show-Party in Adams Suite. Er hatte in einer Ecke gesessen und missmutig Devin und Litonya und all die

Pärchen dieses Abends beobachtet und die Minuten heruntergezählt, bis er endlich in sein Zimmer verschwinden und mit Susana telefonieren konnte. Stundenlang hatten sie in dieser Nacht geredet, gelacht und von Liebe gesprochen. Er hatte sich für den glücklichsten Menschen auf dieser Erde gehalten.

„Litonya feiert in New York", sagte Devin. „Aber das sollte uns nicht stören, es sind schließlich genügend schöne Frauen anwesend, oder nicht?"

„Doch, doch", beeilte sich Bill zu sagen und ließ seinen Blick wandern. „Allein die Kellnerinnen … Mal ehrlich, die sehen alle aus, als würden sie hauptberuflich als Unterwäschemodels arbeiten!"

Auch Matt sah sich um. Da waren Smith und Jen, die Arm in Arm dastanden und so verliebt wirkten, dass ihm ganz schwer ums Herz wurde. Er sah Jeff und seine Frau Alma, die sich mit Michael unterhielten, den Matt merkwürdigerweise in all den Jahren noch nie mit einer Frau gesehen hatte. Und er sah Adam, der gerade mit einer Brünetten und einer Blondine, an deren Namen Matt sich nicht erinnerte, unter Deck ging.

„Die Kleine dort sieht mich ständig an", sagte Bill triumphierend.

Devin lachte. „Vielleicht, weil sie wissen will, ob du was trinken möchtest?"

Bill grinste. „Das kann sein. Wollt ihr noch was?", fragte er und winkte der Kellnerin zu, die sich sofort mit ihrem mit Cocktails bestückten Tablett zu ihnen auf den Weg machte.

„Ich habe Long Island Icetea und Planters Punch im Angebot, aber selbstverständlich kann ich euch auch was anderes bringen", sagte sie mit einem strahlenden Lächeln.

„Das ist perfekt, vielen Dank", sagte Bill und musterte so unverhohlen ihren kaum verhüllten Körper, dass Matt sich für ihn schämte.

Sie nahmen sich ihre Drinks und die Kellnerin, die nichts Ungewöhnliches an Bills Blicken zu finden schien, strahlte sie weiter an und wandte sich dann anderen Gästen zu.

„Wow, was für Titten", lallte Bill und stieß Matt verschwörerisch in die Seite. „Ob die echt warn?"

„Boah, Bill, du bist so was von hinüber", sagte Matt und verzog den Mund.

„Na und? … Das ist doch der Sinn dieser Veranstaltung, oder nicht?" Er stieß mit Devin an und trank einen großen Schluck von seinem Cocktail. „Und? Wie sieht's aus mit Vorsätzen fürs neue Jahr?"

„Ich will meinen Schulabschluss nachholen", hörte Matt sich sagen und in dem Moment, in dem er es sagte, wusste er, es stimmte.

„Echt? Wow, ich hatte keine Ahnung", sagte Devin.

„Ja klar, Mann." Bill lachte und verschüttete etwas von seinem Drink. „Wofür brauchst du bitte 'nen Schulabschluss?"

Matt zuckte mit den Schultern. Er brauchte ihn nicht, das stimmte, doch er wollte sich beweisen, dass er mehr konnte, als nur Gitarre spielen.

43. Frida

Dienst in der Silvesternacht. Letztes Jahr noch hätte sie das als Strafe empfunden, doch diesmal waren ihr die Ruhe und die Entschuldigung, die der Nachtdienst bot, gerade recht. Mit wem hätte sie auch feiern sollen? Josi und Klara begingen den Jahreswechsel in Augsburg und wie sie Robert und seine neue Freundin mit ihrem ständigen Rumgeknutsche und Einander-Angefasse einen kompletten Abend hätte ertragen sollen, konnte sie sich nicht vorstellen.

Wie schnell Robert sich getröstet und sein Herz einer anderen geschenkt hatte! Was, wenn es Nils ähnlich ginge?

Seit vier Wochen war er wieder in Afrika, seitdem hatte sie – abgesehen von kurzen Weihnachtsgrüßen – nichts von ihm gehört. Obwohl sie beschlossen hatten, Freunde zu bleiben, war es schwer den Punkt zu finden, an dem man eine Freundschaft anknüpfen konnte. Ihr Miteinander hatte seine Leichtigkeit verloren, überall lauerten Verfänglichkeiten, Enttäuschung und Schmerz. Doch sie vermisste es, mit ihm zu reden und sich mit ihm auszutauschen. Und im Moment gab es einiges, was sie ihm gern erzählt hätte. Sie nahm sich vor, ihm gleich morgen früh nach ihrem Dienst eine ausführliche Mail zu schreiben.

Morgen müsste sie sich auch bei ihren Eltern melden. Ihre Mutter wäre zutiefst beleidigt, würde sie dieses Neujahrs-Ritual auslassen. Seit Heiligabend herrschte Funkstille, und obwohl Frida sicher war, alles würde sich wieder einrenken, hätte sie ein erneutes Zusammentreffen mit der Mutter – und sei es nur telefonisch – liebend gern noch ein wenig verschoben.

Sie hatte immer von sich geglaubt, kein Feigling zu sein, doch sie hatte einsehen müssen, dass sie es zumindest in gewissen Bereichen war: zum Beispiel, wenn es darum ging, ihrer Mutter von ihrer Kündigung und den Plänen fürs neue Jahr zu erzählen. Wieder und wieder hatte sie dieses Gespräch vor sich hergeschoben; der November war vorübergezogen, gefolgt von den Wochen der Adventszeit.

Heiligabend war gekommen und sie saß zusammen mit Mutter, Vater und Bruder am festlich gedeckten Tisch, als ihr mit einem Mal in aller Deutlichkeit bewusst wurde, dass sie in einem Monat in den Flieger nach Madrid steigen würde und dass ihre Eltern immer noch ahnungslos waren.

Unmöglich konnte sie ihnen die Neuigkeiten länger vorenthalten. Ihr Herz schlug bis zum Hals, als sie ein betont fröhliches Gesicht aufsetzte und mit ihrem Messer an ihr Wasserglas klopfte. Jetzt oder nie, dachte sie und räusperte sich.

„Du hast gekündigt?", rief ihre Mutter, als Frida kaum zu Ende gesprochen hatte, sprang vom Tisch auf und begann, vor dem Tannenbaum auf und ab zu laufen. „Hast du den Verstand verloren? Wovon – bitteschön – willst du leben? Hast du dir das überlegt?"

„Ich werde jobben. Außerdem habe ich ein paar Ersparnisse, das Geld von Opa …"

„Wenn Opa wüsste, wofür du dein Erbe verschwenden willst: Er würde sich im Grabe umdrehen!"

Frida wechselte einen wissenden Blick mit ihrem Bruder. Ihr Opa vor allen anderen hätte sie in ihrem Vorhaben bestärkt, wie er seine Enkel immer in allem bestärkt hatte.

„… und ich werde mein Auto verkaufen", fuhr sie fort, als hätte die Mutter sie nicht unterbrochen. „Damit komme ich gut ein Jahr hin, wenn ich sparsam bin, sogar anderthalb."

„Anderthalb Jahre?", rief ihre Mutter mit schriller Stimme. „Du kündigst deinen Job und willst anderthalb Jahre nichts tun?"

„Ich werde Spanisch lernen, Mama, und malen, und ich will leben."

„Leben?" Ihre Mutter schüttelte den Kopf und starrte sie fassungslos an. „Und was ist mit dem Krankenhaus? Denkst du, die warten, bis Fräulein Jaerger sich ausgelebt hat, und halten dir deine Stelle frei? Der Job ist weg! Wenn du Pech hast, findest du in ganz Leipzig keine vergleichbare Anstellung. Dann musst du dir in der Provinz was suchen oder in den Westen gehen. Ist es das, was du willst?"

Je lauter ihre Mutter wurde, je mehr sie sich in ihren Groll hineinsteigerte, desto ruhiger wurde Frida.

„Eigentlich …" Sie zögerte. Sie wusste, was sie nun vorhatte zu sagen, würde alles noch schlimmer machen. Andererseits: Konnte es wirklich viel schlimmer werden?

„Ich weiß nicht, ob ich wieder als Krankenschwester arbeiten werde."

Wie eine Tigerin im Käfig war ihre Mutter hin und her gelaufen, nun blieb sie stehen und starrte Frida mit weit aufgerissenen Augen an. „Wie bitte?"

„Ich möchte was Neues ausprobieren, ich möchte …"

„Jetzt komm mir bitte nicht mit deiner Malerei! Du bist kein Kind mehr, das irgendwelchen törichten Träumereien hinterherläuft."

„Doch Mama, Malerei. Ich möchte Kunst studieren."

„Damit kann man kein Geld verdienen! Wie willst du das Studium finanzieren? Wenn du glaubst, dein Vater und ich …"

Sie hatte gewusst, dass ihre Mutter sich aufregen würde, aber mit einer solch heftigen Reaktion hatte sie nicht gerechnet.

Ein bisschen tat ihr die Mutter leid. Sie sah aus wie eine Wahnsinnige kurz vorm Kontrollverlust. Es fehlte bloß noch, dass sie sich mit der flachen Hand gegen den Kopf schlug und an ihren Haaren rupfte.

„Frida, ich verstehe dich nicht!", sagte sie, sichtlich bemüht, sich zu beruhigen. „Krankenschwester ist ein respektabler, ein sicherer Beruf. Und das Marienkrankenhaus ist eine der renommiertesten Einrichtungen in ganz Deutschland. So etwas schmeißt man nicht mir nichts dir nichts für irgendwelche fixen Ideen hin!"

„Ich habe einfach das Gefühl, noch nicht da angekommen zu sein, wo ich hinwill. Ich möchte mich ausprobieren. Ist das wirklich so abwegig, so schwer zu verstehen?"

Dem Blick nach zu urteilen, den die Mutter ihr zuwarf, war es das Abwegigste, Unverständlichste und Dümmste, was sie sich vorstellen konnte.

„Doro, jetzt beruhige dich", schaltete sich ihr Vater ein. „Wir konnten uns doch immer auf Frida verlassen. Sie wird ihren Weg finden."

Mit einem dankbaren Lächeln sah Frida zu ihm rüber. Wenn nur alle Menschen so unkompliziert wären!

Auf ihre Mutter machten seine Worte keinen Eindruck. Mit einer fahrigen Handbewegung wischte sie seinen Einwand beiseite, schlang sich die Arme um den Oberkörper und sah Frida mit gequältem Gesichtsausdruck an.

„Seit Nils und du euch getrennt habt, verstehe ich dich überhaupt nicht mehr! Weißt du, was das für ein Schock für mich war? Ihr trennt euch, warum, weiß ich bis heute nicht …"

Ihre Mutter würde noch lange an der Trennung zu knabbern haben, das war Frida bewusst. Nils war in jeder Hinsicht ihr Traumschwiegersohn gewesen und auch, wenn sie nichts von dem schändlichen One-Night-Stand wusste, war eines völlig klar: Frida hatte es vermasselt.

„Und dann willst du kein Fleisch mehr essen und plötzlich ist Fisch ebenfalls ein Tabu …" Ihre Mutter begann wieder, auf und ab zu laufen. „Keinen Fisch essen zu wollen! Das ist das Unsinnigste, was ich je gehört habe! Jeder weiß doch, wie gesund Fisch ist. Und Fisch ist bei aller Liebe kein Fleisch."

Frida seufzte. Seit einem Vierteljahr ernährte sie sich vegetarisch und selbstverständlich hatte sie ihren Eltern erzählt, was das bedeutete: kein Fleisch, keinen Fisch, nein, auch keine Wurst.

„Nein, Mama, aber es ist ein Tier und wenn du …"

„Ach, papperlapapp! Woher soll ich denn wissen, wie pingelig du bist? Plötzlich ist unser Weihnachtsessen nicht mehr gut genug für dich. Es gibt seit Jahren Forelle und Petersilienkartoffeln und bislang hat es dir doch immer geschmeckt, oder nicht?"

Lonely night
The good tightly sleeping
I feel you
Wide awake, I'm freezing

Frida schrak zusammen. Devins Stimme, die rau und unheilvoll an ihr Ohr drang, holte sie zurück in die Gegenwart. Seufzend stand sie auf und ging zum Radio.

Wie sie diesen Song geliebt hatte! Wie sie jeden einzelnen Song von EAT MORE GREENS geliebt hatte! Und doch: Seit Devin weg war, hatte sie keines der Alben mehr angehört und jedes Mal, wenn – was jetzt immer häufiger vorkam – *The Devil Is You* oder *Rich & Beautiful* im Radio gespielt wurden, krampfte sich ihr Magen zusammen und sie fühlte sich schuldig und elend und dumm.

Sie hatte das Radio ausschalten wollen, aber den Finger am Knopf, überlegte sie es sich anders. Sie drehte die Lautstärke auf und begann zu tanzen.

You, my cruel darling you
You are the devil
The devil is you

„Hossa! Du bist ein wahrer Fan, hab ich recht?"

Sie wirbelte herum und erblickte Paul, der grinsend vor ihr stand. In der Hand hielt er eine Piccoloflasche Sekt und zwei Gläser.

„Ist gleich soweit: the final Countdown!", sagte er und deutete auf die große weiße Uhr an der Wand. „Dachte, wir stoßen aufs neue Jahr an."

Wie sehr sie sich diesen Dienst schöngeredet hatte, und wie wenig sie sich tatsächlich nach Ruhe und Absonderung sehnte, merkte sie genau in diesem Augenblick: Sie freute sich so ungeheuer über Pauls Besuch, beinahe wäre sie ihm um den Hals gefallen.

„Großartige Idee", sagte sie und strahlte ihn an.

„Wie jetzt? Mit ein paar halbherzigen Einwänden wegen des Alkohols am Arbeitsplatz hätte ich schon gerechnet", sagte er lachend. „Aber dir ist alles egal, was? Jetzt, wo du eh bald weg bist." Er schraubte die Flasche auf und verteilte den Inhalt auf die beiden Gläser. „Ende Januar, stimmt's?"

„Der Vierzehnte ist mein letzter Arbeitstag, ich hab noch Urlaub übrig … Am Fünfundzwanzigsten fliege ich."

„Mann, ich beneide dich", sagte er und reichte ihr eins der Gläser. „Und ich werd dich vermissen."

Eine Welle der Melancholie erfasste sie. War es richtig, das hier aufzugeben und Kollegen wie Paul und Anke und all den anderen den Rücken zu kehren?

Paul lachte. „Weißt du eigentlich, dass ich früher ziemlich verknallt in dich war?"

Sie spürte, wie sie rot wurde. „Quatsch?"

Sie spielte mit ihrem Glas und hätte vor Verlegenheit fast davon getrunken.

Er nickte. „Ganz im Ernst, aber du hattest ja schon immer deinen Herrn Doktor. Und das ist auch alles in Ordnung. Hat alles seinen Sinn im Leben, denn sonst hätte ich Annika nie kennengelernt." Er verzog verträumt das Gesicht und legte seine freie Hand auf sein Herz. „Auf den Tag genau vor vier Monaten sind wir uns begegnet. Eine echte Traumfrau", sagte er und lächelte. „Wie du."

Er prostete ihr zu, im Radio wurden die letzten Sekunden bis Mitternacht heruntergezählt und draußen läuteten heftige Knallsalven das neue Jahr ein.

44. Steffi

Was für ein Feuerwerk! Was das wohl gekostet haben musste? Überhaupt war bei dieser Veranstaltung alles vom Feinsten und der Preis für die Karten mehr als gerechtfertigt. Selbstverständlich hatte Andreas bezahlt.

Er stand hinter ihr, hatte seine Arme um sie geschlungen und küsste ihren Hals. Die Worte ihrer Mutter kamen ihr in den Sinn: „Es ist immer besser, wenn der Mann stärker in dich verliebt ist als du in ihn." Sie hatte das als leeres Geschwätz abgetan, doch sie hatte erkannt, wie viel Wahrheit in diesen Worten steckte.

Andreas betete sie an, das war offensichtlich. Er bemühte sich, ihr alles recht zu machen und ihr jeden Wunsch zu erfüllen. Mehrmals täglich sagte er ihr, wie wunderschön sie sei und wie glücklich sie ihn mache. Er liebte sie, daran gab es keinen Zweifel, und es fühlte sich fantastisch an, so begehrt und geliebt zu werden.

Sie drehte sich zu ihm um und küsste ihn leidenschaftlich. Es war ein durch und durch perfekter Abend. Endlich war sie da angekommen, wo sie sich immer hingeträumt hatte – auch wenn sie diesen Traum kurz aus den Augen verloren hatte. Obwohl sie erst seit zwei Monaten ein Paar waren, stand unmissverständlich fest, dass das zwischen ihnen ernst war. Sehr ernst. Sie würde ihn heiraten, würde ihm ein bis zwei Kinder schenken und sich frohen Herzens in ihrem Leben als Arztgattin einrichten. Wenn er heute um ihre Hand anhielte, sie würde Ja sagen. Doch zweifellos war es dazu viel zu früh und vermutlich war es sowieso klüger, erst einmal schwanger zu werden. Der Rest würde sich von allein ergeben.

„Klaus und ich wollen an die Bar, eine Zigarre rauchen. Ich weiß, du hasst den Gestank, vielleicht wollt ihr Mädels solange das Tanzbein schwingen?"

Sie zuckte mit den Schultern. „Aber bleib nicht so lange", sagte sie und zog einen Schmollmund.

Er nickte und küsste sie.

Sie sah sich nach Katja um, die keinen Meter von ihr entfernt dastand und trübsinnig Löcher in die Luft starrte. Sie seufzte. Der Abend war so schön, warum konnte sich Katja nicht ein bisschen zusammenreißen? Die Sache mit Kiefer war Wochen her. Freilich tat ihr die Freundin leid, doch ihre sauertöpfische Miene war kaum zu ertragen.

„Was du schon wieder für ein Gesicht ziehst", sagte sie und stützte die Hände in die Hüften. „Kein Wunder, dass Klaus lieber 'ne Zigarre rauchen will, als sich weiter mit dir zu unterhalten. Ihr beiden würdet so gut zusammenpassen! Aber wenn du so weitermachst, vergraulst du ihn."

„Tut mir leid", sagte Katja. „Ich … ich bin noch nicht soweit, glaube ich." Und leise, dem Boden zugewandt, fügte sie hinzu: „Ich kann mir grad nicht vorstellen, mit jemand anderem als Markus …"

„Jetzt hör doch mal mit dem blöden Kiefer auf! Wie viel deutlicher kann er es noch machen? Er ist nicht mehr an dir interessiert!"

Katja hatte den Kopf eingezogen und sah aus wie ein angeschossenes Reh. Sie war den Tränen nah, aber anscheinend wollte sie es nicht kapieren.

„Denkst du, Kiefer hängt heute mit herabgezogenen Mundwinkeln in einer Ecke, bedauert sich selbst und heult dir nach? Bestimmt nicht! Der hat längst ein anderes Mäuschen, das ihn übelst anhimmelt und alles für ihn tut."

Katja weinte jetzt und Steffi kramte resigniert in ihrer Handtasche nach Taschentüchern.

„Nun hör auf mit Heulen, davon wird es auch nicht besser", sagte sie und reichte Katja ein Taschentuch. „Du musst das endlich hinter dir lassen und nach vorne schauen."

Katja nickte und tupfte sich die Tränen aus den Augenwinkeln.

„Du musst dich nach anderen umsehen. Selbst wenn du so naiv bist und immer noch hoffst, dass Kiefer zurückkommt, selbst dann ist das der beste Plan. Sieh nur Andreas und mich: Vor der Sache mit Devin war ich für ihn nur ein nettes Abenteuer. Jetzt respektiert er mich ganz anders, er vergöttert mich, nicht wahr?"

Katja nickte eifrig.

„Na siehst du! So, nun will ich nichts mehr von Kiefer hören. Du setzt wieder dein Gute-Laune-Gesicht auf und wir stürmen die Tanzfläche." Sie hakte die Freundin unter und zog sie mit sich. „Wie wäre es, wenn wir uns was von EAT MORE GREENS wünschen? *Rich & Beautiful* würde gut kommen."

Der DJ schien sich über ihren Musikwunsch zu freuen und spielte prompt den gewünschten Song. Katja lächelte tapfer vor sich hin und Steffi schloss zufrieden die Augen und gab sich ganz der Musik hin.

Follow me to the land of the golden rainbow
It's where the rich & beautiful live
But baby, don't get too close – just enjoy the show
Entertainment is all it can give

Zwangsläufig dachte sie an Devin und die gemeinsamen Stunden im Hotel. Wie jedes Mal erregte sie die Erinnerung und sie bewegte sich wilder und ekstatischer. Der Gedanke, Andreas sähe ihr beim Tanzen zu, feuerte sie weiter an. Es war so bezaubernd, wie schnell er eifersüchtig wurde, wenn es um Devin ging. Sobald EAT MORE GREENS im Musikfernsehen oder im Radio liefen, wurde er unruhig und schaltete um. Die MTV European Music Awards hatte sie heimlich anschauen müssen. Und wenn er wüsste, dass sie immer, wenn sie bei Katja war, nach Devin und Adam googelten, wäre er sicher beleidigt gewesen. Sie stellte sich vor, wie er auf die Tanzfläche gestürmt käme, sie an sich riss und ihr mit einem Blick deutlich machte, sie gehöre nun zu ihm und er wäre nicht bereit, sie zu teilen. Mit niemandem.

Doch die letzten Takte des Songs verklangen und Andreas schien seiner Zigarre den Vorrang gegeben zu haben. Einen Moment lang war sie ehrlich geknickt. Das Leben war voller Enttäuschungen. Sie zündete eine Zigarette an und bewegte sich nur noch halbherzig zur Musik.

Auch Devin hatte sie enttäuscht. Er hatte sie belogen und sich heimlich mit Frida getroffen – nach all der Zeit tat es nach wie vor weh, wenn sie daran dachte. Zum Glück musste sie Fridas Anblick bald nicht mehr ertragen. Dass sie gekündigt hatte, war die Schlagsahne auf dem Eisbecher. Noch besser war aber, dass ihre Beziehung zu Nils zerbrochen war. Und zwar ohne Steffis Zutun. Genießerisch zog sie an ihrer Zigarette. Die große Liebe – aus und vorbei. Was für eine Genugtuung!

45. Frida

„Oh Gott, ich beneide dich! Hier könnt ich's auch 'ne Weile aushalten." Robert blinzelte in die Sonne. „Weißt du, was zu Hause für 'n Scheißwetter ist?"

Sie beobachtete lächelnd ihren Bruder, der sich auf dem kleinen Metallstuhl einrichtete, als wäre er am Strand und nicht in einem Straßencafé mitten in Madrid. Er zog seine gefütterte Strickjacke aus, krempelte die Ärmel seines Shirts hoch und entblößte auch seine Unterschenkel, indem er seine Hosenbeine etwas nach oben schob und seine Socken nach unten. Mit einem zufriedenen Seufzer ließ er den Oberkörper zurücksinken, platzierte seine Unterarme auf den schmalen Armlehnen, schloss die Augen und streckte sein Gesicht der spanischen Frühlingssonne entgegen.

Es war der erste warme Tag des Jahres. Die Sonne schien fast jeden Tag, doch bislang war es kühl gewesen und Frida hatte das Haus nie ohne Jacke verlassen. Jetzt in der prallen Frühnachmittagssonne kam auch sie ins Schwitzen. Sie wickelte das Tuch vom Hals und schälte sich aus ihrer Jeansjacke. Die Ärmel ihres Pullovers und die Hosenbeine ließ sie jedoch dort, wo sie waren.

„Was wollen wir uns als Erstes ansehen?", fragte sie und kramte in ihrer Handtasche nach dem Notizbuch, in dem sie all das notiert hatte, was sie mit Robert unternehmen wollte. Die Liste war zu lang für die vier Tage, die er hier sein würde, das wusste sie. Doch da war so viel, was sie ihm zeigen, unzählige Eindrücke, die sie mit ihm teilen wollte, sie hatte nichts streichen können.

Sechs Wochen war sie nun schon in dieser atemberaubenden Stadt und vom ersten Moment an hatte sie sich wohlgefühlt, seltsam heimisch und gelöst. Mit Feuereifer hatte sie sich in ihre Spanischlektionen gestürzt und war mittlerweile so fortgeschritten, dass sie Alltagssituationen problemlos meisterte und dass ihr gleichzeitig bewusst war, wie unglaublich viel ihr noch fehlte, um sich eines Tages rühmen zu können, die Sprache fließend zu beherrschen. Neben der Sprachschule, die ihre Vormittage einnahm, und den Abenden, die sie dem Pauken von Vokabeln und Grammatik widmete, blieben ihr die Nachmittage zum Malen. Allein die Altstadt bot eine Fülle an Motiven, die sie inspirierten und die sie auf ihrem Skizzenblock festhielt. An den Wochenenden ging sie ins Museum oder ins Kino, traf sich mit Leuten aus dem Sprachkurs in einer der zahlreichen Tapas-Bars oder sie unternahm mit einem der billigen Überlandbusse Ausflüge ins Umland.

Noch nie hatte sie sich so frei gefühlt, so erfüllt von Tatendrang, Entdeckergeist und Vorfreude auf alles, was kommen mochte. Und nun, da Robert hier war, wollte sie nichts mehr, als ihn an ihrer Euphorie teilhaben lassen.

„Schwesterchen, easy", sagte Robert, ohne die Augen zu öffnen. „Lass mich erstmal ankommen, ein bisschen die Sonne genießen und meinen *Corrado* schlürfen."

„Cortado."

Er nickte. „Genau den."

Schmunzelnd klappte sie das Notizbuch zu: Sie würden in seinem Tempo vorgehen.

„Schau mal in meinen Rucksack", murmelte er. „Da ist deine Post drin. So 'ne blaue Mappe."

Sie angelte die Mappe aus dem Rucksack und entnahm die Schreiben, die ihre Mutter für sie begutachtet, thematisch sortiert und mit kleinen Notizzetteln versehen hatte. Sie sah den Stoß schnell durch: Bank, Versicherung, Finanzamt, Werbung – nichts, womit sie sich jetzt beschäftigen musste; nichts Wichtiges, worüber die Mutter sie nicht längst telefonisch informiert hatte.

Als sie die Briefe zurücklegte, fiel ihr ein gepolsterter Umschlag auf, der in der Lasche der Mappe stecken geblieben war. Er war ungeöffnet und Frida wunderte sich über die untypische Zurückhaltung ihrer Mutter. Der Umschlag war mit vielen bunten Briefmarken beklebt, mit Druckbuchstaben war ihre Adresse darauf geschrieben. Ein Absender war nicht vermerkt, doch sie wusste augenblicklich, von wem der Brief stammte. Sie riss ihn auf und zog eine CD und ein zusammengefaltetes, blaues Blatt Papier hervor. Mechanisch öffnete sie die CD-Hülle, auf der die Worte *Afflatus* und *For Frida* standen. Ohne gleich zu erfassen, was sie in den Händen hielt, blickte sie abwechselnd auf die CD, die in der Sonne glänzte und blitzte, und den Papiereinleger, auf dem eine Titelliste vermerkt war.

1. FAME & BEE
2. ONCE I MET A GIRL
3. MARIA JOSÉ
4. MY FRIEND
5. UNTITLED
6. CHILD OF THIS EARTH
7. CARRIED AWAY
8. LOVE LETTERS FROM NEW YORK

Eine kleine Ewigkeit starrte sie auf die aufgelisteten Titel. Die Handschrift war gedrängt, wirkte ungeduldig und energisch. Sie kam ihr nicht bekannt vor und wie sollte sie auch, schließlich hatte er, der Linkshänder, damals nur mit rechts schreiben können. *Child Of This Earth*, diesen Text hatte er ihr zu lesen gegeben. Und sie hatte ihn so oft gelesen, sie konnte ihn auswendig. Den linierten gelben Zettel, der vorne und hinten mit großen krakeligen Wörtern beschrieben war, hatte sie sogar mit hierher nach Madrid genommen. Wie einen Schatz bewahrte sie ihn zusammen mit Schnappschüssen von Freunden und der Familie in einer hübsch verzierten Schachtel auf.

Sie legte die CD auf den Tisch und faltete mit zittrigen Fingern und klopfendem Herzen den Briefbogen auseinander.

27/01/2003

FRIDA,

A VERY HAPPY BIRTHDAY TO YOU!

I HOPE YOU LIKE THE NEW STUFF ... WE JUST FINISHED IT THIS MORNING. IT'S QUITE A SHORT ALBUM THIS TIME BUT SIZE DOESN'T MATTER, RIGHT?

DEVIN

„Was is'n das für 'ne CD?" Robert blinzelte träge zu ihr hinüber und trank einen Schluck von seinem Kaffee.

„EAT MORE GREENS. Das neue Album", sagte sie, ohne von dem blauen Blatt Papier in ihren Händen aufzusehen.

„*Afflatus*?" Scheppernd stellte er seine Kaffeetasse ab und griff über den Tisch nach der CD. „Das kommt erst im April raus! Devin hat diesmal alles selbst geschrieben. Ein Song ist schon draußen. Kennst du den schon?

Fame & Bee. Eins ihrer besten Stücke bislang – würde ich meinen. Von wem hast du …?"

„Von Devin."

„Wow, ich wusste nicht, dass ihr Kontakt habt."

Sie zuckte mit den Schultern. „Ich auch nicht."

Fame & Bee

A precious friend of mine
A poet so divine
Wrote once – a long, long time ago
That fame was like a bee

She knew about the wing
She knew about the sting
She knew – and kept art for herself
Fame could come when she was gone

I never understood
Why anyone would want to hide
Creations so pure and sane –
Why anyone would hide from fame

But she was cleverer than me
Fame is like a bee
It dies without its sting
And with death the world ends

Yes, she was cleverer than me
Fame is like a bee
It dies without its sting
And with death my world ends

(Afflatus, 2003)

Nachweis

Gedicht S. 7
Fame is a Bee von Emily Dickison

The Poems of Emily Dickinson, Edited by R. W. Franklin, Reading Edition
First Harvard University Press paperback edition, 2005
© 1998, 1999 by the President and Fellows of Harvard College
© 1951, 1955, 1979 by the President and Fellows of Harvard College
© 1914, 1918, 1919, 1924, 1929, 1930, 1932, 1935, 1937, 1942 by Martha Dickinson Bianchi
© 1952, 1957, 1958, 1963, 1965 by Mary L. Hampson

Danksagung

Von ganzem Herzen danke ich all den lieben Menschen in meinem Leben, die mit mir lachen und weinen, die für mich da sind und mich unterstützen, wann immer ich Unterstützung brauche. Danke, danke, danke!
Besonderer Dank gilt meiner Schwieger-Oma, Dr. Marianne Schröder, die mir bei diesem Buchprojekt mit ihrer stetigen Bestärkung, wertvollen Kritik und grenzenlosen Geduld eine unschätzbare Hilfe war.